CW01573301

DIE FANTASTIESE MEVROU SMIT

Die fantastiese MEVROU SMIT

ELIZABETH WASSERMAN

Uitgegee in 2023 deur Penguin Random House Suid-Afrika (Edms.) Bpk.
Maatskappyregistrasienr. 1953/000441/07
The Estuaries Nr. 4, Oxbow-singel, Century-rylaan,
Century City, Kaapstad, 7441
Posbus 1144, Kaapstad, 8000
www.penguinrandomhouse.co.za

© Elizabeth Wasserman 2023

Alle regte voorbehou.
Geen deel van hierdie boek mag sonder skriftelike verlof van die uitgewer gereproduseer of langs enige meganiese of elektroniese weg weergegee word nie, hetsy deur fotokopiëring, plaat-, band- of cd-opname, of enige ander stelsel van inligtingbewaring of -verkryging.

Eerste uitgawe, eerste druk 2023
9 8 7 6 5 4 3 2 1

ISBN 978-1-4152-1115-1 (Druk)
ISBN 978-1-41521-124-3 (ePub)

Omslagontwerp deur publicide
Teksontwerp deur Jaco Adriaanse
Geset in Minion Pro

Gedruk en gebind deur Novus Print, Suid-Afrika

MENGSEL
Papier van verantwoordelike bronne
FSC® C022948

"Vir te lank het ek my met te veel dinge bemoei."

– 'n Buurman

1

"Verdomp."

Mevrou Smit slaan hard rem aan en die bakkie kom met 'n geskree van rubber op teer tot stilstand.

Die enjin ruk dood.

"Halsstarrige donkie," brom sy en sukkel met die aansitter. Agter haar lê iemand op 'n toeter. Sy draai die ruit af, druk 'n stewige boarm na buite en volg met die kop. "Kan jy nie sien ek probeer om daai ou feeks en haar brak nie dood te ry nie?"

Die vroutjie wat amper die ongeluk veroorsaak het, het die wolhondjie wat sy onder haar arm vasgeknyp het intussen op die sypaadjie aan die linkerkant neergesit. Sy leun op haar kierie, reg om die bekgeveg te aanskou. Die brak blaf histeries.

"Jy!" gil mevrou Smit wat die ou tante uit die hoek van haar oog raakgesien het. "Dis alles jou skuld. Vir wat loop jy sommer so oor die pad?"

Die tante beduie met haar kierie na die sebrastrepe, reg voor die bakkie se neus.

Die man agter leun weer op sy toeter.

Mevrou Smit is lus om iemand te lyf te gaan. Dis net moeilik om te besluit wie: die ou sening met haar kierie of die swerkater agter haar? Sy gluur briesend in haar spieëltjie. 'n Man met 'n hoed, in 'n Mercedes, nogal.

Vrotsel.

Sy onthou wat haar terapeut voorgestel het. Voorstel is miskien die verkeerde woord. "Luister nou mooi vir my," het hy gesê, "as jy aanhou om jou humeur so te verloor, is my geld op 'n beroerte. Vraag is net of jy die tronk sal haal voor jou bloeddruk jou deksel afblaas."

Haar neusvleuels sper en sy haal diep asem. Tel tot twaalf. Tien is nie genoeg vir haar nie.

Dan besoek sy haar plek van rus en vrede, ook volgens die terapeut se raad. Sy maak haar oë toe en leun terug teen die sitplek. Sy roep 'n bergspits op, mis wat onder haar kolk. 'n Arend skree in vlug. Sy steur haar nie aan die Mercedes wat met skreeuende bande aan haar regterkant versnel nie. Sy hoor nie die laaste woedende blaas van die toeter nie.

Die tante verloor belangstelling en skuifel aan.

Iemand klop aan die passasierskant se ruit en stap om na die oop venster aan die bestuurskant.

"Is u orraait, dame?" vra 'n stem, saaklik, maar besorg.

Mevrou Smit se oë vlieg oop, dadelik weer reg vir baklei: "Kan julle my nie verdomp net uitlos nie? Ek mediteer. Mag 'n vrou dan nie onversteurd die uiters stresvolle reis na innerlike vrede onderneem nie?"

"Dame, het u gedrink?"

Met skrefiesoë beskou sy die man in die blou uniform. Sy het 'n nuwe rol om te vertolk en sy kan net so wel nou begin. Bowendien het alkohol nog altyd beter vir haar gewerk as tel tot tien, of bergspitse probeer oproep.

"Boetman, dis hoog tyd." Sy vroetel in die groot pienk handsak by die voetruimte van die passasiersitplek en bring 'n halfbottel brandewyn te voorskyn.

Sy het brandewyn begin drink in die Krugerwildtuin. Dis een van die gewoontes wat saam met haar nuwe identiteit gekom het. Sy weet hoe om 'n prop met 'n vinnige beweging af te draai. Voor die verbaasde oë van Aronspoort se enigste konstabel neem sy 'n teug so diep dat haar wange hol trek.

Tevrede breek sy 'n wind op wat konstabel Pieterse in sy gepoleerde stewels laat steier.

"Ongehoord," sê sy die volgende oggend toe konstabel Pieterse haar uiteindelik uit die dorp se enigste sel vrylaat. Sy plak haar handsak hard op die toonbank in die klagtekantoor neer.

"Ongehoord, sê ek jou, om 'n vrou so in 'n sel toe te sluit sonder 'n duidelike aanklag. Jy kan niks bewys nie, konstabel, behalwe dat ek 'n ongeluk voorkom het. Volgende keer ry ek die ou teef morsdood. Sê vir haar: as sy ooit weer voor my voertuig inloop—"

"U het die openbare rus versteur, mevrou … Smit. En boonop het u onder die invloed bestuur. Dis net jammer dokter Tomas was iewers op plaasbesoek en kon nie u bloed betyds trek vir ontleding nie."

"Ek was onder geen invloed nie, jong man, behalwe my gesonde verstand. As ek nie so skerp gerem het nie … Werklik, watter mentaliteit het hierdie dorp se bestuurders? Daardie man met die Mercedes, waar is hy? Hoekom is hy nie ook agter tralies nie?"

"Toeter blaas is nie teen die wet nie, mevrou. Maar die gebruik van alkohol in die openbaar—"

"Dit was in die privaatheid van my eie bakkie!"

"Bestuur onder die invloed—"

"Bewys dit." Mevrou Smit gluur hom aan. Sy weet goed hoe helder nugter sy was tot sy daardie prop afgedraai het. En sy is nie die kans gegun om weer te bestuur ná daardie sluk brandewyn nie.

"Toemaar, hierdie keer laat ek u wegkom met 'n waarskuwing, maar in hierdie dorp tree mense beskaaf op. Dit sal goed wees as u dit onthou, as u ooit weer hierlangs kom. Die pad terug Kaap toe is daarlangs." Pieterse beduie na die hoofstraat se kant toe. "Voorspoedige reis."

Mevrou Smit gee 'n snork. Die kêreltjie het sowaar die kat aan die stert beet. Maar sy is nie nou lus om sy dag te bederf nie. Daarvoor sal sy wel nog oorgenoeg kans kry.

Haar bakkie staan voor die polisiekantoor geparkeer. Sy sluit dit oop en klim in. Die ruim is bedompig, reeds warm gebak in die oggendson.

Hoe kon sy gedink het dis 'n goeie idee om 'n bakkie aan te skaf? Sy verlang na die blinkrooi Porche Boxter wat Jerry vir haar gekoop het, 'n leeftyd gelede. Rooi soos die lipstiffie wat sy so graag gedra het. Deesdae gebruik sy kleurlose lipsalf en die bakkie lyk walglik. Stamperig, beknop, en die reuk van die vorige eienaar klou steeds aan die bekleedsel vas.

Wat het haar besiel om Aronspoort toe te kom?

Die plek is duidelik vol mal mense.

Maar die besluit om hierheen te kom, het sy noukeurig oorweeg. Sy het 'n plan en sy moet daarby hou.

Die waarheid is dat sy 'n heerlike nagrus gehad het. Sy is in haar skik. Die lorrie met haar besittings kom eers vandag en sy het voorsien dat sy die eerste nag op haar nuwe tuisdorp in een of ander muwwerige gastehuis sou mos slaap, dalk selfs in die bakkie. As die polisiesel 'n aanduiding was van die algemene lewenstandaard op die dorp, het sy die jackpot geslaan.

Die vaal kombers wat netjies op die voetenent van die ysterkatel opgevou was, het na waspoeier geruik. Die sel was kraakskoon en daar was 'n wasbak met lopende water en 'n toilet met water wat blou skuim met elke trek. Daai plastiekgedoentes met 'n blokkie ontsmettingsmiddel wat jy aan die binnekant van die bak ophang. Nou nie die tipe fieterjasie wat gepas het in die soort huishouding wat sy met Jerry gedeel het nie, maar nietemin, sy waardeer die aandag aan detail.

Nogtans het sy glad nie uitgesien na die eerste nag in haar nuwe huis nie. Dit is so finaal. Sy wou nog vaskleef aan haar herinneringe en aan die limbo van die afgelope maande waarin sy haar transformasie na tannie voltooi het.

Om 'n tannie te wees is 'n fyn kuns en dit het toewyding gekos om dit te bemeester. Dis belangrik om aan haarself as 'n tannie te dink: om polisiemanne "jong man" te noem in plaas daarvan om met hulle te flankeer om uit die moeilikheid te kom.

Nou grinnik sy vir haarself in die truspieël van die bakkie en stoot haar vingers deur haar kortgeknipte sout-en-peper hare. Gelukkig het sy vroeg begin grys word, soos haar pa. En nou, met die laaste blonde slierte uitgegroei, is dit asof haar hare nuwe lewe gekry het: Dit staan regop in alle rigtings, asof elektrisiteit uit haar brein vloei. Die goueraambril stoot sy terug op haar neus. Die bril is blote vermomming. Daar is niks fout met haar oë nie, maar die glas weerkaats die lig sodat haar oë bykans altyd onsigbaar is. Boonop raak die lense donker in direkte sonlig.

Eintlik 'n aaklige bril.

Skielik oorval 'n doodse moegheid haar, want sy het die einde van haar reis bereik. Hier sal sy veilig wees.

Haar maag grom. Sy het gewoond geraak aan 'n goeie ontbyt en die plattelandse lug stimuleer haar aptyt. Sy kan 'n beer opeet.

'n Klop aan die bakkie se ruit bring haar terug na die hede. Dis die tante wat die oorsaak was van al die ellende van gister.

Mevrou Smit sug. Sy rol die venster af.

"Jy!" skree die vrou en wys met die punt van haar kierie na mevrou Smit. "Hulle sê vir my jy het Apie se huis gekoop?"

Hoe weet sy dit miskien? Maar op 'n dorp soos dié is daar seker min hoop om enigiets geheim te hou. Haar maag gee 'n onrustige draai.

"En wie is u, mevrou?" Dalk moet sy probeer om vriendeliker te wees. Voor haar is 'n dun streep waarop sy sal moet loop om afstand tussen haar en die dorpenaars te hou.

Onsigbaar wees kom nie natuurlik nie.

Sy sal moet leer.

"Nee, ek is g'n mevrou nie." Die vrou skuif die kierie na haar linkerhand, leun haar gewig daarop en steek haar regterhand uit. "Jy dink aan my dogter, sy's mevrou. Ek's tannie Annatjie."

Mevrou Smit skud die hand en voel die tingerige been vlak onder die vel.

"Aangename kennis, tannie. Ek is mevrou Smit."

Die "tannie" val effens swaar van haar tong af. Maar sy sal haar bes doen.

Tannie Annatjie kyk haar deur: van die kroon van haar halsstarrige hare, oor die geblomde hemp en los broek wat haar liggaamsvorm doeltreffend verbloem. Dan rek sy haar dun nek om deur die oop venster te kan loer, verby mevrou Smit se vol borste tot by die aaklige paar Birkenstock-sandale wat op die bakkie se pedale rus. Dan sê sy: "Daar is net een 'mevrou' op die dorp en dit is my Elsa. Sy is mevrou Dominee."

Sy het probeer, maar tot hier toe en nie verder nie. "Nou maar sê dan maar vir haar daar is nou nog 'n mevrou op die dorp. Mevrou Smit." Sy draai die aansitter en trek weg met 'n moedswillige gedraai van die wiele.

In haar truspieël sien sy hoe tannie Annatjie haar kierie vies in die lug agter haar aan waai. Sy grinnik.

Aronspoort.

2

Aronspoort is 'n rustige dorpie in die Langeberg-distrik. Niks gebeur ooit hier nie. Dit het die internet haar belowe.

Daar was die storie van 'n meisie wat so twee jaar gelede op dié dorp – of was dit nou die buurdorp? – vermoor is. Maar moord, tragies en aaklig soos dit is, is alledaags en twee jaar gelede is 'n lang tyd.

Elders word mense daagliks vermoor.

Mevrou Smit neem elke detail in terwyl sy verder in die straat af ry. Langstraat toon reeds tekens van lewe, die vroeë uur desondanks. 'n Paar werkers is doelgerig op pad om hulle brood te gaan verdien en 'n paar leeglêers staan reeds op die straathoeke rond.

Sy stop voor die algemene handelaar, deesdae 'n Spar. Sy kan egter steeds die doodgeverfde naam van die vorige besigheid bo die ingang uitmaak. Met haar pienk handsak onder die arm en 'n rooi plastiekmandjie stap sy deur die rakke. Al is die dorp klein, voorsien die groot boeregemeenskap sekerlik die paar ondernemings in die hoofstraat van 'n redelike aantal kliënte. Sy knik tevrede. Alles wat sy nodig het vir oorlewing is beskikbaar. Brood, konfyt, botter en kaas. Melk. Sal kitskoffie eers moet doen? 'n Behoorlike espresso-masjien, dit sal sy moet aanskaf, maar waar op hierdie dorp koop jy so iets?

Die meisie by die kasregister skandeer mevrou Smit se inkopies, al kouende sonder om eens op te kyk. Mevrou Smit betaal kontant en moet sonder hulp haar inkopies in 'n plastieksak pak.

Plastieksakke. Die plek is sowaar agter die klip. Het die mense hier nog nie gehoor dat plastiek tot openbare vyand verklaar is nie? En met goeie rede.

Buite skuif die wind 'n leë plastieksak oor die teerpad.

Dis laatsomer, maar die son skyn reeds fel. Mevrou Smit sit haar aankope op die passasiersitplek en tik die koördinate wat die eiendomsagent haar gestuur het op haar selfoon in. Wie koop nou 'n huis sonder om dit eers te besigtig?

Iemand soos mevrou Smit.

Van Riebeeckstraat is op die rand van die dorp, skaars vyfhonderd meter verder. Die straat is nie eens geteer nie. Met genoegdoening kyk sy om haar rond. Die erwe hier is groot, die huise ver van mekaar. Die meeste wonings lyk dolleeg – sekerlik weekenders van die stad af.

O ja, dit is Vrydag vandag, onthou sy, miskien is daar meer lewe later.

Haar bakkie stop voor nommer 3, die laaste huis in die straat. Wat van nommer 1 geword het, is 'n ope vraag. Dalk is dit 'n leë erf wat met verloop van tyd saamgesmelt het met die plaat wilde populiere wat vanaf die krans daar oorkant tot by die rivier groei?

Die eiendomsagent het die verlatenheid van die plek onderbeklemtoon. As sy maar net geweet het dis presies waarna mevrou Smit soek. Maar sy het haar ook nie vertel van die skoonheid van die omgewing nie: die rooi kranse wat reeds gloei in die warm son; die skurwe berge wat beskermende arms vou om die huise van die dorp, soos 'n hen om haar kuikens.

Aronspoort is 'n oase van groen.

Nommer 3 se werf is boomryk. Dit is omhein met ogiesdraad en die motorhek is bloot 'n ou plaashek. Daar is ook 'n kleiner hekkie, die motorhek se boetie, en 'n reguit gruispaadjie na die voordeur.

Sy maak die hekkie oop en die skarniere skree 'n skel welkom. Die prentjie van die huis op die verkoopsagent se webwerf was akkuraat. 'n Tipiese plaashuis, Karoostyl, met 'n hoë sinkdak, 'n gewel en 'n diep voorstoep. By nadere inspeksie sien sy dat die gruis op die paadjie eintlik gebreekte perskepitte is. Dis sagter onder die voet, knars gesellig onder haar gewig. Sy maak 'n nota om die perskepitte in vrede te los en nooit die hekkie se skarniere te olie nie. Mevrou Smit hou nie daarvan om bekruip te word nie.

Die sleutel, het die eiendomsagent gesê, is onder die betonhaas op die stoep. Die haas staar met leë oë na haar. "Van jou moet ons ontslae raak," brom mevrou Smit en kantel die gedierte skuins.

Geen sleutel nie.

Mevrou Smit sug.

Sy voel aan die voordeur. Die knop draai gemaklik oop. Weet hierdie mense niks van sekuriteit nie? Sy leun met haar skouer teen die swaar deur met sy gekleurde glaspanele en stoot dit oop.

Die binnekant van die huis is donker en ruik muf.

Die agent het 'n rowwe grondplan van die huis vir haar aangestuur. Sy weet dus die breë gang loop direk van die voordeur af deur die hele huis, tot by die agterstoep. Woonkamer en eetkamer weerskante aan die voorkant van die huis, met vensters wat op die voorstoep uitkyk. Dan verskeie vertrekke wat as slaapkamers en 'n studeerkamer gebruik kan word; die kombuis is heel agter.

Dis 'n outydse en onpraktiese ontwerp, maar sy sal daarmee kan saamleef. Die huis is gebou in 1938 en in daardie dae was bouwerk nog stewig. Die vertrekke is ruim en die plafonne hoog. Sy is darem 'n moderne badkamer beloof.

Wat presies het die agent met "modern" bedoel? Sy moes dalk meer uitgevra het. Haar vraag oor warm water is nooit behoorlik beantwoord nie. Maar wie bodder nou oor warm water? Dis mos 'n gegewe.

Die houtvloer in die gang kraak toe sy daaroor stap. Hier is meer lig dieper in die huis. Volgens die eiendomsagent het die vorige eienaar groot vensters in die agterste muur uitgebreek om lig in te laat. Die kombuis is blykbaar die aantreklikste deel van die huis, met 'n ruim agterstoep en 'n uitsig oor die werf wat tot teen die rivier afloop.

Sy sit die plastieksak op die kombuistafel in die middel neer. Die tafel dra haar goedkeuring weg: stewig en skoongeskrop. Die huis is halfgemeubileerd, want die familie van die vorige eienaar het nie in die outydse meubels belanggestel nie. Dit het haar gepas.

Nuwe meubels sou haar in die versoeking gebring het om keuses te maak wat dalk haar ware persoonlikheid kan verklap. Sy het darem gevra dat alle ou beddens en matrasse verwyder moet word. Sy slaap nie op ander mense se geskiedenis nie.

Mevrou Smit se gedagtes steek net daar vas, want nou sien sy dit: Aan die ander kant van die tafel steek ’n paar rooi hoëhakskoene uit wat nie hier hoort nie.

En die voete is nog daarin.

Mevrou Smit stap versigtig om die tafel om beter te kan sien.

Die vrou is duidelik morsdood.

Mevrou Smit sug.

3

Sy hou nie daarvan om die polisie te bel nie. Dis 'n beginselsaak. Beter om terug te gaan en daardie hopelose konstabel Pieterse persoonlik in te lig. Mevrou Smit snork. Dit sal hom 'n les leer. Hy lyk nog bloedjonk. Sy twyfel of die kêreltjie al ooit met 'n situasie soos dié te doen gekry het.

Die rede hoekom sý hier is, is hoofsaaklik om aan die lewe te bly.

Paniek oorval haar skielik. Sê nou net ...? Sy roep haar terapeut in haar gedagtes op. Sy rustige stem lei haar deur 'n vinnige stel asemhalingsoefeninge.

Die bergpiek met die arend ...

Maar toe sy haar oë weer oopmaak, haar hartklop effens stadiger, lê die vrou steeds onomwonde op haar kombuisvloer.

Sy twyfel nie daaraan dat die vrou op die vloer vermoor is nie. Sy ken dood as sy dit sien en die groot plas bloed op die sat linoleumteëls van haar nuwe huis se kombuisvloer het beslis nie 'n natuurlike oorsaak nie.

Dit het niks met haar te doen nie, besluit sy. Beter om die polisie van die begin af betrokke te kry. Of dalk ...?

In die gang op pad voordeur toe, wip sy soos sy skrik toe sy haar vasloop teen iemand met 'n melktert op 'n skinkbord.

"Die voordeur was oop en jy het nie gehoor toe ek klop nie," verduidelik die vrou, geklee in 'n netjiese pakkie van pers nylon.

Klop se voet! Dié vrou is duidelik een van daai mense wat altyd gretig is om haar skerp neus oral in te steek.

"Ek is mevrou Dominee. Welkom op ons dorp."

Mevrou Smit se nekhare rys. Die ander mevrou op die dorp. "Elsa? Ek het jou moeder reeds ontmoet."

"Ma Anna?" die vrou lig haar geplukte wenkbroue in verbasing.

Mevrou Smit laat haar nie bluf nie. Daardie tannie Annatjie met die kierie, oftewel Ma Anna vir hierdie vrou in haar pers plastiekuitrusting, sal sekerlik enige skinderstorie so gou moontlik oorvertel. Die hele verhaal van haar aankoms op die dorp en haar nag in aanhouding is dus reeds ou nuus.

"Ek het gereken jy het sekerlik 'n bietjie versterking nodig ná … jou eerste nag hier. Kom, ek gaan maak sommer vir ons 'n koppie tee. Ek het die nodige gebring, want jy het seker nog nie kans gekry om uit te pak nie." Sy beduie na die skinkbord wat sy dra. Langs die melktert (wat werklik voortreflik lyk) is 'n bekertjie melk en 'n houertjie met teesakkies.

Maar sy keer Elsa vinnig toe dié om haar mik in die kombuis se rigting. "Ek dink dis beter dat jy uit die kombuis bly."

"Ekskuus?" vra sy en steek vas, skinkbord en al. "Ag, nee wat, hier op Aronspoort is ons nie so formeel nie. Bowendien, ek ken oom Apie se huis: Die kombuis is beslis die geselligste plek in dié ou kasarm."

Mevrou Smit dink vinnig. Dit is sekerlik so. Ondanks die ongelukkige verrassing op die vloer het sy kans gehad om goedkeurend te kyk na die ruimte van die vertrek met sy groot vensters langs die agterdeur. Vrugtebome en 'n windpomp buite. Daardie kombuis het baie potensiaal. Maar sy gaan sukkel om dié vrou daar weg te hou sonder om suspisie op haarself te plaas. Nou ja.

"Daar is 'n dooie vrou in my kombuis," waarsku sy.

Mevrou Dominee steek in haar spore vas. "Wat?" vra sy. "Wat het jy met haar gemaak?"

"Wat laat jou dink ék het iets gedoen?" Mevrou Smit se draad is nog korter as gewoonlik. Dooie mense in die kombuis kan dit aan jou doen, veral op 'n nugter maag. "Ek het net hier ingestap en daar lê sy. Stokstyf."

Elsa kyk nou ongemaklik om haar rond in die donker gang. Mevrou Smit kan sien wat sy dink: Die twee van hulle is alleen in die huis. Het sy vir iemand gesê sy gaan kuier by die nuwe aankomeling wat sommer haar eerste nag op Aronspoort in die polisieselle deurgebring het?

"Ontspan. Ek is nie die moordenaar nie. Die vrou is 'n ruk lank al dood."

Dit lyk nie of mevrou Dominee wil ontspan nie, maar haar nuuskierigheid kry die oorhand. "Wie is dit?" vra sy en sit haar skinkbord op 'n kis teen die muur van die breë gang neer. Sy begin aanstap kombuis toe en dié keer staan mevrou Smit opsy.

In die kombuis staan die twee vroue vir 'n paar oomblikke in stilte en kyk na die lyk.

"Kan ons nie haar oë sluit nie?" vra Elsa met 'n effense kraak in haar stem. Die vrou op die vloer staar met wydgesperde oë na 'n spinneweb teen die dak. Sy lyk onthuts, asof iemand haar 'n nare verrassing gegee het. Wel, so 'n hou teen die kop kan sekerlik as 'n nare verrassing gesien word.

Mevrou Smit neem aan dit was 'n stomp voorwerp, want sy sien g'n uitgangswond van 'n koeël nie. En sy weet iets van sulke goed af. Bloed koek in die vrou se blonde hare en vorm 'n poel op die vloer. Die bloed het reeds gestol en 'n paar vlieë gons gulsig om die gemors.

"Ons moet haar toegooi." Mevrou Dominee gaan oor tot aksie. "Maaiers. Nare goed." Sy begin vervaard in die laaie van die outydse kaste skrop en kom vorendag met 'n wit net met 'n gehekelde rand – van die soort wat Sondagmiddae oor kostafels gegooi word.

Dit kan sekerlik nie veel skade doen nie. "Ons moet die vertrek so min as moontlik versteur, tot die polisie kom."

"Wanneer kom hulle?" vra Elsa.

"Ek was juis op pad om hulle te gaan roep."

"Nou vir wat staan jy dan net daar? Gaan roep hulle. Ek wag hier."

Vir 'n oomblik wonder mevrou Smit of dit 'n goeie idee is. Kan sy die vrou vertrou? Maar sy het nie veel van 'n keuse nie.

Konstabel Pieterse kyk gesteurd op van sy selfoonskerm toe sy weer by die aanklagkantoor instap.

"Het u iets vergeet? Dalk nog 'n paar beledigings wat u my wou toesnou?"

"Ek kan aan een of twee dink, as jy daarop aandring. Maar vir eers is daar 'n dooie vrou in my kombuis en jy beter iets daaraan doen."

Sy gluur na die foon in sy hand. Sy kom maande lank al heeltemal sonder 'n selfoon klaar en nou irriteer ander mense se tegnologieverslawing haar. Selfone is gerieflik, maar verraderlik. As jy nie 'n selfoon het nie, is jy bykans onsigbaar. Spoorloos. Met haar terugkeer na die beskawing (as jy hierdie dorp beskaaf kan noem) het sy weer 'n slimfoon aangeskaf, maar nou gebruik sy dit anders. Sosiale media bestaan nie meer vir haar nie.

Sy verstaan nie waaroor hierdie alewige beheptheid met selfone gaan nie. Kinders en staatsamptenare: Hulle kan net nie hul fone uitlos nie. Dit is asof die kuberwêreld agter die skerms 'n onsigbare towerland is waarin almal probeer ontsnap, soos Narnia se hangkas. Al probleem is dat hul lywe in die regte wêreld agterbly en die res van die mensdom dan opgeskeep sit met die zombie-doppe.

Konstabel Pieterse sug en druk sy foon in sy hempsak. "Mevrou, ek verseker u, daar is geen dooie vrou in u kombuis nie."

Mevrou Smit is sprakeloos. In watter fantasiewêreld leef die vent? Sy sê mos vir hom …

Konstabel Pieterse is die eerste een wat sy oë knip in die staarkompetisie wat volg. "Nou goed, mevrou … Smit, wil u 'n verklaring aflê?"

"'n Verklaring? Nee! Ek wil hê jy moet kom kyk en van die lyk ontslae raak, natuurlik, sodat ek kan aangaan met my lewe. Ek het hiernatoe gekom vir rus en vrede, en wat kry ek? 'n Nag in die polisiesel en 'n dooie vrou wat niks met my te doen het nie in my kombuis. Bring jou span met die kameras en die vingerafdrukgoeters, die staatspatoloog en die lykswa. My trek kom vanmiddag en teen daardie tyd moet alles afgehandel wees sodat ek my breekware kan uitpak."

O ja, die net wat Elsa uit die kombuiskas se laai opgediep het. Sy sal die plek seker eers ordentlik moet skoonmaak en ontslae raak van die rommel wat die vorige eienaar klaarblyklik agtergelaat het.

"Watse tipe dorp is dit dié waar vrouens oral dood rondlê?" vra sy vies.

Iets kliek in haar brein. Die gesig van die dooie vrou – sy het dit al voorheen gesien, dalk net 'n foto iewers. Sonder die breë glimlag het sy haar nie dadelik herken nie. Maar die blonde hare, die oormaat grimering en die manier hoe die vrou aangetrek was ...

"Dis die eiendomsagent! Suzette Pelser is haar naam. Dit is sý wat op my kombuisvloer lê."

Konstabel Pieterse lyk nou bekommerd. Hy leun effens vooroor en snuif sowaar.

"Ek het nie gedrink nie." Mevrou Smit bly verbasend kalm, maar dit verg inspanning. "Jy het gister my botteltjie gekonfiskeer, onthou jy?" Die vermetelheid van die gereg.

"Mevrou, ek het nie tyd vir speletjies nie," waarsku die konstabel haar.

"Ek sê vir jou daar is 'n dooie vrou in my kombuis en haar naam is Suzette Pelser. Iemand het haar oor die kop geslaan. Elsa is ook daar, met 'n melktert. Sy hou die vlieë weg, maar dis 'n warm dag vandag en jy beter nou kom. Watse soort polisieman is jy?"

Adrenalien het nou uiteindelik ingetree en haar breinselle vuur vinniger. Elsa, oftewel mevrou Dominee, moes tog sekerlik die eiendomsagent herken het. Op 'n dorpie soos dié ken almal mekaar seker? Tog het sy niks gesê nie.

En noudat sy terugdink: Daar was iets meer as skok en verbasing op Elsa se gesig. Sy het heeltemal tevrede gelyk, in haar skik selfs. Soos iemand wat 'n Kersgeskenk oopmaak en presies die verrassing kry wat sy self sou uitkies.

4

Die nuus van mevrou Smit se aankoms versprei gou in die dorpie. En toe 'n moord!

Mevrou Smit is dus nie verbaas dat die mense wat om die toonbank saamkoek haar glad nie eens raaksien toe sy in die koffieplek instap nie.

"Sy is moeilikheid, hoor julle my." Tannie Annatjie sê dit vir almal wat wil luister. "Watter soort vrou slaap haar eerste nag op die dorp in die selle weens dronkbestuur, terwyl daar 'n vrou dood in haar kombuis lê?"

"Wie sê die vrou was toe al dood?" vra 'n vrou met 'n stywe kapsel.

'n Man in 'n ghriesbesmeerde blou oorpak antwoord: "Pieterse sê dokter Tomas sê sy was stokstyf. Dit moes gister al gebeur het."

'n Ry dorpenaars koek om die toonbank by die koffiemasjien saam, hulle rûe na die ingang. Dit is sekerlik die gewone kliënte wat daagliks uithang in Kekkel-en-Kraai, die tuisnywerheid in Piet Retiefstraat, waar mevrou Smit haarself kom aanmeld vir 'n nodige dosis kafeïen.

So onsigbaar soos 'n spook maak sy haarself nou klein om die gesprek af te luister.

Die groep is heeltemal behep met die skokkende nuus van Suzette se dood en sien haar glad nie raak nie.

Mevrou Smit weet uit ondervinding dat daar gewoonlik twee soorte mense by hierdie informele vergaderings is: dié wat weet, en diegene wat maak asof hulle weet.

Tannie Annatjie proes. "Daardie vrou het die polisie gaan roep, terwyl my Elsa oor die lyk moes waak. Arme Elsa! Nee, ek het haar nog nie weer te siene gekry nie. Sy moet verklarings aflê … Natuurlik is sy nie 'n verdagte nie. Sy het bloot 'n melktert by die nuwe vrou gaan aflewer, soos enige pastorievrou wat haar sout werd is. En toe kry sy die skepsel daar met die lyk. Die arme Suzette!"

Dit is 'n besige dag vir tannie Annatjie.

"Suzette-die-slet!" roep iemand uit.

Elsa stoom deur die ingang, reg langs mevrou Smit verby, sonder om haar eens op te merk. Vars van die polisiekantoor, dik gestop van die belangrike nuus. "Ma, jy sal jouself heeltemal uitput, om heeldag so in die hitte op en af te loop net om te skinder." Sy gooi eers haar motorsleutels met 'n dramatiese gebaar op die toonbank neer en dan haar handsak.

"Wie skinder?" keer tannie Annatjie. "Dis die heilige waarheid. Jy het dit dan met jou eie oë gesien. Vertel ons alles. Was daar baie bloed?"

Alle gesigte is nou na mevrou Dominee gedraai.

Mevrou Smit sak op 'n stoel in die hoek neer. 'n Meisie met 'n voorskoot en 'n dowwe uitdrukking op haar gesig staan meganies nader met 'n pot koffie. 'n Strook hare aan een kant van haar kop is kaalgeskeer. Sy het 'n neusring en 'n tatoeëermerk van 'n draak met 'n lang stert wat langs haar arm af krul. Maar vir al wat mevrou Smit omgee, kon sy 'n regte draak of selfs 'n Marsman gewees het.

Koffie!

Mevrou Smit gryp 'n beker van 'n oop rak agter haar en hou dit gretig uit. Die meisie se aandag bly by die mense wat om die toonbank koek en sy stort koffie oor die plastiektafeldoek terwyl sy skink. Donker druppels val tussen die patrone van teepotte, rose en 'n paar Europese voëltjies met rooi borsies en wipsterte wat jy sekerlik nie hierlangs sien nie. Nie dat mevrou Smit veel van voëls af weet nie.

Vanaf die ander kant van die toonbank bedien 'n vars poppie die dorpenaars. Sy lyk nie na die kelnerin-tipe nie, dalk die eienaar van die plek? Blond en geskrop. Sy sit 'n koppie tee voor mevrou Dominee neer.

Elsa vat 'n sluk van die tee. Sy gooi nog melk by. Seker te warm.

"Ek voel glad nie goed hieroor nie, Ma. Ons dorp is 'n voortreflike plek. Dit is asof onmin agterop daardie vrou se bakkie die dorp ingery het."

Dit het darem nie jou aptyt bederf nie, dink mevrou Smit toe sy sien hoe Elsa die glaskoepel van die vars gebak aflig en haarself help aan 'n Danish, die ene rosyntjies en versiersuiker.

Haar eie maag grom. Die polisie het haar vir ure besig gehou. Verlangend dink sy aan die melktert wat sekerlik steeds op sy skinkbord in oom Apie se huis staan.

Maar Elsa kwetter nog en elke siel in die vertrek hang aan haar lippe. Mevrou Smit hou haar ore gespits. "Sodom en Gomorra val ons binne. 'n Moord, op ons dorp!"

Tannie Annatjie lek haar lippe af. "Wat gebeur nou daar by oom Apie se huis?"

"Die plek wemel van die polisiemanne. Vanaf Robertson ingery, natuurlik. En blykbaar selfs uit die Kaap. Konstabel Pieterse is heeltemal uit sy diepte, dit kan 'n mens verwag. Dis hoog tyd dat die polisie dit oorweeg om meer personeel hier te plaas. Misdaad is aan die toeneem."

"Dit kan jy weer sê," brom die man in die oorpak. "Dis al die toeriste wat deesdae hier kom."

"Jy kla nie as hulle motors breek en jy dit regmaak vir buitensporige bedrae nie, nè, Bart?" kap iemand hom. "Ons almal weet jy overcharge die vreemdelinge wat hier aankom."

Dit laat 'n paar mense lag.

Mevrou Smit maak 'n nota in haar kop. Sy het juis gereken sy moet iemand kry om te kyk na die oorsprong van die nare geluid wat die bakkie soms maak.

"Wat weet ons van haar?" vra mevrou Dominee.

"Gmmff, van wie miskien? Van Suzette?" Almal weet blykbaar baie van Suzette-die-slet. Die vrou het dalk gesoek om vermoor te word.

Maar moes dit nou in haar huis gebeur het?

"Nee, Ma. Ek bedoel van hierdie mevrou Smit. Wat is haar storie?"

"Wie sê sy het 'n storie?" vra tannie Annatjie slu.

"Mense kom nie na 'n plek soos Aronspoort sonder 'n storie agter hulle nie. Ek meen," gaan Elsa voort, "sy kom hier aan; sy maak moeilikheid en word sommer dadelik gearresteer. En dan—" Mevrou Dominee se hand wat die teekoppie vashou, begin skielik bewe sodat tee oor die rand van die porselein tot in haar piering stort.

"Toe, toe, Elsa," paai haar ma en neem die ratelende koppie uit haar hande. "Ekstra suiker, Lorettatjie, asseblief! Dis wat sy kort. Sy het 'n skok weg."

Die blondine agter die toonbank gooi gedienstig nog 'n lepel suiker in Elsa se tee en leun vooroor teen die toonbank om beter te hoor. Haar borste druk styf teen die lae hals van haar bloes. Sy kan gerus maar 'n ekstra knoop vasmaak, besluit mevrou Smit.

"Wie het dit gedoen?" Iemand vra uiteindelik die vraag wat sekerlik op almal se lippe huiwer.

Stilte.

Elkeen stel sy eie lysie van verdagtes saam.

Uiteindelik stoot Bart sy stoel agteruit. "Nou ja … werk wag."

En daar gaan Bart, reg by mevrou Smit verby sonder om links of regs te kyk.

Stilte daal weer neer in Kekkel-en-Kraai. 'n Teekoppie klink. Mevrou Smit hou haar leë koffiebeker weer op, maar die meisie met draak en voorskoot het verdwyn. 'n Koffiemaker staan in die hoek van die vertrek en drup.

Mevrou Smit staan op en gaan maak haar beker self weer vol.

Steeds sien niemand haar raak nie.

Sy sluk dit sommer so staan-staan en sonder melk of suiker. Haar oë brand. Skielik voel sy bewerig.

"Elke hond kry sy dag en so kom die kat uit die sak," hoor sy tannie Annatjie sê. "Julle weet, as dit gister al gebeur het … dan weet ek dalk wie die moord gepleeg het."

Maar Elsa is duidelik nie lus om die kollig prys te gee nie. "Ma, moet tog asseblief nie weer met een van Ma se stories kom nie."

Tannie Annatjie trek haar smal skouertjies styf. "Nou maar toe, as julle nie wil hoor wat ek sê nie—"

Mevrou Smit se koffiebeker is weer leeg en sy maak haar uit die voete. Sonder om die rekening te betaal. Dit sal hulle leer. Sulke swak diens.

Mevrou Smit ry terug na haar nuwe huis. Na haar verklaring vanoggend by die polisiekantoor wil sy net aangaan met haar lewe. Sy parkeer haar bakkie voor in die straat en klap die deur onnodig hard toe.

Geel polisieband is om haar heining gespan om te verklaar dat haar hele huis nou 'n misdaadtoneel is.

Sy haal 'n knipmes uit haar handsak en sny die plastiekband sonder seremonie deur. Toe stoot sy haar voorhekkie oop soos 'n vrou wat huis toe kom.

"Mevrou!" Die hand van die gereg kom nadergestorm in die vorm van 'n jong vrouekonstabel, bultend in haar blou uniform. "U kan nie dit doen nie—"

"Wel, ek het nou net, het ek nie? Dus kan ek." Mevrou Smit is 'n skip in volle vaart. 'n Gebrul kondig die treklorrie aan wat agter haar bakkie in die straat tot stilstand kom.

Mevrou Smit draai om. "Hiernatoe, manne!" beduie sy.

"Mevrou," begin die polisievrou weer.

"Wat gaan hier aan?" 'n Man stap op die voorstoep uit, hande in die sye.

"Ek trek in," verduidelik mevrou Smit.

Stilte.

Onderskeie rondstaners probeer die situasie volgens hul eie gode opsom.

Mevrou Smit beskou die spiere van die drie handlangers wat op daardie selfde oomblik uit die treklorrie spring.

Die polisievrou kyk na haar senior, halfbenoud dat sy die skuld gaan kry vir hierdie penarie.

En die man op die stoep staar op na die blou lug. Waar sal sy hulp vandaan kom?

Die trekmanne is reeds deur die voorhekkie waar die gesnipperde polisieband in 'n ligte briesie wapper. Dan sien hulle die man op die voorstoep en kom in hulle spore tot stilstand.

"Nou wat?" vra die voorste ou.

"Nou niks," antwoord mevrou Smit. "Konstabel," spreek sy die man op haar stoep aan, al weet sy maar te goed hy is nie 'n konstabel nie. Konstabels dra uniform. Maar in een of ander stadium van sy lewe was hy sekerlik een gewees; sy hele houding skree polisieman.

"Ek neem aan julle het reeds daai lyk uit my kombuis gekry. In hierdie hitte sal geen regdenkende siel haar te lank daar wil los nie. Dit staan dié kêrels hier seker vry om my paar stukkies meubels en bokse wat hulle al die pad van die Kaap af gery het, af te pak. Ek betaal immers duur vir hulle spiere. En die huis het ek kontant gekoop."

Die man op die stoep se wenkbroue trek effens op. "Kontant?" vra hy, asof hy onseker is of die kommoditeit nog bestaan. Mevrou Smit byt haar tong. Ondervinding het haar geleer dat jy nooit meer inligting verskaf as wat nodig is nie. Veral nie aan polisiemanne nie.

"Die motorhuis," sê die man op die stoep. "Sê vir jou manne hulle kan die goed in die motorhuis pak. Niemand sit 'n voet in die huis totdat die forensiese span hulle werk klaar gedoen het nie."

Mevrou Smit doen haar bes om hom met die grimmigheid van Hades aan te gluur, maar die donker glase van haar goueraambril verdun dalk die effek.

Hy draai om en stap terug in die huis. Die polisievrou, nou meer kordaat, neem stelling in by die voordeur.

"Dis dalk hoekom almal in die polisiediens deesdae so oorgewig is," brom mevrou Smit, "om mense se reg op toegang tot hul eie eiendom te blokkeer."

Sy draai haar rug op die verontregte polisievrou en stap om die huis na die losstaande motorhuis. Daar is gelukkig geen slot aan die waenhuisstyl-deure nie en die plek is leeg. Die sementvloer is skoongevee. Sy beduie vir die manne om haar trek daar af te pak.

Hou jou in, mevrou Smit. Dit is wat haar terapeut haar sou aanraai. Te veel protes sal dalk net nog meer aandag trek.

Haar aankoms op Aronspoort het glad nie volgens plan verloop nie.

Sy gaan koop 'n slot vir die motorhuis en sluit die deure nadat haar trek afgelaai is. Toe ry sy terug na Kekkel-en-Kraai, waarheen anders? Dalk is daar nog melktert, soos die een wat Elsa aangedra het en wat nou seker ook deel van die forensiese span se bewysstukke is.

Die groep skinderbekke het uitgedun en dié keer stap sy kordaat tot by die toonbank.

"Hulle sê daar het 'n man vanaf die Kaap gekom om die moord te kom ondersoek," hoor sy.

Mevrou Smit steek in haar spore vas.

"Wie sê so?"

"Wie is dit nogal?"

"'n Regte speurder. 'n Kaptein Anderson, of iets. Ek weet nie so mooi van range en titels nie. Maar hy was in die nuus, onthou jy, met daardie Kloppers-saak."

Dewald Anderson.

Hoe kon sy hom nie herken het nie? Hy het wel gewig verloor. Daar staan die man, lewensgroot op haar stoep, so arrogant soos altyd. Die son in haar oë en die harwar van die afgelope vier-en-twintig uur se gebeure het haar laks gemaak. Hopelik het hy haar ook nie herken nie.

Die vreemde konteks en die gewig wat sy doelbewus aangesit het, saam met die kort hare en die bril …

Is daar geen einde aan haar beproewinge nie?

Dewald Anderson het geen werklike rede om haar as persoon te onthou nie, troos sy haarself. Vir die polisie was sy 'n randfiguur. Hang af hoe 'n goeie polisieman hy is. En in haar opinie is daar nie iets soos 'n goeie polisieman nie. Boonop is hy 'n man en die oorgrote meerderheid van mans kategoriseer vroue in elk geval net vanaf die eerste trappie van Diotima se leer: Hulle haak vas by borste en bene, ander fisieke kentekens soos haarkleur en lipstiffie. Sy het haarself verskuif na 'n ander kategorie en sy kon net so wel van spesie verander het.

"Mevrou Smit?" kwaak 'n stem agter haar.

Iemand praat met háár.

Sy vlieg om. Tannie Annatjie gluur op na haar vanaf haar vyf voet twee. Iemand soos tannie Annatjie sal nie in die metrieke sisteem glo nie.

"Wat soek jy?" vra mevrou Smit, nukkerig.

"Ek wou maar net sê: welkom op Aronspoort." Die trant is onverwags.

Die groepie dorpenaars wat vroeër die oggend om die toonbank gekoek het, het verskuif na die ronde tafel agter in die hoek, steeds lustig aan die skinder en spekuleer nou op sagter sitplekke. Almal sit kiertsregop en staar na haar, soos 'n familie meerkaaie wat 'n slang dophou.

"As jy wil," gaan tannie Annatjie voort, "kan jy by ons kom sit." Sy beduie na waar een sitplek oop is – die een waar tannie Annatjie duidelik sit, gegewe die ligpers oopknooptrui wat oor die rugkant hang. Maar die lang man met sy ghriesbesmeerde blou oorpak spring op en trek nog 'n stoel van die tafel langsaan nader.

"Dis Bart, die dorp se werktuigkundige," beduie tannie Annatjie, "en Loretta aan wie die plek behoort. Sy is die local beauty, kan jy maar sê. Nog ongetroud, maar uit eie keuse. Te kieskeurig, as jy my vra, maar dis net 'n kwessie van tyd voor ons dokter Tomas haar nader haak. En daar langs haar is Katarina, sy's Bos se vrou, en Maggie van die gastehuis, natuurlik."

"Die kekkels van Kekkel-en-Kraai," dink mevrou Smit hardop.

"Jy't nie 'n wag voor jou mond nie, nè?"

"Diskresie is tog seker nie 'n vereiste as mens hier wil bly nie?" sê-vra mevrou Smit en lig haar ongetemde wenkbroue beskuldigend.

Dit lyk of tannie Annatjie nadink.

Die jong kelnerin met die draak-fetish staan nader, nou wakkerder as vroeër, en mevrou Smit vra 'n dubbelsterkte cappuccino om weg te neem. Net om aspris te wees. Sy gaan nie hier sit dat die kekkels haar uitmekaar kan pik nie.

"Met jou hoed in die hand, gaan mens makliker deur die land," sê tannie Annatjie.

"Wat bedoel jy?" vra mevrou Smit skerp.

"Vriendelikheid bring jou ver. Veral as jy so skeef-skeef op 'n plek aankom."

"Ggmmff, as jy so sê." Skielik is die winkel te vol en te warm. Waarom draai hulle so met die koffie?

"Waar gaan jy vanaand slaap?" vra tannie Annatjie. "Ek hoor

hulle sê die polisie gaan nog lank besig wees in Apie se huis."

"Hulle? Wie's die 'húlle' wat so sê?"

"Die mure het ore." Die tannie rol haar verlepte ogies sowaar.

"Watse slaapplek is te huur op die dorp?" vra mevrou Smit, dan onmiddellik spyt dat sy raad vra. Die vroutjie kan gevaarlik wees.

"Ons het 'n hotel." Tannie Annatjie lyk in haar skik. "Dit is die derde gebou in die straat waarmee jy die dorp inry wanneer jy van die Kaap af kom." Sy beduie straat se kant toe met haar kierie.

Mevrou Smit ril. Sy kan net dink hoe lyk so 'n hoofstraathotel in 'n dorp soos dié. "Gastehuise?"

Tannie Annatjie knik. "Daar is Die Muisvanger, maar dis 'n entjie buite die dorp, en Maggie se plek. Maggie," nou het tannie Annatjie teruggedraai na die tafel vol kekkelaars, "het jy plek?"

Maggie sit met haar rug teen die muur. Sy dra 'n uiloogbril en haar hare is in 'n outydse styl opgekam. Die tipe vrou wat 'n doilie oor elke stoel sal gooi. Mevrou Smit ril weer.

Maggie pers haar dun lippe saam en haal haar skouers op.

Mevrou Smit sien hoe sy huiwer tussen Scylla en Charybdis: Om dié nuwe aankomeling in huis en haard te hê, sal haar aansien sekerlik opstoot. Maar die vrou is bang vir haar. Dalk bygelowig ook.

Een dooie vrou in jou kombuis en mense kyk jou só aan.

Die getatoeëerde kelnerin kom van agter die toonbank en druk 'n plastiekdekseltjie oor die wegneemkoffie.

Mevrou Smit staan op en betaal haar. Die meisie dra 'n naamplaatjie: *Imelda*.

Sy stap kop omhoog verby die dorpenaars om die ronde tafel en tannie Annatjie moet agteroor leun op haar kierie om plek te maak vir mevrou Smit en haar stomende koffie.

"Tot later, mense. Lekker skinder!" roep sy oor haar skouer. Hierdie dorp se mense moet bietjie bykom.

Mevrou Smit stap in die straat af, koffie in die hand.

Dis die middel van die dag. Aronspoort bak knus tussen die hange van die Langeberge. Kinders lag, 'n hond blaf en sy kan water hoor spat. Onder 'n windpomp is 'n plaasdam waarvan die dorpskinders die beste maak. Hulle lywe is nat en blink en hul opgewonde geskree skeur deur die warm lug.

Vir 'n rukkie hou sy die spulletjie dop. Sy vat 'n sluk uit die kartonhouer in haar hand. Die koffie is nie te vrot nie. Inteendeel.

Sy geniet die gevoel van warm welbehae wat saam met die hitte van die warmgebakte teerstraat in haar bene opkruip. Ou herinneringe kom terug. Die belofte van die vrede wat sy op hierdie dorp kom soek.

Dan flits 'n plan deur mevrou Smit se kop. Sy kry spoed. Daardie dam herinner haar sy het een gesien in die agterplaas van haar eie huis, tussen die rand van die vrugteboord en die huis. Daar is 'n geboutjie langs die dam; 'n pomphuisie vir die boorgat, dalk. En 'n windpomp.

Maar dis nie die windpomp wat nou mevrou Smit se treë laat rek nie. As sy van die rivier se kant af in haar erf kan inkom, op een of ander manier, en as sy deur die vrugteboord loop tot agter die dam kan sy dalk die pomphuisie as skuiling gebruik. Die groot kombuisvensters is mos sonder gordyne.

En dan sal sy kan sien wat in haar huis aangaan.

5

"Mevrou Smit, maak oop jou oë!"

Sy kreun.

Bloed stamp seer deur haar benewelde brein en haar skouer brand. Jerry …

Maar dan onthou sy … 'n traan kom los onder haar wimpers.

"Het u pyn?"

Sy knik. Soveel pyn.

'n Warm hand kom lê teen haar wang. Die hand ruik na hospitaal en sy maak haar oë oop. "Wie's jy?" vra sy, maar haar stem kom uit 'n diep en droë plek.

"Kan jy my sê wie jy is? Jou volle name?"

Mevrou Smit huiwer. Die ratte van haar brein kom krakerig in aksie en rem haar tong.

"Hoeveel vingers sien jy?"

Die hand wys drie lang vingers 'n entjie van haar neus af. Haar oë fokus op die gesig agter die hand. 'n Man, een met 'n effens verkreukelde gesig en hare, 'n grys streep in die kuif wat regop uit sy kop groei, soos die koppiespelde op die aartappelpoppe wat sy en Dirk gemaak het toe hulle klein was.

Sy oë is so blou soos …

Sy probeer orent kom, maar haar kop is swaar en die pyn in haar skouer skiet wortel. Dan sien sy die drup langs haar bed en die plastiekpyp wat vloeistof voer na 'n aar in haar hand.

Wat de vrek?

"U is in die hospitaal," bevestig die man haar vermoede. Sy stem klink soos die nasmaak van koffie steeds agter op haar tong. "U is geskiet."

Sy is geskiet! Golwe paniek spoel oor haar. Hulle het haar gekry.

Maar sy leef nog. Hoekom?

Hy antwoord, asof hy haar gedagtes kan lees. "Wel, soort van geskiet. Eintlik net 'n opslagkoeël. Maar jy het ook jou kop gestamp. Hard. Jy was vir 'n rukkie bewusteloos. Gelukkig nie konkussie nie, reken ek, net 'n redelike hoeveelheid bloedverlies."

"Konk-wat?"

"Harsingskudding. Dis dalk 'n beter woord."

"Wie't my geskiet?" Niks maak sin nie.

"Die polisie het op jou geskiet. Hulle het gedink jy is 'n inbreker. Of 'n moordenaar, of iets. Hulle het jou gewaarsku, maar jy het hulle blykbaar geïgnoreer."

Hy lag sowaar vir haar ... o, die stetoskoop om sy nek. Die bliksem is 'n dokter. En die polisie het haar geskiet. Sy onthou die voetpad langs die rivier, haar laaste sluk van die koffie. Die kronkelgang wat sy deur die vrugteboord na haar nuwe huis geloop het. Daar was beweging op die agterstoep, 'n uitroep en ...

"Die wond is nie ernstig nie," sê die dokter. "Die koeël het die sinkdam getref, hoor ek, en teruggeslaan en jou skouer getref. Net 'n vleiswond. Maar die slag het jou laat val en jy moes jou kop gekap het teen die rand van 'n muur. Daar was heelwat bloedverlies."

Sy sak terug teen die kussings.

Iemand klop aan die deur. 'n Blou uniform. "Verskoon my, dokter. Ek moet die dame se verklaring kom afneem."

"Gaan weg."

"Maar die sersant het gesê—"

"Onder geen omstandighede nie. Sy is my pasiënt en sy moet rus."

"Die dame is 'n verdagte."

"Soos ek verstaan, konstabel Pieterse, was sy op haar eie werf. Dis 'n saak van polisiebrutaliteit."

"Maar dokter—"

"Niks 'maar dokter nie', man. My pasiënt is in geen toestand om ondervra te word nie."

"Dis net vir 'n verklaring, dokter. Ek het papierwerk—"

"Ons het almal papierwerk, Pieterse. En op die oomblik is myne die belangrikste."

Mevrou Smit hou haar oë dig toe. Hierdie man met sy blou oë … hoekom maak hulle nie meer dokters soos dié nie? Die land het 'n kudde van hulle nodig. Sy het so een nodig, vir eie gebruik.

Sy probeer ontspan. Sê vir haarself sy is veilig. Die dokter met die blou oë hou die wêreld weg en sy kan net hier bly, 'n bietjie rus. Haar kop pyn en haar skouer is seer en styf.

Maar ... die bliksems het haar sowaar geskiet. Mevrou Smit se oë vlieg oop en sy skiet kersregop. "Ek moet hier uit."

Die dokter probeer seker maak die vent vat die pad. Sy is alleen in die kamer.

Sy kyk om haar rond. Hier is drie ander beddens. Leeg. Die gewone parafernalia wat jy in hospitaalkamers kry: witgeverfde bedkassies op wiele, 'n paar los stoele, gordyne van ongebleikte linne wat van die dak af hang sodat elke bed privaatheid kan geniet ingeval 'n toediener van gesondheidsorg sou besluit om jou iets vernederends aan te doen.

Haar blaas voel juis vol. Die deur lei na 'n gang waar sy voetstappe en stemme hoor. 'n Vrou vertel iets, paniekerig. Sy hoor die dokter se stem. "Sê vir hom hulle moet die kind dadelik na ongevalle bring. Da-de-lik. Ek kom!"

Die voetvalle sterf weg.

Stilte.

Sy leun vir 'n oomblik terug teen die kussings. As sy maar net hier kon bly. Dit voel veilig.

Maar …

Mevrou Smit gaan oor tot aksie. Sy draai die wieletjie wat die vloei van vloeistof deur die drup beheer stewig toe. Torring die pleisters los wat die naald op haar arm vasplak. Trek die naald uit en gril vir die druppel bloed wat op haar vel vorm.

Sy voel duiselig toe sy probeer opstaan. Baie bloedverlies, het die dokter gesê. Sy sak terug op die rand van die bed en wag dat die geklop in haar kop bedaar. Haar skouer brand asof 'n kool vuur daarin vasgekeer is.

Ná 'n paar diep asemteue voel sy beter.

Sy kry haar klere in die bedkassie, netjies opgevou en in 'n plastieksak gepak: 'n broek, 'n bloes, die insteeksandale van Birkenstock en 'n paar sokkies, opgerol. Sy gril weer. Dit is die klere wat mevrou Smit van Aronspoort dra.

En, dink sy toe sy haar voete in die walglike skoene stoot, dis gemaklik. Bevrydend, selfs. As sy nooit weer iets styfs hoef te dra nie, nooit weer hoë hakke nie en nooit weer vir ure en ure by haarkappers en skoonheidsalonne hoef deur te bring nie – 'n klein flits van weemoed aan die gedagte van 'n goeie facial en 'n body wrap – dan is dit ook nie die ergste nie.

Niemand sal haar in hierdie mondering herken nie.

Sy sukkel om die veters van die hospitaaljurk agter haar rug los te kry, raak ongeduldig en ruk op die ou end een van die materiaalstrikkies af. Pluk die jurk oor haar kop.

Haar bra is nêrens te vinde nie.

Bloed op haar bloes. Dis nog nie eens heeltemal droog nie, maar die kledingstuk is feitlik geruïneer. Haar bra het seker dieselfde pad geloop – dalk het iemand dit losgesny en weggevat om verbrand te word, saam met ander mediese afval soos uitgehaalde blindederms en nageboortes. Sy sluk swaar, skielik naar.

Sy frons. Die fyn kantbra vertel nie dieselfde storie as die vormlose broek en die Birkenstocks nie. Hopelik het niemand dit opgemerk nie.

Sy het geen keuse as om die hospitaaljurk weer aan te trek nie – vir die bloedbevlekte bloes sien sy nie kans nie.

Hamers slaan in haar kop, haar skouer is styf en seer. Haar vingers sukkel dom met die oorblywende strikkie van die jurk agter haar rug. Die broek het gelukkig 'n rek, nie 'n gulp nie. Die soort broek wat middeljarige vroue dra wat tou opgegooi het met die lewe.

Wat het die dokter van haar gedink? Sy het sekerlik beter gelyk net in die hospitaaljurk, sonder die verbrande bril. Sy moet padgee voor hy die nuwe mevrou Smit, in al haar onmerkwaardige glorie en haar rekbroek, beter leer ken. Waar is die bril? O, in die handsak.

Sy sug.

Sy skuifel na die venster toe, maak dit oop en klim uit.

Die hospitaal is aan die rand van die dorp, maar dis 'n klein dorpie, en alles is binne loopafstand. Dis skaars twee blokke na Van Riebeeckstraat en in die hitte van die namiddag is daar genadiglik min mense op straat. Sy neem 'n effense ompad na die rand van die dorp. 'n Bakkie kom verby en sy tree vinnig agter die beskerming van 'n groot boom in.

Daar is 'n laning van die bome: platane. Vir 'n oomblik verbeel sy haar sy is terug in die landelikheid om Aix, waar sy een somervakansie … 'n Skietende pyn. Sy leun teen die skurfheid van die stam. Die bas is grof teen haar wang.

Ruk jouself reg, mevrou Smit!

Sy kry die gaping in die heining na die paadjie wat al langs die rivier af loop. Haar erf is mos die laaste een in die straat en maklik bereikbaar. Die plek is 'n veiligheidsrisiko. Sy jeuk om oom Apie se ou huis onder hande te neem om die plek woonbaar te maak, maar dít sal haar eerste prioriteit moet wees: 'n ordentlike heining, dalk geëlektrifiseer, en 'n alarm op die grens.

'n Hond begin blaf, hard en naby. "Sjarrap," sis sy. Daar is sekerlik steeds polisie in haar huis en sy wil nie weer geskiet word nie. Lyk gelukkig nie of hulle raak skiet nie. Haar kans om getref te word, is dalk dieselfde as voorheen, maar die noodlot het 'n manier om 'n mens een of ander tyd in te haal, as jy hom genoeg kans gee.

Die son begin water trek. 'n Motor trek weg. Haar huis lyk verlate.

Seker ná vyf. Die blikskottels werk nie oortyd nie.

Sy kry haar handsak en haar motorsleutels waar sy dit vroeër onder 'n omgekeerde sinkemmer tussen die olyfbome weggesteek het omdat sy vryheid van beweging wou gehad het. Die groot pienk handsak is nogal swaar.

Net so wel … Sy gryp dit, paniek vir 'n oomblik in haar keel – sê nou maar – maar nee, die gewig voel reg. Sy ruk dit oop en alles is daar: die mooi houer met gesigpoeier, die blikkie suiglekkers. Dit is die belangrikste. Dan kyk sy verder – die bakkie se sleutels is ook daar en die goueraambril wat sy in haar handsak gestop het toe sy gedink het niemand sal haar sien nie. Haar nuwe beursie met die kredietkaart vir haar nuwe bankrekening en 'n stewige stapeltjie kontant. Wie sal nou onder 'n ou emmer aan die onderpunt van haar erf rondkrap? As die polisie maar geweet het …

Die huis lyk skielik vir haar oud en dood. Dalk het hulle iemand gelos om die plek deur die nag op te pas – 'n konstabel of 'n sekuriteitswag. Die moordenaar kom mos dikwels terug na die toneel van sy daad. Sy ril. Maar dit gebeur net in storieboeke.

Wie het die vrou ingedoen?

Sy sal moet uitvind. Nuuskierigheid was nog altyd haar ondergang, maar nou is meer op die spel. 'n Onopgeloste moordsaak gaan net ontydig die aandag na haar en haar nuwe huis trek. En die pers is vlieë wat deur enige miskoek aangelok word.

Met haar handsak in die hand, sluip sy aan die sykant van die huis verby na die bakkie wat steeds voor in die straat geparkeer staan. Vir eers sal sy maar veilig speel en haarself uit die voete maak.

Dit word donker en sy voel skielik ondraaglik moeg.

Die Aronspoort-hotel is 'n dubbelverdiepinggebou met 'n verspotte gewel, op die hoek van Lang- en Kerkstraat. Nie te ver van die pastorie nie. Dronkies sal mevrou Dominee sekerlik gereeld op 'n Saterdagaand irriteer.

Haar oornagtassie is steeds voor by die passasiersitplek. Die res van haar klere, oftewel die paar stukkies wat die nuwe mevrou Smit aangeskaf het, is in 'n boks saam met die meubels en kiste kombuisgoed nou in die motorhuis opgestapel. Alles wat sy het, is nuut, hoewel die meeste van die meubels uit tweedehandse winkels kom. Sy het met sorg beplan. Om met leë hande en sonder 'n trek hier aan te kom, sou net aandag getrek het.

Sy vroetel in haar tassie en vind 'n hemp – een van dié wat sy in 'n ruskamp in die Krugerwildtuin gekoop het. Madiba het 'n blywende indruk op die oorsese toerismemark gemaak. Die veelkleurige hemp het nog 'n etiket aan wat sy afskeur voor sy dit oor haar kop trek. Dan woel sy die bande van die hospitaaljurk agter haar rug los en glip dit oor haar arms, net vir ingeval iemand deur die bakkie se venster kyk. Sy is steeds braloos.

Maar sy hoef nie bekommerd te wees nie; 'n wit bakkie, effens afgeleef, wat oorkant die hotel parkeer teen vliegtuig-oor-die-dorp-tyd, trek glad nie aandag nie.

Met haar handsak en die oornagtassie stap sy oor die steeds warm teer na die hotel se ingang. Die bont hemp hang los om haar, maar 'n moedswillige windjie kom druk die materiaal teen haar welgevormde borste en sy trek dit met een hand weg van haar lyf. Haar bene, dalk effens te gespierd om sexy te wees, bly vormloos onder die pype van die los broek en haar hare het lank laas 'n kam gesien. Haar gesig, sonder grimering, lyk net vasberade. Sy druk die goueraambril terug op haar neus.

Die groepie mans wat op die stoep staan en klets met hul eerste koue biertjie van die aand kyk haar heeltemal mis.

Mevrou Smit knik vir haarself. Sy is hier om onsigbaar te wees.

Die mat in die ingangsportaal is effens geskif en niemand staan agter die ontvangstoonbank nie.

Selftevredenheid verval in paniek. Hoe kan sy hier bly? Daar is 'n kraak in die lampskerm van 'n muurlig en 'n dooie vlieg lê op 'n sytafeltjie. Iewers hoor sy 'n vrou skel lag en die staanhorlosie teen die agterste muur het om agtuur die gees gegee, een oggend of vroeg-aand, wie weet hoe lank gelede.

Van toe af staan die tyd hier stil.

"Kan ek u help?" 'n Jong man in 'n wit hemp en 'n swart broek kom deur 'n deur gestap, 'n vadoek in die hand. Hy is besig om 'n whiskyglas af te droog.

"Ek soek 'n kamer vir die nag. En iets in daai glas. Vinnig."

Die jong man knik professioneel. Hy skuif agter die ontvangstoonbank in en sit die glas voor hom neer, aanloklik. Dan peuter hy met die sleutelbord van 'n rekenaar en frons belangrik. "Enkel of dubbel?" vra hy.

"Dubbel asseblief, van julle beste whisky."

"Ek bedoel die kamer, mevrou."

"Maak dit ook maar 'n dubbel. Ek slaap nie op enkelbeddens nie."

"Goed. Kamer 12. Dit is en suite en die balkon kyk uit op die straat."

"Fantasties. Is dit die beste wat jy het?"

Die jong man frons. "Ons het net die beste in hierdie hotel, mevrou."

"As jy so sê."

Hy skuif 'n bossie sleutels na haar toe. "Die kamersleutel is die grote, die kleiner sleutel is vir die balkondeur. Ons voordeur word gesluit ná tien in die aand, maar hier is 'n nagportier wat u sal in- en uitlaat indien u later wil ..." Hy frons, asof later as tienuur op Aronspoort 'n grenstyd is waarby sy gedagtes nie kan verbykom nie. Later as tienuur in die aand is duidelik verby Aspoestertjie-tyd.

Hy ken nog nie vir mevrou Smit nie.

"En roer met daardie whisky."

"Ek moet dit na u kamer bring?" vra hy, effens verbaas.

Van die kroeg se kant hoor sy stemme, weer die geluid van die vrou wat te hard lag. 'n Kroeg is 'n goeie plek om te begin as sy meer wil weet omtrent die lyk in haar kombuis. Daar is egter geen haas nie. Laat die spulletjie eers verder trek. "Maar natuurlik. Dis tog 'n hotel dié," antwoord sy.

Sy is halfpad teen die trap op toe hy agterna roep: "Is daar nog bagasie waarmee ek dalk kan help?"

Maar mevrou Smit het vir eers klaar gepraat.

Die hotelkamer laat haar aan die binnekant van haar ouma se handsak dink: oorvol, vol fieterjasies en vreemd bekend. Miskien is dit die rose op die muurpapier, of die fraiings aan die lampskerm van die bedliggie. Daar is 'n losstaande hangkas van gepoleerde ebbehout en die bed is van gietyster, met swaar koperknoppe op elke hoek wat al 'n paar duike opgedoen het ná jare van wat ook al in hotelkamers gebeur.

Orals is los kussinkies.

Sy sit haar handsak en tassie op die bed neer en stap oor die tapyt (volvoer, maar in 'n ontwerp wat nog nooit mode was nie) na die balkondeur en sluit dit oop. Die balkon strek oor die hele voorkant van die hotel en word gedeel deur al die kamers wat straatkant toe kyk. 'n Middelrif-hoë muurtjie sper dit van die straat af en 'n wulpse bougainvillea rank ruig tot teen die dak. Die massa donkerrooi blomme pas by die gepoleerde stoepvloer. Voor elke kamer is twee rottangstoele en 'n tafeltjie met 'n asbak.

Iemand klop aan haar deur.

"Ek het nie vir jou 'n fooitjie nie," brom sy vir die jong man. Maar die whisky lyk ruim en miskien moet sy ... "Ek sal môre met jou regmaak."

"Geniet u verblyf by ons, mevrou—"

Sy druk die deur in sy gesig toe.

'n Sigaret. Hoekom het sy haar voorgeneem om op te hou rook? Sy weet in elk geval nie of sy wil oud word nie. Sy vat haar whisky stoep toe en gaan sit by die tafeltjie. Die glasasbakkie knip vir haar oog. Sy gryp daarna en smyt dit vies in die bougainvillea in. Genadiglik haak dit iewers in die lower vas sonder om nog 'n slagoffer op die sypaadjie onder haar te eis.

Ná die eerste sluk voel sy effens meer rasioneel. Haar skouer begin klop en stuur rillings pyn deur haar lyf.

Die donderse dokter kon darem maar vir haar pille gegee het. Nie dat sy hom kans gegee het om dit te doen nie.

Stemme styg saam met die laaste van die dag se hitte vanaf die sypaadjie op. Die dorp se mense kom soek lafenis. Die kroeg, met sy veranda wat oopmaak straat se kant toe, blyk 'n gewilde kuierplek te wees.

Sy loop tot agter die bougainvillea en loer uit na die toneel onder haar. Elsa stap doelgerig oor die sypaadjie aan die ander kant van die straat, haar hele houding stokstyf, met 'n wollerige hondjie aan 'n leiband en 'n lenige man in 'n swart pak 'n hele paar treë agter haar. Hy kon net so wel ook aan 'n riem loop. Sekerlik meneer Dominee.

Siestog. Verlangend kyk hy in die rigting van die bierdrinkers op die hotel se stoep.

Met regop rûe verdwyn die paar om die hoek.

"Suzette-die-slet!" klink 'n drinker se stem van onder af op. "Ek het nog altyd gereken sy gaan 'n sticky einde hê."

"Verlies van goeie vleis, as jy my vra."

"Jan, skaam jou. Jy's 'n getroude man."

"Met oë in my kop, ja. En dis nou nie asof sy skaam was met die Liewe Here se seëninge nie."

"Daai vrou sou die hele dorp onder ons gatte uitverkoop het."

"Toeriste bring geld."

"Maar ons kan dit nie bekostig om vir ons 'n ordentlike plek hier op die dorp te koop nie. En weet jy hoe is dit met drie kinders in 'n woonstel?"

"Keer julle nie om aan te teel nie."

Gelag en stuitige uitroepe.

"Is sy geskiet, of wat?"

"Dit sal wel môre in die koerant staan."

"Jan, onthou om die voordeur vanaand te sluit. Die dorp is nie meer veilig nie. Tien teen een was dit een van haar kliënte. Die elemente wat sy hier ingesleep het."

"Dit gaan een van die dae net so rof hier as in die stad gaan."

"Is sy ... onsedelik aangerand? Was dit roof?"

"Wel, ek kan aan baie mense dink wat nie te hard gaan huil nie."

"Soos wie?"

"Soos haar man, byvoorbeeld—"

"Eksman."

"Ja, wel. En Margaret Fourie, ná wat Suzette aan haar kat gedoen het."

"Daar is 'n hele paar vroue op dié dorp wat haar oë sou uitkrap as hulle net die kans kon kry."

"En wat van Sakkie Bezuidenhout? Sy was besig om hom goed te beneuk, sê ek jou."

"Bring bietjie nog 'n ronde hierriekant toe!"

"'n Dubbel vir my asseblief, met meer eish!"

Gatvol vir die sinnelose gebabbel, besluit mevrou Smit om eerder te gaan bad.

Die kamer het mos nie 'n stort nie.

Dis nie die eerste keer dat iemand op mevrou Smit skiet nie. Haar skouer is styf en baie seer. Droë bloed het deur die middel van die groot pleister op haar skouer gesyfer om 'n amper perfekte kaart van Afrika te vorm. Sy ril toe sy dit aftrek.

’n Netjiese ry steke oor die wond op haar skouer – dit lyk meer na ’n sny as ’n koeëlwond – en rou kneusing in die vel in haar oksel: donkerrooi, soos ’n pruim.

Sy sou graag iets teen pyn in haar sisteem wou hê, maar die whisky help. Sy gooi die klein botteltjie hotelseep in die bad en draai die kraan wyd oop. Stoom en die sintetiese reuk van blomme vul die vertrek.

Doelbewus ignoreer sy haar wond en fokus op ’n tjip in haar een perfek geverfde toonnael toe dié deur die skuimlaag aan die ander punt van die bad breek. ’n Vrou kan haar lewe agter haar laat. ’n Vrou kan tannieklere aantrek en ’n vrag nuwe ou meubels in ’n tweedehandse winkel gaan koop. Sy kan sokkies saam met Birkenstocks dra en selfs ’n ou bakkie aanskaf. Sy kan op die platteland gaan woon.

Maar wanneer dit kom by haar onderklere en haar toonnaels … daar trek sy ’n streep.

Sy sal iets aan daardie toonnael moet doen.

’n Halfuur later, met ’n handdoek om haar lyf, gaan sit sy op die bed (ná sy die geblomde bedsprei eers afgetrek het; ’n mens weet nooit wat alles daarop gebeur het nie) en soek na ’n skryfding. Sy kry ’n oranje balpuntpen in die laai van die bedkassie en ’n vergete Gideonsbybel.

Sonder skroom maak sy die Bybel by sy skutblad oop en begin skryf.

6

Vroeg die volgende oggend, ná 'n ontbyt van hawermoutpap en twee gekookte eiers, is mevrou Smit op die oorlogspad.

Die jong man met die wit hemp het haar beduie na die dorp se enigste manikuris – aan die agterkant van die Spar. *Gloria's nails and hair* staan daar op 'n enkele stowwerige venster wat op die parkeerterrein uitkyk en op 'n stukkie sypaadjie met gebreekte plaveisel.

Toe sy die deur oopstoot, lui 'n outydse klokkie wat haar laat terugdink aan tandartsbesoeke toe sy klein was.

Niemand in die bedompige vertrekkie nie.

Die waaier teen die plafon is afgeskakel en 'n paar vlieë stamp kop teen die vensterruit. Maar oral, op rakke uitgestal, marsjeer 'n bataljon gekleurde flessies.

Sjampoe en naelpolitoer. Daar is nog hoop in die wêreld.

Mevrou Smit soek die skakelaar vir die dakwaaier en skakel dit aan, op hoogste spoed. 'n Paar los papiere styg op vanaf hul landingstrook op 'n smal toonbank.

Hier is twee tafels waar naels gedoen word en 'n swart stoel voor 'n spieël. Vir 'n geoefende oog is die orde in die chaos gerusstellend. Die wattebolletjies is in netjiese houers. Die oppervlakke is skoon en …

"Kan ek help?" Die meisie het uit die niet aan die agterkant van die klein salon verskyn, maar mevrou Smit merk geen deur waardeur sy kon gekom het nie.

Sy het nogal geskrik, maar probeer dit wegsteek.

Die meisie is skraal en amper belaglik klein van postuur. Sy dra 'n kraakwit hemp en 'n bruin romp, knielengte, in 'n grootte wat sy sekerlik slegs by die kinderafdeling kon gekoop het. Haar effens Oosterse gelaatstrekke wys op 'n herkoms wat jy met moeite sal kan karteer. Mevrou Smit is bedrewe met die spyskaarte van selfvertroeteling en sy herken 'n waardige diensverskaffer in die klein terapeut.

"Sanet," stel die meisie haarself saaklik voor. Mevrou Smit frons. Die naam pas haar hoegenaamd nie.

"Mevrou Smit," antwoord sy en vir 'n oomblik flits daar 'n onderlinge verstandhouding tussen diensverskaffer en kliënt.

Sanet spring aan die werk.

'n Uur later is die skade aan die toonnael herstel, en in haar geestesoog kan sy die lysie name wat sy gisteraand op die skutbladsye van die Bybel begin neerskryf het, nou aanvul met notas, strepe en uitroeptekens.

Sanet was spraaksaam. "Mevrou Dominee regeer hierdie dorp. Maar oppas vir haar man – hy is vatterig. Haar ma bly by hulle en lei almal 'n lewe. Suzette was die enigste een wat hierdie plek bietjie skop gegee het, al was haar metodes nie na almal se smaak nie. Sy was een vir 'n vinnige bok, hoor! Het nie altyd by die reëls gebly nie, net soos haar man, of eksman liewer. Voëls van enerse vere. Vyande? Waar sal ek begin?"

Maar die pen sal moet wag tot haar naels behoorlik droog is. Miskien moet sy solank eers 'n draai by die polisiekantoor loop om te hoor wat gebeur.

Net voor sy by die salon uitstap, steek mevrou Smit vas. Sy lees die skrif aan die binnekant van die ruit, agterstevoor soos in 'n spieël vanaf die plek waar sy staan. "Gloria's nails and hair?" vra sy.

"Ek kan 'n Gloria wees as ek wil," antwoord Sanet.

"Julle kan my nie vir altyd uit my eie huis hou nie."

"Dit sal net nog 'n paar dae neem, mevrou." Konstabel Pieterse grinnik. "Die ouens van die Kaap is in charge, nie ek nie."

"Ek het my verklaring afgelê. Ek het vir die huis betaal, dit is wettiglik myne. Wat meer wil julle hê?"

"U mag nie die dorp verlaat nie, u weet dit, nè?"

"Die dorp verlaat?" Mevrou Smit, effens rooi in die gesig van verontwaardiging en algemene frustrasie, het nog nie vir 'n oomblik aan dié moontlikheid gedink nie. Die dorp verlaat? Sy het dan so pas hier aangekom.

Mevrou Smit is nie een wat sommerso gou tou opgooi nie.

Maar dalk moet sy. Die gedagte is skielik vir haar aanloklik. Sy kan haar rug op hierdie poging draai, haar seer skouer in haar bakkie prop en aanskuif na die volgende dorp.

Sy kan 'n ander huis gaan koop. Vader weet, sy het genoeg geld.

Maar die grinnik op Pieterse gesig maak haar net meer vasberade. Sy het gekom om te bly en bly sal sy.

Sy storm uit die polisiekantoor en kies koers in die algemene rigting van haar huis, maar moet woes wegspring toe 'n Mercedes uit die bloute reg op haar afpyl.

Sy struikel oor die randsteen.

"Swerkater!" swets mevrou Smit. Om haar val nog 'n paar los klippies wat die bande van die wiele uit die teer losgeskiet het. Haar knie brand en warm bloed drup tot op haar hand.

Haar skouer het weer begin bloei.

"Kan ek u help? Wat het gebeur?" 'n Samaritaan buig oor haar.

"Los my uit. Ek kan self regkom. Maar kry die hopelose polisieman hier agter om daardie … bliksem wat so roekeloos bestuur te gaan aankeer. Het die dorp se polisie dan nie 'n vangwa nie?"

"Dit was Henk Pelser daai. Hy ry altyd bietjie vinnig." Die Samaritaan is 'n lang maer man van seker so veertig of vyftig. Sy hare, effens yl, val in 'n lang sliert oor sy voorkop. "Jy bloei."

"Ek weet ek bloei. Ek het oë in my kop."

"Kom, ek vat jou dokter toe. My naam is Gys, Gys van Wyk. Ek is die posmeester hier op die dorp. Enkellopend." Die laaste woord word hoopvol bygelas.

Mevrou Smit knipper haar oë verbaas. Sy word amper vrekgery, reg voor die polisiekantoor, en niemand lig 'n vinger om die sondaar aan te keer nie. Die polisiekantoor sluimer rustig voort in die oggendson, diefwering voor die vensters. Bo hulle troon die

Langeberge, soos die skubberige rûe van drake wat rondom die dorp op wag staan, sonder om hulle enigsins aan die doen en late van die dorpenaars in die strate te steur. Waar is die ambulanse, die publieke reaksie, die gereg? En hierdie posmeester; maak hy sowaar ogies vir haar?

Die vent is super-creepy. Die manier hoe hy na haar kyk …

"Toemaar, ek sal self regkom." Mevrou Smit skud die stof van haar sitvlak af met haar gesonde hand.

"Die hospitaal is net hier om die hoek," sê die posmeester-Samaritaan. "En hierdie tyd van die dag is dokter Tomas in sy spreekkamer, net langsaan. Waar kom al die bloed vandaan?"

Sy het nie skoon pleisters of verbande gehad om op te sit nie, maar haar bloes bedek die wond. "Iemand het my geskiet," verduidelik mevrou Smit.

Die man lyk verbaas. "Geskiet? Maar jy's amper omgery. Ek het geen skoot gehoor nie."

Mevrou Smit tel haar handsak van die sypaadjie af op en sonder 'n verdere woord stap sy weg in die rigting van die hospitaal. Sy kan voel hoe die posmeester se klewerige blik haar agtervolg.

"Die vrou is gek. Stapelgek."

Verbeel sy haar, of is daar 'n tikkie bewondering in sy stem?

Die blink Mercedes is voor die gebou langs die hospitaal geparkeer. Mevrou Smit sien skaars die *Dr. Tomas Barnard,* MB CHB MMED (CHIR) op die koperplaatjie langs die deur raak.

Nee, sy storm in.

Met 'n vinnige blik deur die smaakvolle wagkamer met sy grys linnebanke en bosse vars aronskelke, sien sy niemand wat lyk na die bestuurder van die moordmotor nie. Net 'n ou tante (tannie Annatjie, maar sy registreer dit skaars) en 'n kleurlose ontvangsdame wat halsstarrig na 'n rekenaarskerm staar terwyl die telefoon langs haar lui en lui.

'n Kort gang na regs. Mevrou Smit laat nie op haar wag nie. Die eerste deur maak in 'n klein kombuisie oop. 'n Sjokoladekoek pof romerig onder 'n deurskynende plastiekdeksel. Kekkel-en-Kraai se etiket is daarop geplak.

Dít sou mevrou Smit eers heelwat later onthou.

"Mevrou!" 'n Stem agter haar. Die ontvangsdame het wakker geword. "U kan nie net sommerso—"

Die tweede deur lei na 'n tipe ondersoekkamer.

Die laaste deur onder in die gang het geen keuse as om haar prooi te verberg nie.

Met die wapperende ontvangsdame kort op haar hakke, gooi mevrou Smit die laaste deur oop.

Die man sit met sy rug na haar; sy kortgeskeerde grys hare eindig in 'n stewige nek met 'n paar songebrande velvoue wat in 'n kraag verdwyn. Hy dra 'n donkerblou linnebaadjie. Die man se skouers is breed en kragtig. Voor hom op die tafel lê 'n hoed.

Daardie hoed lyk bekend. Dit was in haar eerste skermutseling op Aronspoort. 'n Deftige fedora soos wat 'n ryk boer sou dra wanneer hy met sy Mercedes in die hoofstraat afry. Die ou vrou met haar skuifelpassie oor die straat. Die toeterblaser met die hoed en die fris skouers in haar truspieël.

Haar senuwees daardie dag! Net twee dae gelede.

Haar woede hoop op. "Probeer jy my vermoor, of wat?" Haar stem is skriller as wat sy wil hê dit moet wees. Sy wil soos een van Wagner se Walkure vanaf donker wolke van vergelding op die vent neerdaal, met die swaard van verontwaardiging in haar regterhand.

Die man draai om, verbasing op sy gesig.

Agter haar het die ontvangsdame ook begin skree. Tannie Annatjie kom nuuskierig in die gang af geskuifel. "Dokter Tomas, ek was eerste hier. En ek moet dringend met jou praat!"

Die ontvangsdame keer. "Nie nou nie, tannie Annatjie. Die dokter is baie besig."

Tannie Annatjie se gesig vertrek en vies stamp sy haar kierie by die deur uit.

Dokter Tomas, aan die ander kant van die tafel, is die enigste kalm persoon in die vertrek. Maar mevrou Smit sien hom glad nie eens raak nie.

Meneer Mercedes het hom intussen tot sy volle lengte uitgestrek.

Mevrou Smit bars uit van die lag. "Dit verklaar alles," snork sy. "Jy's kort!"

Die kêrel raak rooi in sy gesig. Hy is kort, maar hy is nie klein nie.

"Kort mannetjies soos jy moet altyd vergoed met yslike karre en 'n bombastiese houding. Dis sekerlik nie net jou postuur wat kort is nie. Maar dis nie te sê jy kan jouself soos 'n vark gedra nie. As jy 'n vrou uit haar skoene ry, stop ten minste en vra om verskoning."

Die skrobbering laat die man sprakeloos.

"Is dit waar, Henk?" vra dokter Tomas van agter sy lessenaar. "Het jy hierdie vrou omgery?"

"Sy praat twak! Ek het—"

"Soos 'n mal mens in die hoofstraat af gejaag en nie links of regs gekyk nie," raas mevrou Smit.

Die ontvangsdame gee 'n klein gilletjie. "Sy bloei! Sy's raakgery." Sy kyk ook skielik beskuldigend na dokter Tomas se pasiënt.

"Sy's g'n raak gery nie," brom die dokter. "Sy's geskiet."

"Wat?"

"Mevrou Smit, verlaat asseblief my spreekkamer. Hannelie, vat haar na die behandelingskamer en maak haar skouer skoon. Ek sal nou daar wees."

"Maar wat van …?" stamel mevrou Smit, die wind skielik uit haar seile.

"As jy 'n klag teen meneer Pelser wil lê, vir roekelose bestuur of wat ook al, dit is nie die polisiekantoor dié nie."

Die dokter gluur haar aan met sy blou oë totdat die vuur in haar are bedaar. Soort van. Die man se oë is baie blou en …

"Tsk," vervies sy haar vir haarself.

"Jý!" snou sy vir oulaas na meneer Mercedes. "Ek is nog lank nie klaar met jou nie. Die dorp het nie rampokkertjies soos jy nodig nie."

Dan proes sy skielik vir haar eie verkleinwoord. "Rampokkertjies!" giggel sy kopskuddend vir haarself.

Wanneer laas het sy gelag? En van wanneer af beskou sy die dorp as hare?

Gedienstig laat sy toe dat die ontvangsdame haar weglei.

Tien minute later sit sy en wag vir haar eie skrobbering. Haar lys van sondes is lank. Sy het uit die hospitaal ontsnap, sy het die netjiese steke van haar wond losgeskeur en nou het sy oor die dokter se wit jas opgegooi toe sy sien hoe hy die bloed wegvee.

Hawermoutpap en gekookte eier.

Maar dokter Tomas het blykbaar 'n onuitputlike voorraad vars gestrykte wit jasse. En Job se geduld.

"Dit gaan 'n klein bietjie brand," waarsku hy.

Sy probeer hard om te ontspan. Haar terapeut. Die plek van rus waarheen sy moet gaan as sy ...

"Eina, bliksem! Dit brand!"

"Dis net 'n bietjie verdowingsmiddel. Ek sal van die steke moet vervang. Daar is 'n groter risiko vir infeksie met so 'n tweede toewerk van 'n wond, maar andersins mag dit 'n lelike litteken laat."

"Litteken se voet. Ek gee nie om nie."

"Natuurlik gee jy om. Iemand met so 'n mooi tatoe—"

"Wanneer het jy ...?"

'n Sinnelose vraag. Die eerste keer toe hierdie man haar ondersoek het, was sekerlik in die hospitaal, al kan sy niks daarvan onthou nie. En hy is 'n dokter.

'n Dokter wat meer diskreet behoort te wees as om oor sy pasiënte se privaatheid te praat. "Onthou jou hippokratiese eed," brom sy.

"Wie is die vent hier buite?" vra sy hom dan.

"Ek gaan definitief nie my pasiënte met jou bespreek nie."

"En wat soek hy by jou? Het hy kanker? 'n Blaasinfeksie?" Sy giggel. "Seker aambeie!"

"Jy sal hierdie arm vir 'n tydjie moet stilhou."

"Henk. Henk Pelser, is dit nie?"

"Dit was nou wel net 'n opslagkoeël gewees, maar skietwonde doen ook skade aan die omliggende weefsel—"

"Suzette Pelser se man. Die dooie vrou in my kombuis."

"Soos die koeël momentum verloor, gee dit energie af, wat omgeskakel word in hitte—"

"Haar eksman, sê die mense. Wat was fout met hulle huwelik?"

Die hande wat aan haar werk, word vir 'n oomblik stil.

"Dis dalk hy wat haar vermoor het." Mevrou Smit skiet orent en 'n instrument glip van die groen doek op die ondersoektafel langs haar af en land kletterend op die vloer.

"Sit stil en bly stil." Dokter Tomas pluk geniepsig aan die garing.

"Hy is net die tipe wat sy vrou sal vermoor. 'n Kort mannetjie soos hy. Ongeduldig en onbeskof. En sy was 'n tert. Ek kon dit sommer sien en almal op die dorp sê: 'Suzette-die-slet.' Dis 'n dodelike kombinasie."

Mevrou Smit het die moord opgelos, sommerso.

"Soos ek gesê het: Jy het die kans vir infeksie nou aansienlik verhoog met jou … manewales. Die tweede toewerk en die weefsel wat so gekneus is rondom die wond. Ek gaan vir jou antibiotika voorskryf. Drink dit."

"Ja, ja." Sy luister nie regtig nie.

Dokter Tomas het die chirurgiese instrumente bymekaargemaak en die latexhandskoene uitgetrek. Sy vingers is lank en lenig. 'n Man met goeie hande.

Hy buk om die verlore skêr onder die ondersoektafel op te tel. Sy hare is kort gesny en feitlik heeltemal grys. Maar dig.

Wat maak 'n man soos hy op 'n dorp soos dié?

Sy moes dit hardop gevra het, want toe hy orent kom, gee hy haar weer een van daai kyke. Asof sy 'n klein dogtertjie is en hy nie van kinders hou nie. Asof sy 'n kat is en hy allergies is. Asof …

"Trek aan."

Sy is nog steeds braloos, want ná haar warm bad het sy besluit die kledingstuk is onnodig as mens sulke los hemde dra. Haar hemp het sy met haar gesonde hand skuins oor haar bors probeer hou. Maar haar konsentrasie moes geglip het.

Wie dink die vent is hy? 'n Dokter miskien, ja, maar is hy nie nietemin van vlees en bloed nie?

Nee.

Maar sy gaan hom toets. Sy laat die bloes val en staan kiertsregop. Met haar borste was daar nog nooit iets verkeerd nie.

Hy kyk nie eens op nie. Skryf net aan en skeur 'n vel papier af. "'n Voorskrif. Hannelie sal jou 'n vorm laat invul voor in die wagkamer. Vir nuwe pasiënte."

"Vir wat?" vra mevrou Smit stuurs.

"Vir allergieë en vorige mediese geskiedenis. Adres, mediese fonds, en so."

"As jy my telefoonnommer wil hê, kan jy net vra." Sy wapper haar ooglede.

Hy kyk op van die nota wat hy besig is om te maak en maak sy mond oop om iets te sê, maar maak dit weer toe sonder 'n woord. Dan, soos hy haar lêer toemaak, sê hy: "Gedra jou."

Gedra jou. Briesend stap sy uit na die straat, reg by die ontvangsdame verby.

Vorm se voet.

In Langstraat sien sy die tamatierooi Fiat 500 wat met die spoed van Aspoestertjie se pampoenkoets presies om twaalfuur die middag die dorp inrol. Verdwaal?

Maar nee, daardie motortjie lyk of dit weet waar dit gaan. Die bestuurder pyl met warmbloedige spoed op 'n oop parkeerplek in Kortstraat af.

Mevrou Smit steek in haar spore vas. Die motortjie lui 'n klok in haar brein, en ja, daardie harige arm wat die deur stewig in die bestuurder se kieliebak vasklem, kan net aan een persoon behoort.

Aasvoël!

Sy stap vasbeslote verder. Kop omhoog. Sy het g'n rede om bang te wees nie. En mevrou Smit, wat nooit enigiets aan die toeval oorlaat nie, is inderdaad nie bang nie.

Sy het Dario Farini jare gelede ontmoet toe hy nog nat agter die ore was. 'n Lessenaar-sitter, 'n subredakteur, kopieskrywer, weet nie presies wat sy pos was nie, maar skaars meer as 'n menslike speltoetser. Nog nie 'n behoorlike joernalis nie. En hy skuld haar. Sy was die invalshoek van die storie waarmee hy naam gemaak het.

Maar nou is nie die tyd om rente op ou gunste te trek nie. Deesdae hang die wêreld aan sy vingerpunte – glo een van die land se voorste ondersoekende joernaliste. Een van daai wat eerder die politiek vermy en fokus op skandes en sosiale stories. Uit sy pad moet sy liefs bly. Die man is slim.

Maar dalk is dit net die toets wat sy nodig het?

As sy vir Dario Farini 'n rat voor die oë kan draai, kan sy enigiemand bluf.

Dis mos net toevallig dat die vrou haar lepel in háár dak kom steek het. Suzette-die-slet.

Mevrou Smit snork. Gelukkig was die papierwerk van die huiskoop afgehandel. Anders kon dit gelol het – nog meer haakplekke in die krapperige begin van haar nuwe, ongekompliseerde lewe. Hmf.

Die rooi motortjie het reg langs die glasvenster van die eiendomsagent gestop. 'n Lang man, miskien effens oorgewig, miskien effens slonsig, rank by die bestuurskant uit en gaan druk sy neus feitlik teen die foto's in die venster. Natuurlik.

Hy begin by die begin – Suzette se kantoor. Hoekom het sy nog nie daaraan gedink nie?

Dis Saterdag. 'n Dorpsmark het kom nesmaak op een straathoek. Toeriste draai daar rond soos brommers. Mevrou Smit maak haarself onsigbaar in die gedrang. Vir watter koerant werk Dario deesdae? Steeds Netwerk24? Maar in die Wildtuin het sy een van sy berigte in die *Daily Maverick* gelees. En 'n analise van die wilde lewe van korrupte staatsamptenare in die *Vrye Weekblad*. Sy familie het geld. Hy kan dit dalk bekostig om vryskut te werk.

Sy druk te hard aan 'n tamatie, ignoreer die stalletjie-man se protes, maar hou die joernalis uit die hoek van haar oog dop.

Vir Dario het sy 'n heilige respek. 'n Neus soos syne … sy sal moet lig loop. Maar dalk, as hy die moord kan oplos … die polisie is hopeloos. Met hom hier kry die hele saak dalk net 'n vinniger loop en sal die polisie uit haar huis verkas.

Sy kan haar nuwe tweedehandse koppies in oom Apie se kombuis uitpak. Haar kombuis. Sy kan die vrot linoleum uitruk, bloedvlekke en al, en nuwe vloere laat installeer. Hout. Breë, gebleikte planke wat pas by die ou houtvloere in die res van die huis. Dit sal die huis se waardigheid herstel. 'n Sekuriteitstelsel, natuurlik. En daardie groot werf wat afloop tot teen die rivier …

Mevrou Smit droom.

Water in daardie sinkdam. En leivore aan die onderkant van die boord. Suzette-die-slet was 'n redelike eiendomsagent, besluit sy, al was sy volgens alle aanduidings 'n tert.

Oom Apie se huis is presies alles wat sy belowe het. Dit kort werk, ja, maar dit is stewig gebou. Suzette was dalk net nie heeltemal so slim soos wat sy gedink het met die onderhandeling van die prys nie, want mevrou Smit het uit beginsel daaroor gekibbel. Sy was bereid om veel meer te betaal vir rus en vrede.

Sy kan egter nie ontslae raak van 'n gedagte wat bly krap nie: Sê nou maar … sê nou maar net dit was nie Suzette-die-slet se agterkop wat die moordenaar wou induik nie?

Maar om iemand van agter af te bliksem, is kru. Dis 'n daad van gebruik-wat-ek-in-die-hande-kan-kry. Ondeurdag.

Die mense waarvoor mevrou Smit bang is, is meer professioneel. 'n Koeël, 'n vlymskerp lem, of 'n garrot. 'n Stukkie kabel tussen twee stokkies. Sy het dit al gesien … sy ril.

Wat meer is, daardie mense sal nie doodmaak voor elke druppel inligting wat hulle soek saam met baie bloed oor die vloer geloop het nie.

Die moord op Suzette Pelser is blote toeval, probeer sy haarself oortuig. Dit betrek haar nie. Dis net nóg 'n struikelblok op haar nuwe pad.

Haal diep asem.

Sy hou hom dop toe hy weer uit die eiendomsagent se kantoor te voorskyn kom en agtervolg hom toe hy in Piet Retiefstraat af in die rigting van die leidam stap. Dit het Dario Farini nie lank gevat om Kekkel-en-Kraai te identifiseer as die hartklop van die dorp nie, al is dit eenkant en kom die meeste toeriste nie daar nie.

Sekerlik het hy sy huiswerk gedoen.

Hy maak sy groot lyf tuis op 'n kleinerige stoeltjie by 'n tafel in die hoek met een van daardie kleedjies vol verspotte prentjies van teepotte. Die kleedjie is van plastiek, seker omdat dit maklik afvee, maar die vetplant in die middel van die tafeltjie is darem eg.

Mevrou Smit huiwer in die deur. Kekkel-en-Kraai is besig, maar gelukkig sien sy geen spoor van die groep skinderbekke nie. Hulle hoektafel word beset deur 'n raserige gesin, sekerlik van Gauteng. En van die skoongeskropte blonde eienares (Loretta?) is daar ook geen teken nie. Dalk hou die dorpsmark almal besig.

Sy vryf haar stekelrige kuif reg. Die glase van die goueraambril is nog donker van die sonlig buite. Die tafel agter Dario Farini se rug is oop en sy stap doelbewus nader.

Daar druk sy haar neus diep in die oopvouspyskaart.

Farini bestel koffie en melktert by die kelnerin met die neusring en die skewe haarstyl. Hy noem haar "pop". Flankeer hy sowaar met haar? Imelda is mos die naam op haar plaatjie. Iemand soos Farini behoort dit op te let en hoef haar nie te "pop" nie. Maar dit lyk nie of sy omgee nie. Toe sy by mevrou Smit se tafel verbystap (sonder om haar raak te sien), is daar 'n blos op Imelda-die-draakliefhebber se wange. Farini kon nog altyd op die sjarme van die Italiaanse kant van sy bloedlyn staatmaak, al is sy midderif nie meer heeltemal wat dit was nie.

Mevrou Smit duik dieper agter haar spyskaart weg. 'n Man in 'n besmeerde blou oorpak en met vuil hande het by die deur ingekom en kam die vertrek met sy oë, op soek na sitplek.

Farini wink hom nader.

Die koffieplek is vol en, behalwe mevrou Smit, is hy die enigste enkeling wat 'n tafel beset. Bart huiwer net vir 'n oomblik voor hy die vreemdeling se aanbod aanvaar.

Soos 'n mot na die kers, dink mevrou Smit, en maak haar rug styf. Farini het nog altyd geweet hoe om sy stories te kry.

"Die gewone, seblief, Imelda-my-lief!" hoor sy Bart roep. Die kelnerin knik geïrriteerd en draai haar rug te gou op hom. Sy bring eers Farini se koffie. Toe sy wegstap van hom is daar 'n effense swaai in haar heupe. Sy stap weer reg by mevrou Smit verby, sonder om aan te bied om haar te bedien. Onsigbaar inderdaad.

"So, vertel my wat gebeur op julle dorp?" hoor sy Farini vra, sy stem ene vriendelikheid.

"Jy is vreemd hier?" vra Bart.

Farini antwoord seker met 'n knik van die kop, want sy hoor niks.

"Wel, hier was 'n moord."

"Die een twee jaar gelede?" vra die joernalis, moedswillig.

"Ja. Maar nou weer. Suzette Pelser, die eiendomsagent op die dorp."

"Dood?"

"Morsdood."

"Regtig? Waar? Hoe?" Farini klink kamma geskok. Asof hy nie

weet nie. Maar wat anders kom soek 'n nuusaasvoël soos hý op 'n plek soos Aronspoort?

"Hulle het haar in 'n leë huis gekry, kop ingeduik soos die bonnet van 'n Volksie in 'n kop-teen-kop."

Dié Bart het sowaar 'n slag met beeldspraak.

"Maar dis verskriklik! Wie het dit gedoen?" Soos die goeie joernalis wat hy is, pyl Farini reg op die storie af.

"Wie weet? Sy was 'n moeilike een. 'n Paar keer al was ek self lus om haar nek om te draai, hoor. Sy het een van daai blink BMW's gery, maar was kastig altyd te besig om dit na die dealership op Worcester te vat. Te verdomp suinig, as jy my vra. Sy het gekla van 'n rattle wat geen mens kon hoor nie, net sy met haar kort rokkies. 'n Cock-teaser, hoor! Ek moes die hele kar omtrent strip om daai rattle te soek, toe kla sy dat dit net erger word en ek wag nou nog dat sy daai check betaal. Ure van my tyd en dit vir niks."

"Klink nie of sy 'n maklike mens was nie. Maar dit is sekerlik nie genoeg rede om haar in te doen nie, nè, meneer ...?"

"Bart," sê Bart. "Noem my sommer Bart."

"Dario, aangenaam."

Farini se stoel skraap soos hy oorleun om met die hand te groet.

"Die dorp is vandag vol polieste wat oral ronddraai. Jy's nie dalk een van hulle nie?"

"Ek? Nee. Maar vertel my ... want dit lyk my jy ken almal met 'n besigheid soos joune. Werktuigkundige, nè?"

"Ja, Bart van Bart's Motors." Bart lag lekker, asof dit sy gunstelinggrappie is.

"Dink jy dit was sommer 'n lukraak crime? Roof? Huisbraak met moord is mos algemeen."

"Nie op hierdie dorp nie. Dis seker moontlik, ja, drugs is ook maar 'n probleem op die platteland en hier is nou en dan 'n diefstal, of 'n huismoles, of kinders wat smaak hulle is gangsters. Veediefstal. Vra vir Pieterse. Hy's die konstabel op die dorp."

"'n Konstabel? Julle het seker darem 'n redelike polisieteenwoordigheid hier?"

"Praat jy! Mens sal so dink, maar Pieterse is die enigste permanente ou hier. Hulle stuur altyd ekstra manne uit Robertson, maar hulle roteer. Pieterse kyk na sy ma – sy't 'n stroke gehad. Hy sal ook nie sommer 'n transfer kry na 'n groter plek nie. Hy's te stupid." Weer lag Bart lekker. Onnosel polisiemanne, soos skelm dominees en dom blondines, is mos altyd maklike teikens vir party mense se grappies.

"Maar hulle sal niks hier kry nie. Dit was seker net 'n rondloper – dalk lank reeds weg."

Dalk het Bart besluit hy het reeds genoeg gesê.

"Die eiendomsagent, Suzette Verster—"

"Pelser, Suzette Pelser," help Bart hom reg en val verder af in Farini se wip.

'n Paar mense draai hul koppe in die twee mans se rigting toe hulle dié naam hoor.

Mevrou Smit skrik toe Imelda se draakgetatoeëerde arm onverwags langs haar tafel verskyn. "'n Cappuccino, asseblief," sê sy. "Met dubbel espresso."

Die meisie staan net daar en staar oor mevrou Smit se kop na die groot man by Bart. Mans van Italiaanse afkoms is mos almal aantreklik en Dario Farini, nog lank nie verby sy vervaldatum nie, word duidelik vir haar al hoe mooier hoe meer sy na hom kyk.

"Dit sal al wees, dankie."

Imelda beweeg aan, die suur uitdrukking weer ferm terug op haar gesig. As die meisie net die paar slierte van haar hare wat oorgebly het, behoorlik wil was en 'n bietjie glimlag. Beter diens, beter fooitjies.

"Dié Suzette Pelser. Hoe het sy gelyk?" vra Farini.

Die joernalis fluit saggies deur sy tande en mevrou Smit neem aan dat Bart die gepaste gebare gemaak het waarmee mans gewoonlik wulpse vrouens beskryf. Hulle kan mos nie anders nie.

"En waar sê jy nou weer het hulle haar gekry?"

"In 'n huis wat sy aan die verkoop was, hier agter by die rivier."

'n Huis wat sy reeds verkoop het. En noudat sy daaraan dink, wat het Suzette daar gesoek? Sy het mevrou Smit laat weet dat sy die sleutels vir haar sal los, onder daardie aaklige haas, want sy kon haar nie Donderdag sien nie, glo te besig. En bowendien, al die dokumentasie was reeds afgehandel.

"So, haar motor, daardie BMW van haar, was seker voor die huis geparkeer. Dalk wou iemand dit steel?"

Nou sit mevrou Smit regop. Goeie punt, Farini. Daar was geen motor voor die huis toe sy Donderdagmiddag daar aangekom het nie. Net die vrou in die kombuis. En die voordeur was oop.

Sy het geen sleutels gesien nie. Wat het van haar nuwe huis se sleutels geword? Sy moet die polisie vra. Die sleutels behoort aan haar.

Imelda dra 'n skinkbord na die mans se tafel: 'n yslike skyf melktert vir Farini, 'n pastei met chips en 'n Coke vir Bart. Sonder seremonie draai die kelnerin om en gryp die bottel tamatiesous van mevrou Smit se tafel af en plak dit voor Bart neer.

Mevrou Smit wil haar vererg, maar sy het seker nie rede om te kla oor tamatiesous as sy net koffie bestel het nie.

"Hmm-hmm," sê Bart.

Mevrou Smit draai haar kop net genoeg om te sien hoe hy Imelda met sulke dweperige oë agterna kyk. Hy gooi te veel tamatiesous oor sy chips.

"Die motor was nie daar nie. Pieterse het so gesê."

"O," sê Farini.

Die twee mans eet 'n rukkie in stilte. Imelda kom plak die cappuccino voor mevrou Smit neer, met genoeg krag om die koffie in die piering te laat stort. Geen verskoning nie.

"Was daar tekens van 'n inbraak?" vra Farini.

"Niks. Ook nie diefstal nie. En g'n fingerprints op enigiets in die kombuis nie, behalwe Suzette se eie prints en dié van die span skoonmakers." Bart weet baie.

Die polisie se ondersoek lek inligting soos 'n sif. Maar, nou ja, op 'n dorp soos dié …

"Iemand het by die voordeur ingestap, haar oor die kop geslaan, en weer uitgestap?"

Bart knik terwyl hy kou. Duidelik 'n man met aptyt. "Stomp voorwerp, van agter af."

"Oor die kop geslaan? Waar hoor jy al hierdie nuus?" 'n Joernalis moet mos seker maak van sy bronne.

Bart lag skelm, maar antwoord nie die vraag nie.

"Tannie Annatjie sê die appel val nie ver van die boom af nie," gesels hy verder ná nog 'n paar happe pastei.

"Wat bedoel jy? En wie is tannie Annatjie?"

Farini kry nie 'n antwoord nie. Dis voor die hand liggend; iemand soos tannie Annatjie het nie verduideliking nodig nie.

Farini sal dié inligting natuurlik maklik later uitpluis. "Suzette se ma." Bart praat met 'n mond vol kos. "Tannie Annatjie sê Suzette se ma was ook 'n tert."

"Maar alle terte word nie oor die kop geslaan nie?"

Bart antwoord nie, seker aan die sluk.

"Ek hoor die polisie ondersoek ene meneer Bezuidenhout. Ken jy hom?"

Bart sit sy vurk hard op sy bord neer. "Sakkie? Hy's 'n boer hier bo in die berg. Hoekom sal die polisie oor hom bodder?"

"Blykbaar 'n eiendomstransaksie waarby mevrou Pelser betrokke was as agent. Die buurplaas—"

"Kloof. Dit was in die mark, ja." Bart klink skielik minder gewillig om te gesels.

"'n Groot ontwikkeling word glo daar beplan. Ek hoor daar is natuurlike warm water op die plaas. 'n Hotelgroep—"

"Waar hoor jy dit alles?" Bart raak nou agterdogtig.

Mevrou Smit sit regop. Farini sal sy kaarte mooi moet speel.

"Ek het iets gelees iewers in die pers. Daar was 'n storie oor een of ander skoenlapper, of was dit nou paddatjies, wat daar bo in die kloof bly. Dit was 'n onderhoud met 'n vrou—"

"Mal Margaret," sê Bart. "Ja, sy is ons dorp se eie greenie."

"Maar sy het gesê dat die boer van die buurplaas, en blykbaar die hele dorp, ook gekant is teen—"

"Jy kan so sê, hoor. Sakkie soek al jare daardie grond. Sy plaas het min vars water en daar is 'n vallei onder die kloof met goeie spoelgrond wat nog nooit bewerk was nie. 'n Goudmyn, vir 'n boer. En nou wil hulle 'n hotel daar bou. 'n Deftige gedoente, hoor. Met 'n gholfbaan en vakansiehuise ook nog." Bart klink kwaad.

"Maar dit sal seker goed wees vir jou besigheid?"

"Dalk. Maar as jy weer sien, bou hulle 'n Shell- of 'n BP-garage hier, met klomp petrolpompe en Kwikshops."

"Jy is bang vir kompetisie?"

Farini dryf dit nou te ver. Hy behoort van beter te weet. Bart stoot sy stoel agteruit. "Ek sal jou rekening kry," hoor sy Farini sê. "Dis altyd vir my lekker om met plaaslike mense te gesels ..."

Mevrou Smit luister nie verder nie. Sy spring op, gooi vyftig rand op die toonbank neer en laat spaander.

Buite steek sy vas en loer vinnig deur die ruit. Bart staan en flankeer met Imelda by die toonbank. Duidelik is hy een van daardie dikvellige kêrels.

Farini is op sy foon besig.

'n Ruk later ry die rooi Fiatjie stadig uit die dorp in die rigting van Peet se pad. Die bestuurder merk nie op dat 'n wit bakkie hom volg nie.

Wit bakkies is in elk geval volop in die Langeberge.

7

Verbasend hoe baie 'n mens kan leer wanneer jy afluister. Miskien moet mevrou Smit dit haar nuwe stokperdjie maak. Sy het immers niks anders om te doen terwyl sy wag dat die polisie in haar huis klaarmaak nie.

Sy is rusteloos. Sy dwaal deur die dorp se strate en doen bietjie speurwerk op haar foon se internet en eet 'n laat middagete in 'n restaurant met 'n teleurstellende spyskaart en 'n bedenklike kombuis. Teen laatmiddag keer sy terug na die hotel.

In die kroeg kyk mevrou Smit met misnoeë om haar rond. Dit sal nooit deug nie. Maar dalk is daar tog hoop vir die vertrek? Die gordyne voor die vensters wat op die stoep uitkyk, is van donkerpers fluweel. Een of ander binnehuisversierder was hier doenig – dalk in die draai van die vorige eeu, as sy moet raai. Maar daarna het nog niemand 'n poging aangewend om die plek van verval te red nie.

Hier is niemand in die kroeg nie en mevrou Smit trek die gordyne een vir een toe. Die effek is onmiddellik. Die meubels en die bont patroon op die mat is nou in skadu gehul: geheimsinnig en intiem.

Die jong man in sy wit hemp en swart broek verskyn van die kombuis se kant af. Waarom boer die kêreltjie so in die kombuis?

'n Meisie?

Sy sal maar moet uitvind. Sommer net omdat sy daarvan hou om dinge te weet.

Hy druk 'n skakelaar en deurdringende lig toon elke kraak in die muur, elke waterring op die lae tafeltjies spring op aandag.

"Sit af, dadelik!" beveel sy.

Die verskrikte jong man doen dit.

"Nou, vir atmosfeer."

Daar is 'n staanlamp in die hoek, een met 'n lampskerm met fraiings, net soos dié in haar kamer. Niks gebeur toe sy die skakelaar druk nie. "Gloeilamp!" gebied sy.

"Ja, mevrou."

Mevrou Smit gaan haal 'n pot met 'n varing van 'n sytafeltjie naby die ingang. Sy stap terug na haar kamer en kom terug met 'n arm vol van die verspotte kussinkies wat voorheen haar bed versier het. Toe herrangskik sy die stoele in geselliger groepies. Die nuwe gloeilamp gooi 'n kol geel lig oor 'n diep leunstoel. Sy gaan haal ook die twee bedlampies in haar kamer en plaas hulle strategies.

Die jong man haal 'n jukebox onder die toonbank uit en met 'n breë glimlag druk hy 'n knop. Hy probeer seker help.

"Sit af!" bulder mevrou Smit. "Dink jy dis 'n beach bar?"

"Ek het ander musiek ook," stamel hy verleë.

"Hmm," sê sy. "Ons sal kyk hoe dit gaan."

Die son sak.

Die eerste twee kliënte het al ingekom. Mevrou Smit het gou agtergekom die mense kom haal net hul drankies hier by die toonbank en dan kies almal koers uit na die veranda. Maar die hitte op straat is steeds drukkend. Die waaier wat sy in die hoek aangeskakel het en die koelte van die digte gordyne maak die binnekant van die kroeg aantrekliker.

Eintlik span mevrou Smit 'n wip. Geheime kom makliker los in so 'n intieme atmosfeer.

"Wat sê jy ons sit vanaand sommer hier binne, huh, Bart?"

Nog mense kom in: twee toeriste in katoenklere. "My, a real quaint country pub!"

Bier word bestel, koud, en gin en tonic en 'n brandewyn of twee.

Die jong man spring. Mevrou Smit kry haar dubbelwhisky en maak haarself tuis in 'n stoel wat sy strategies buite die lamplig geplaas het, buite die gesellige kringe, maar binne hoorafstand van almal.

Die meeste gesprekke verveel haar.

Bart, die werktuigkundige, verval in 'n lang redenasie met 'n boer oor die toekoms van dieselenjins.

'n Toeris kibbel met sy vrou oor watter een van die dorp se twee restaurante die laagste risiko inhou vir aandete.

Mevrou Smit verloor belangstelling en draai haar radar na die volgende groep. Boere gesels oor vleispryse en ramme op die vendusie.

Sy sug.

Maar dan word haar geduld beloon.

Anderson kom ingestap, met een van sy adjudante op sy hakke. Hulle bestel elkeen 'n bier by die kroeg en kyk om hul rond vir sitplek. Mevrou Smit haal haar handsak gou af van die stoel wat met sy rugkant na haar toe gedraai is.

Sy het geweet hy sal kom en sy het plek gehou.

Anderson gaan sit.

"Hoe lank gaan ons hier moet bly, kaptein?" vra die adjudant.

"Net 'n dag of twee. Die punte in die saak kom mooi bymekaar."

"Dit was haar man wat dit gedoen het, nie waar nie?"

"Speurwerk, Karelse, gaan nie daaroor om onthullings te maak oor wie dit gedoen het nie. Ons speel nie Cluedo nie. Ons maak die leidrade bymekaar en los die beoordeling vir die howe."

"Maar, kaptein."

"Niks maars nie. Dis hoe dit werk."

"Ons kan sekerlik 'n lys verdagtes optrek?"

"En dit is wat ons besig is om te doen."

"En ons kan sekerlik 'n motief aan elke verdagte koppel?"

"Dit is deel van ons werk, ja. Maar 'n goeie speurder maak feite bymekaar en rangskik hulle dan so dat die waarheid vanself vorendag tree."

"My pa het altyd die waarheid uit ons gebliksem. Hy het gesê dis al hoe mens dit kan uitkry."

'n Groot man kom in en gaan hang oor die kroeg. Hy bestel iets wat 'n tydjie vat om te meng en draai dan om met sy glas om sitplek in die kroeg te soek.

Mevrou Smit vroetel in haar handsak, kop omlaag.

"Deksels. Dis daai Farini-vent! Die joernalis. Al klaar op die dorp.

Pas op wat jy sê." Anderson se waarskuwing kom net betyds, want die verslaggewer het hulle reeds gesien.

Farini stap nader.

Die derde stoel, wat mevrou Smit presies vir hierdie doel gerangskik het, is nog leeg. Dis nie veel meer as 'n voetstoeltjie nie, maar dit skrik iemand soos Dario Farini nie af nie.

"Gee julle twee ouens om as ek by julle aansluit?"

"Wat soek jy, Farini?"

"Mapstieks, dis nogal vol hier vanaand. Mens sou nie dink op so 'n klein plekkie ... maar nou ja, dis Saterdag."

"Elke dag hier is Saterdag," brom Anderson.

Sou die man al aan aftree dink? In die staatsdiens moet jy werk tot op die laaste nippertjie, anders hou jou pensioen nie. Mans soos Anderson gaan gewoonlik sommer gou dood wanneer hulle ophou werk. Dit gebeur as jou hele identiteit in jou werk verstrengel is, want dan bly daar niks vir jou oor nie.

Sy was altyd bang dat dit met Jerry sou gebeur.

Maar sy werk sou hom nooit laat los nie.

Nie eens nou nie.

"So wie was dit? Henk Pelser of Sakkie Bezuidenhout?"

"Wat weet jy van Sakkie Bezuidenhout af?"

"Komaan, generaal, almal weet die slagoffer het hom bedonder. Die buurplaas onder sy stert gaan staan en verkoop aan 'n hoër bod. 'n Maatskappy van die Kaap wat kwansuis 'n hotelontwikkeling wil doen." Dario Farini kyk om hom rond, sy lang bolyf steeds op die vlak van die geselskap ten spyte van die lae stoeltjie. "Dalk moet julle van die omgewingsaktiviste ook ondervra. Ek hoor daar is nogal 'n green movement hier. Skoenlappers. Of is dit nou vleipaddas?" Hy slurp luid aan 'n strooitjie.

"Wat drink jy?" vra Anderson se knapie nuuskierig.

"Aperol. Wil jy 'n slukkie hê?"

"Nee dankie. Dit lyk soos Oros!"

"Ek verseker jou dit is nie. Aperol word gemeng met Prosecco, wat hierdie kroeg nie het nie, maar hier is 'n soeterige vonkelwyn en 'n knerts San Pellegrino wat ons man hier met gewone soda vervang het. Maar steeds nie te sleg nie, ek sê jou."

"So, het jy al jou storie?" vra Anderson.

"Miskien, miskien nie. Dis 'n sjarmante dorpie, is dit nie?"

"Nie as jy Suzette Pelser sou kon gevra het nie."

"Mense skep hulle eie noodlot, gewoonlik. Behalwe as hulle toevallig paaie kruis met 'n reeksmoordenaar of iemand op drugs, natuurlik. Twee jaar gelede is 'n meisie ook hier vermoor, min of meer op dieselfde manier. Dink jy hier is dalk 'n reeksmoordenaar aan die werk op Aronspoort, brigadier?"

Anderson se rang is besig om te daal, merk mevrou Smit op.

Maar die man laat hom nie uitlok nie. "Jy beter nie met allerhande twak vorendag kom nie, Farini, al is jy ook hoe desperaat vir 'n storie. Jy freelance deesdae, nie waar nie?"

"En daar was 'n vrou op Robertson, so drie maande gelede?"

"Dit was 'n meswond. 'n Meningsverskil met die tuinier oor geld. En die skuldige is reeds agter tralies."

"Maar dié een was nie 'n roof nie, nè?"

"Jy het die persverklaring gelees."

"Ek kon lees wat nié daarin gestaan het nie."

Vir 'n paar oomblikke drink die drie mans in stilte.

"Vreemde dorpie, dié. Soveel intriges."

"Wat bedoel jy, Farini?"

"Die vrou, Suzette Pelser. Sy het nogal 'n reputasie gehad."

"Jy het die foto's gesien. Sy was mooi. Blond. Redelik jonk nog."

"Eiendomsagente." Dis die jongetjie, Karelse, sy tong duidelik deur sy eerste bier losgeknoop. "Hulle sal enigiets doen om 'n plek te verkoop!"

"Onthou wat ek jou gesê het van profiling, Karelse."

"Is dit nie deel van julle werk om profiling te doen nie?" vra Dario.

Anderson snork. "Profiling en stereotipering is miskien nie heeltemal dieselfde ding nie."

"En goed dat jy dit weet. Mens hoor deesdae sulke ongunstige goed omtrent polisieprosedures."

"Soek jy nou moeilikheid?"

"Ek? Nog nooit nie. Maar net soos vir jou, is dit vir my die moeite werd dat die moordenaar gevang word."

Anderson snork-proes. "Jy soek net 'n storie, Farini. Ek ken jou tipe. En 'n mooi blonde vrou wat doodgemaak is, is dalk nie storie genoeg vir jou nie. Mense word vermoor in hierdie land, elke dag. Jy behoort dit te weet. Hoekom presies is jy hier?"

"Hoekom presies is jý hier, Anderson? Word mense nie ook elke dag in die Kaap vermoor nie?"

Anderson brom iets van "politiek".

Mevrou Smit se hart krimp skielik ineen: met haar kort hare en die paar kilo's wat sy aangesit het (agt, om presies te wees) en die los klere wat sy dra, sal niemand háár as begeerlik aansien nie. Suzette Pelser was blond en redelik skraal, kurwes op die regte plekke.

Soos sy eens was, toe sy nog Jerry Schmidt se vrou was ...

Suzette was dalk net op die verkeerde plek, op die verkeerde tyd.

"Het julle enige ander verdagtes?"

"Hoekom sal ek jou sê? Kyk hier, Farini, 'n man het die reg om 'n bier in vrede te drink ná 'n dag se harde werk. Ek sit nie hier sodat jy my kan ondervra nie."

Dario Farini waai sy hand asof hy 'n taxi soek. Die kelner kom aangedraf. "Nog 'n ronde vir ons, asseblief, op my rekening. Kamer 14. Maar 'n knerts minder sodawater in myne."

Die twee polisiemanne protesteer nie.

"Ek reken net, dié saak is interessant. Dit het al die elemente van 'n goeie storie. Dis nou wat my betref, natuurlik, julle stel mos nie belang in die storie nie. Net die feite, neem ek aan. Maar dit vat meer as feite om by die waarheid uit te kom. 'n Bietjie verbeelding help en dit is hoekom ons moet saamwerk."

"Saamwerk! Is jy mal?"

"Glad nie. Ons speel tog in dieselfde span: die goeie ouens teen die boewe. Ons wil almal hê mooi blonde vroue soos Suzette Pelser moet veilig in die kombuise van huise kan rondstaan op dorpies soos dié, en op enige ander plek in die land, sonder om oor die kop geslaan te word. Noudat ek daaraan dink: Wat het Suzette Pelser Donderdagoggend in daardie huis gesoek?"

"Hoe weet jy sy is Donderdagoggend vermoor?" vra Karelse.

"Dit was in die persverklaring, Karelse, moet jou nie probeer slim hou nie," snou Anderson sy junior toe.

"Soos ek verstaan, het sy die nuwe eienaar van die huis eers later die middag verwag. 'n Span skoonmakers het Maandag die huis reggemaak: ou rommel uitgegooi, vensters gewas, die werf gevee en die gras gesny. Suzette Pelser was Maandag laatmiddag daar om seker te maak alles is reg. Sy het inspeksie gedoen, die plek toegesluit en is saam met die skoonmakers daar weg.

"Die sleutels sou sy eers Donderdag oorhandig het. Om die waarheid te sê, die bossie sleutels wat sy vir die nuwe eienaar moes los, lê steeds in haar kantoor hier in Langstraat."

"Hoe weet jy dit alles?" Anderson klink onthuts.

"Seker maar op dieselfde manier as wat julle dit vasgestel het. Haar assistent in die kantoor—"

"Loop jy en ondervra almal?"

"Onderhoude, Anderson, ek voer onderhoude. Dis anders as ondervra en dis my werk, natuurlik. Ek vra: 'Hoe voel u oor die moord op u kollega?' en ek kry dadelik 'n antwoord, nogal insiggewend: 'O, ek is uiters geskok! Mevrou Pelser was so 'n wonderlike mens. Ek kan nie daaroor kom nie. Hoe kan ek saans slaap?'"

Farini boots die stemme na, soos in 'n radiodrama.

Mevrou Smit proes saggies in haar whisky.

"So as die sleutels nog in haar kantoor is, hoe het sy in die huis gekom, Slimjan?"

"Dalk het sy nog 'n sleutel gehad? 'n Duplikaat. Het julle niks by die lyk gekry nie?"

Anderson bly lank stil.

Lank genoeg vir mevrou Smit om te verstaan dat daar geen teken van so 'n tweede sleutel was nie. En hoe het sy nie vergeefs na die beloofde sleutels onder die simpel haas op die stoep gesoek nie, terwyl die vrou reeds dood in haar kombuis gelê het.

Ja, die voordeur was oop. As Suzette Pelser met haar eie duplikaatsleutel ingegaan het – en hoekom sou sy? – waar is daardie sleutel nou? As die moordenaar met die sleutel vort is, beteken dit dat iemand, 'n moordenaar, nog steeds rondloop met 'n duplikaatsleutel vir oom Apie se huis.

Haar huis.

Mevrou Smit ril. Gelukkig bly sy in elk geval nog 'n nag of twee hier in die hotel.

Die spieël bo die wasbak is toegewasem. Mevrou Smit vryf 'n kolletjie met 'n wit handdoek droog en beskou die vrou wat na haar terugstaar. Krities, soos ander mense haar sal sien.

Selfs sonder grimering is haar grys oë die treffendste eienskap van haar gesig. As kind het die kleur van haar oë haar bedroef. Hoekom nie blou of groen of swartbruin soos die oë van Martie, haar beste maatjie, nie? Grys is so … grýs. Maar min mense het werklike grys oë en hare is amper silwer en word deur 'n effense donker randjie versier. Mense het al gekla dat dit 'n onrusbarende ervaring is wanneer sy stip na hulle kyk.

Terwyl Anderson en Farini op die dorp is, moet sy onthou om daai nare bril konstant te dra. Die glase wat donker word in sonlig was 'n inspirasie. Slim.

Die res van haar gesig?

Sy versorg haar vel steeds stiptelik en haar wange gloei in die hitte van die bedompige badkamer. Die gewig wat sy aangesit het, het die harde lyne om haar kakebeen en die skerp hoeke van haar wangbene versag. Haar wenkbroue, nou doelbewus onversorg, skep nie meer die netjiese raam vir haar gelaatstrekke waarop haar gunstelingsalon altyd aangedring het nie. Dit, saam met die wilde kort boskaas, verander die hele konteks van haar gesig. En sonder grimering lyk sy vreemd, selfs vir haarself.

En dan is daar haar lyf.

Ná jare van oefening en dieet het sy gedink dit gaan 'n verligting wees om net te laat gaan. Te eet net wat en hoeveel sy wil. Die laaste keer toe sy op 'n skaal geklim het (in 'n gastehuis op Beaufort-Wes), was sy 'n volle agt kilogram swaarder as net voor Jerry se dood.

Sy hou van haar nuwe lyf. Sagter, ronder, en borste soos dié van 'n swanger vrou.

Genoeg.

Sy glip tussen die skuimbolle in.

Sy moes haar slimfoon saamgebring het badkamer toe. Daar is

nog 'n paar dinge wat sy Google wil vra. Maar haar foon is in haar handsak op die bed in die kamer langsaan. Sy sug.

So 'n regte tannie-handsak – sonder besliste vorm of styl. Mevrou Smit het dit in 'n afdelingswinkel gekoop omdat dit so ruim is. Die sagte pienk leer was die enigste troos. Haar gedagtes glip deur die net van dissipline waarin sy haarself konstant moet vasknyp, en sy verlang na die handsakke wat, soos kinders of troeteldiere, vreugde gebring het in haar vorige lewe: Hermès, Chanel, Prada, Salvatore Ferragamo ... wie weet wat van al haar pragtige handsakke geword het?

Die mistigheid in haar oë is nie net stoom nie. Jerry was lief om haar te bederf, dalk deels ook vanweë sy eie, geheime liefde vir mooi goed. Jerry, wat homself sy hele lewe lank moes ontken om 'n machofront voor te hou. Liewe Jerry. Sy hele lewe lank so skeef soos 'n sewerandnoot en sy geheim soos goud bewaar het.

Staak die stuitigheid, raas sy met haarself.

Dit gaan om oorlewing.

Iemand klop hard aan haar kamerdeur.

"Wie is dit?" roep sy vies. Het 'n mens dan geen privaatheid nie? Het die hotelkamer dan nie ... het sy dalk weer 'n whisky bestel?

"Dis ek, mevrou. Ek is jammer om te steur, maar die speurder van die Kaap vra of hy met u kan praat."

"Ek's in die bad. Dis ongeleë."

"Dis die polisie, mevrou. Mens sê nie sommer so vir hulle nee nie." Hy klink nou verskonend. 'n Gemompel. Het die vermetele speurder sowaar saam met die vent by haar kamer opgedaag?

Sy spring uit die bad en gooi 'n handdoek om haar stomende lyf. Dis 'n driesterhotel, sonder die luukse van kamerjas en insteekpantoffels. Sy ruk die deur oop, haar gesig rooi van stoom en woede. "Wat dink julle is dit dié – 'n bordeel? Julle kan nie sommer net so by 'n dame se kamer opdaag nie."

"Jammer, mevrou," die kelner deins verskrik terug, sy oë wyd in die flou lig van die enkele gloeilamp wat die gang verlig. Agter hom staan Anderson, vaal en onthuts.

"As jy met my wil praat, kan jy 'n afspraak maak deur die hotel se telefoonsisteem. Hulle het een. Jy kan selfs 'n boodskap by ontvangs los. Maar tensy jy 'n lasbrief het vir my inhegtenisname, of 'n hofbevel om die kamer te deursoek, kom dawer julle nie sommer net so aan 'n vrou se deur nie."

Die twee manne voor haar krimp so 'n paar sentimeter in hul skoensole in en sy slaan die deur dawerend in hul gesigte toe.

Die badwater is nou te koud. Tsk, krimp sy opeens berouvol ineen oor die manier waarop sy opgetree het. Haar humeur.

Dit sal beter wees om so min as moontlik aandag te trek, betig sy haarself.

Die telefoon langs die bed lui.

"Ja?"

"Mevrou Smit, dis weer kaptein Anderson hier van die Suid-Afrikaanse Polisiediens. Ek is jammer dat ek u steur, maar dis werklik belangrik dat ek u net 'n paar vrae vra."

"En waaroor gaan dit?" Botter kan in haar mond nie smelt nie.

"Die moord op Suzette Pelser. U is mos die eienaar van Van Riebeeckstraat nommer 3."

"Ek het 'n volledige verklaring afgelê."

"U het. Daar is net nog 'n paar vrae—"

Mevrou Smit sug. "Ontmoet my oor tien minute in die kroeg." Sy moes geweet het die dooie vrou gaan alles bedonder.

'n Halfuur later (sy het hom moedswillig laat wag) stap sy met soveel selfvertroue moontlik deur die voorportaal van die hotel. Van die wildekat in die nat handdoek is daar nou min te sien, daarvan het sy seker gemaak. Sy is nou net nog 'n doodgewone dame van 'n sekere ouderdom (nie meer jonk nie, maar sekerlik nog nie verby rakdatum nie). Sy het 'n vormlose romp en 'n gestreepte hemp met 'n kraag aan wat sy 'n paar maande gelede in die mansafdeling van 'n kettingwinkel in Malelane buite die Wildtuin gekoop het. Die Birkenstocks kom van 'n skoenwinkel wat sekerlik sorg vir die smaak van Duitse toeriste. Haar oë is verskuil agter die glase van haar uiters onvleiende goueraambril en haar kort hare kroes van die stoom van haar onlangse bad. Haar wange blink sonder enige grimering en sy ruik nog na hotelseep.

As hy haar nie verwag het nie, sou sy sekerlik reg by hom verby kon stap sonder dat hy haar raaksien, maar nou staan Anderson op toe sy in die kroeg instap. Sy sien teleurstelling op sy gesig en sy sukkel om 'n selfvoldane grynslag te onderdruk.

"Mevrou Smit?"

Sy knik. Die blikskottel het sy sitplek so gekies dat sy geen keuse het as om reg in die lig van die staanlamp te gaan sit nie. Maar sy is reg vir hom. Sy neem plaas, haar handsak op haar skoot en haar rug regop, asof sy nie gewoond daaraan is om mans in kroeë te ontmoet nie. Die kelnertjie staan reg met haar gewone whisky, maar sy wuif hom weg. "Tee vir my, asseblief."

Anderson is dadelik op die aanval. "Ek sien u het hervorm?"

"Wat bedoel jy?" Haar rug trek nog meer regop.

"Pieterse het my vertel dat hy u moes arresteer, vir dronkbestuur."

"Geen arrestasie is gemaak nie. En ek was g'n dronk nie."

Anderson brom iets van polisieprosedures wat op klein dorpies nie behoorlik gevolg word nie. "Maar u het Donderdagmiddag eers op die dorp aangekom?"

"Dit is korrek. En julle het my nog nie eens toegelaat om in my eie huis te slaap nie. Wanneer kan ek intrek?"

"Dit pla u nie dat daar 'n vrou in u kombuis vermoor is nie?"

"Dis 'n vreemde vraag vir 'n polisieman om te vra."

Vir 'n paar oomblikke kyk Anderson haar berekenend aan. Sy hoop die bril doen sy werk in die lig van die staanlamp.

"Het julle die skelm al gevang?" hou mevrou Smit haar weer dom.

"Ons ondersoek is bykans afgehandel, ja. Maar ek het gewonder: Waar kom u vandaan?"

"O! Van Bellville af. My man is oorlede, sien, en ek het besluit om vroeg af te tree."

"'n Polis wat uitbetaal het? Ek verneem u het die huis kontant gekoop."

Mevrou Smit het besluit om die wysheid te volg dat leuens meer geloofwaardig is as hulle so na aan die waarheid as moontlik bly.

"Mens kan so sê, ja. Sien, my man was 'n sakeman. Maar toe kry hy kanker ..." Haar stem raak bewerig en sy snuif. 'n Traan biggel uit die hoek van haar linkeroog.

"Ek is baie jammer." Anderson leun vorentoe en plaas 'n hand ongemaklik op haar arm. "My simpatie met u verlies. Ek neem aan dit was onlangs?"

Mevrou Smit snuif, krap in haar handsak rond na 'n stapeltjie snesies wat sy een vir een uit die doos in haar kamer getrek het. 'n Mens weet mos nooit wanneer 'n snesie handig sal wees nie.

Sy knik. Die traan is eg. Watter soort huwelik sy en Jerry ook gehad het – sy was lief vir hom, op 'n manier. Hulle het mekaar jare lank ondersteun en beskerm.

Trane is 'n kragtige medium en soos die meeste mans is Anderson ongemaklik in die omtrek van ander mense se emosies. Hy beweeg aan. "Wat het u laat besluit om hiernatoe te trek?"

Sy kyk om haar rond. "Dis seker ooglopend. Dis 'n mooi dorpie en ek het gedink dis veilig hier."

Ook die waarheid.

Anderson knik. "En Suzette Pelser – u het haar geken?"

Mevrou Smit skud haar kop heen en weer en gee 'n laaste blaas in die snesie. "Ons het 'n paar keer oor die telefoon gepraat – dis al. 'n Prokureur het al die papierwerk van die koop behartig. Verder was daar net … e-posse."

"U het die huis nooit kom besigtig nie?"

Dink hy dis vreemd? Sy stoot haar onderlip weer effens uit, asof die trane dreig om terug te kom. "Ek het nie gedink dit is nodig nie. Daar was soveel foto's van die plek op die webwerf, en … ek was baie besig om …" Sy byt haar onderlip nou vas, asof sy wil keer dat haar emosies weer in duie stort.

"Toemaar, toemaar, mevrou. Dit is nie werklik belangrik vir ons ondersoek nie. Ek wou maar net weet. Die uitbarsting in die hoofstraat met u aankoms?" Sy stem klink skielik strenger.

"Ek sien 'n terapeut. Minstens, ek het een gesien. Jy verstaan tog … my senuwees."

Anderson knik. Hy het mos geen ander keuse as om te verstaan nie? Die publiek verwag 'n sekere mate van simpatie van amptenare, veral dié van hoër rang. Sy moet die rol van 'n gebroke weduwee net sterk genoeg speel om nie agterdog te trek nie. 'n Fyn lyn loop tussen sentiment en die kans dat hy eenvoudig te besig sal wees om na rekords van haar man se dood in die Kaap te gaan soek.

Sy moet sy aandag van haar aflei. Dario Farini is ook nie al een wat sy huiswerk doen nie. Sy het 'n interessante stukkie nuus om vir Anderson te voer.

"Die huis was duur. Mevrou Pelser was vriendelik en behulpsaam, en boonop 'n vrou … dis die eerste keer dat ek my eie besigheid moet behartig en … verskoon my, maar dit was net makliker om met 'n ander vrou te werk."

Anderson gee haar 'n kyk wat sê: mannehater. Een van daai vroue wat glo hulle word gedurig ingeloop of bekruip. Die Rooikappie-kompleks.

Sy geniet die rol. "Maar sy het 'n 'silent partner', weet jy, ene meneer Spamer, met klomp ondernemings in die Kaap."

"Hoe weet u dit?"

Sy vat 'n diep asemteug. "Suzette het my vertel. Een keer, oor die telefoon. Wel, ek het haar gevra. My man … Simon was sy naam … het altyd gesê mens moet oppas vir vroumense wat besighede alleen bestuur. Hulle boeke is altyd deurmekaar." Geen rede om nié so bietjie vrouehaat aan haar oorlede man toe te dig nie. "En Suzette het my verseker dat Ronald Spamer 'n baie suksesvolle besigheidsman in die Kaap is."

Anderson begin op sy stoel rondskuif. "Ron Spamer," prewel hy. "Nou toe nou."

Dit het nie veel speurwerk geverg voor sy op dié leidraad afgekom het nie. Net Google, en die lys van geregistreerde ondernemings in die distrik. Maar vir Anderson is dit duidelik nuus. Die polisie is deesdae sowaar niks werd nie.

Anderson vat 'n groot sluk om sy bierglas leeg te maak. "Nou toe, mevrou. Ek moet aanstaltes maak. Dankie vir u tyd. Ons praat dalk weer."

Hy staan op en stoot sy stoel weg.

Die kelner het in elk geval nog nie haar tee gebring nie.

8

Die volgende oggend maak sy haar oë swaar oop. Vir 'n oomblik sukkel sy om haar te oriënteer. 'n Lastige gevoel van déjà vu kan sy nie afskud nie. 'n Hotelkamer soos dié. Haar skouer so styf en seer.

Sy gaan sit op die rand van haar bed en voel aan die pleister wat haar linkerskouer bedek.

Die dokter se blou-blou oë. Hy kon haar gerus maar iets vir die pyn gegee het. Maar hy hét haar mos 'n voorskrif gegee ... en sy hét die pille nogal gedienstig by die apteek gaan haal. Uit haar handsak diep sy dit op en sluk drie pynpille af met die botteltjie water wat op die bedkassie staan.

Die antibiotika ignoreer sy.

Dan sleep sy haar oornagtassie met een voet nader. Haar vingers streel oor die ronde blikkie suiglekkers op die bodem van die tas. Dis hoekom die tas so swaar is. Elke "lekker" is sorgvuldig in sy eie papiertjie toegedraai, 'n hele blik vol. En die goedkoop blikkie Yardley-lyfpoeier in haar badkamersakkie, ook veel swaarder as wat dit moet wees. Een vir een gaan sy deur die lysie voorsorgmaatreëls. Sy vat nie kanse nie, jy weet nooit wanneer iemand in jou goed vroetel nie. Sy het self haar duur gesigsrome met 'n teelepel in goedkoper smeergoed se houers oorgeskep. Goedkoop rome gee haar 'n uitslag.

Onder in haar handsak, onder 'n paar gefrommelde snesies, is daar nog 'n blikkie met haar spesiale suiglekkers. Sy versprei die risiko. Dit het haar maande gevat om soveel bates solied te maak. Gelukkig het Jerry haar 'n goeie voorsprong gegee. Hy was nog altyd een wat vooruit gedink het.

Jerry was meer as twintig jaar ouer as sy. Meer 'n vriend as 'n eggenoot, danksy sy seksualiteit. 'n Geheim wat hy teen elke prys wou bewaar omdat hy bang was dat sy vele vyande dit as 'n swakheid sou beskou. Maar sy was lief vir hom en sy rou oor hom. So 'n komplekse persoon. Sy is die enigste een wat hom werklik geken het – minstens die sagter dele van sy persoonlikheid.

Sy kon nie sy donker kant miskyk nie. Jerry was soms gewetenloos, onverskrokke. Maar vir haar was hy 'n rots, haar redder. Hulle lojaliteit teenoor mekaar was onweerlegbaar. Sy siekte het hom kans gegee om 'n toekoms vir haar te beplan. Die jare saam met hom het haar geleer mens moet altyd 'n plan B hê. Selfs 'n plan C, D – en nog verder.

Sy het saamgespeel, maar ook haar eie planne gemaak.

En nou: die moord in haar kombuis.

Mevrou Smit sug (vir die soveelste keer) en skakel die verspotte hotel-keteltjie aan. Sy skeur 'n pakkie kitskoffie oop en trek haar gesig. Dis so erg soos goedkoop lyfroom vanaf 'n supermarkrak, maar dis kafeïen. Sy trek die blou Gideonsbybel nader. Binne-in die Bybel is 'n kaart van die dorp en omtrek ingevou. Die kaart het sy gister van die ontvangstoonbank gegaps.

'n Halfuur later, geklee in 'n bruin broek met 'n rekband en 'n groot geblomde toeknoophemp, pak sy haar tas netjies in en stap af na die stoepvertrek wat as ontbytkamer dien. Die kelner stap verby, 'n skinkbord in die hand.

Sy ignoreer hom.

Ná die ontbyt van hawermoutpap en gekookte eiers ry sy tot op die rand van die dorp. Sy sluit haar handsak en oornagtas in die bakkie toe. Gewapen met net 'n klein effektiewe verkyker kies sy 'n voetpad wat oploop teen die berg agter die dorp. Die oggendlug is nog vars, maar 'n broeiende hitte begin reeds opbou. Die lug is oop en blou, tog is daar klammigheid in die lug.

'n Reuk?

Mevrou Smit snuif. Sy was nog nooit veel van 'n buitelugmens nie. Die lig is skerp en die lense van haar bril raak donker. Haar gesigsroom bevat gelukkig sonskerm.

Die pad is styl en sy begin sweet onder die hemp se kraag. Hier is 'n vou aan die voetenent van die berg, met digter bosse en riete wat in die klam grond groei. Waarom raas die voëls so?

Sy gaan staan in 'n draai van die pad.

Die dorp, met strate kruis en dwars, lê nou onder haar.

Sy lig die verkyker tot voor haar oë. Soveel bome. Daar is haar huis: 'n wit blerts tussen die groen. Sy draai die beeld in fokus. 'n Wit motor is voor in die straat geparkeer. Twee mans staan en praat.

Die een is Anderson. Die man wat met sy rug na haar kant toe staan, is sekerlik een van sy trawante, dalk die stomme Karelse. Anderson beduie iets en klim in die motor. Hy slaan die deur toe en trek weg. Die ander man staan 'n paar oomblikke rond asof hy nie weet wat hy moet doen nie. Dan begin hy aanstap middedorp se kant toe.

'n Ronde rooi motortjie kom aangery, asof dit net om die hoek gewag het om in die gesigsveld van die verkyker se lense te tree.

Farini.

Die motortjie hou langs die man stil en hy klim in.

Die polisie het ook deesdae geen diskresie meer nie.

Sy swaai haar verkyker weg na die hoofstraat. Die vrou met die kierie wikkel oor die sypaadjie in die rigting van die pastorie.

Haar lense vee oor die parkeerterrein agter die kerk. Daar kom mevrou Dominee aangestap, haar hare in 'n stywe sywurm-kokon opgestapel.

Mevrou Smit grinnik. Mevrou Dominee herinner haar aan die ruspe van *Alice in Wonderland*, sowaar. Sy kort net 'n hookah. Sy is 'n wysneus, nes daardie wurm.

Maar wag … mevrou Dominee is nie meer alleen nie. 'n Man wag haar op die parkeerterrein in. Hy is groot en soos 'n boer aangetrek. Kortbroek en kakiehemp. Sy kan amper die Veldfokus-logo op die hempsak lees.

Die verkyker is klein, maar dis 'n Leica. Die beste soort.

Sou 'n gewone mevrou Smit so 'n ietwat uitspattige verkyker

besit? Seker nie. Maar kwaliteit is iets wat sy nie bereid is om prys te gee nie.

Die man swaai sy arms. 'n Woordewisseling?

Mevrou Dominee stamp hom rof weg. Sy klim in haar ouerige Mercedes, klap die deur toe. Dis te ver om iets te hoor of sien, maar sy moes seker spattende klippe agtergelaat het toe sy wegtrek.

Die pastorie is skaars 'n blok en 'n half weg, binne sekondes moet die Mercedes weer rem aanslaan. Dorpenaars het 'n ander opvatting as stadsmense omtrent afstand. Hulle ry in hul motors, al is hul bestemming hoe naby. Of dalk was Elsa net bang haar kapsel waai skeef.

So 'n lawwe klein jaagtoggie. So 'n lawwe klein dorpie, grinnik mevrou Smit.

Sy verloor belangstelling en stap aan. Sy sal vir haar 'n hoed moet kry. Miskien een van daardie aaklige slapperige laphoede met 'n breë rand wat sy in die hoek van Kekkel-en-Kraai aan 'n kapstok sien hang het. Seker te koop.

Kaalkop en gloeiend klouter sy in die droë hitte op. Natgesweet. Oorgegee aan die middeljare wat sy nie langer beveg nie.

'n Hoender skarrel voor haar oor die voetpad en laat haar skrik. 'n Hond blaf veraf.

Sy is amper by die plaashuis wat sy uit die dorp al kon sien: hoog teen die hang van die berg. Die uitsig daarvandaan moet manjifiek wees. Met 'n verkyker …

Sy mik met die verkyker na die plaashuis. Daar is 'n breë stoep en, ja, die glim van son op 'n lens. 'n Ander verkyker, of dalk 'n soort teleskoop? Die sterre is sekerlik iets skouspelagtigs hier aan die rand van die Karoo, maar dit is nie waarna die instrument se neus gemik is nie. Nee, dit wys reguit dorp toe.

Hoekom so nuuskierig?

Sjoep!

Die skoot trek rakelings oor haar kop. Instinktief het sy afgeduik en lê met haar gesig op 'n klip. Die lewe wat by haar oë verbygeflits het, is nie dié van 'n tannie nie.

Vir 'n oomblik is die voëltjies stil, maar gou begin hulle weer bo haar kop raas. Hier is 'n boom aan haar linkerkant: een met 'n skurwe stam en digte blare. Een met 'n stam breed genoeg om as 'n skans te dien. Sy kruip rats tot agter die boom. Dan kom sy versigtig halfpad orent en ruk van skrik toe nog 'n koeël in die stam vasslaan, skaars tien sentimeter van haar neus se punt.

Die bliksem kan skiet!

Skiet hy om dood te skiet? Op 'n mooi dag soos dié, in die middel van die Langeberge, was sy 'n oop teiken. Maar wie skiet op 'n onskuldige tannie wat net 'n entjie teen die berg opstap met haar verkyker om die ryk voëllewe te besigtig?

Sy wil nie hier doodgeskiet word en in die staatslykhuis beland nie. Vrae sal gevra word, want onder die blommetjieshemp en die rekbroek steek sy 'n kantbra weg en die skrapste G-string uit Victoria se geheime kas. Oor haar dooie liggaam dra sy die gemaklike nylononderklere wat jy amper tot by jou naeltjie kan optrek en die vleeskleurige bra, soos 'n pleister, wat sekerlik van tannies soos sy verwag word.

Sy sien al Anderson se gesig as hy die outopsieverslag lees.

Geleidelik bring sy haar asemhaling tot bedaring. Hoekom sal iemand haar hier wil doodskiet? Waarsku dalk, ja. Tensy …

Suzette se liggaam flits voor haar verby. Die vrou het vorentoe geval na die slag teen haar agterkop, haar gesig skuins teen die vloer. Sy was klein van bou, wulps, maar allesbehalwe oorgewig. Haar hare dik en blond, goed versorg en byderwets gekap. Die geruite rompie het net-net onder die lang rooi syhemp uitgesteek en haar bene was welgevormd. Rooi stiletto's steeds aan haar voete.

Nog iets: 'n diamantring aan die vinger van die hand wat slap langs die liggaam gelê het. 'n Groot steen, meer as 'n karaat, gradering D tot F, as sy so met die blote oog kon raai, want mevrou Smit ken diamante. Roof was nie die motief nie.

Suzette was dalk die verkeerde slagoffer. Agt kilogram vroeër, met haar hare nog blond en lank, kon sy maklik van agter vir Suzette Pelser aangesien word, en andersom.

Vandag, hier in die stowwerige hitte teen die berghang, kan iemand dalk sy fout probeer regstel.

Nee. Iets is nie reg nie. Wie haar ook al wil vermoor, sal dit nie doen deur haar te bekruip of dood te skiet voor sy kan praat nie.

Haar lewe is letterlik goud werd. 'n Dooie mevrou Smit is niks werd nie.

Sy tel 'n klip op en gooi dit in die voetpad se rigting. Stilte. Dan begin die voëltjies weer moedswillig tjirp.

Die oorsprong van die skote? Die stoep van die plaashuis? Miskien. Sy het die teleskoop deur haar verkyker gesien, maar geen beweging nie. En die hoek van die huis na die boom waaragter sy skuil, is te skerp. Nee, eerder van die rand daar oorkant. Daar is digte plantegroei en 'n paar groot rotse: oorgenoeg plek om te skuil.

Sy oorweeg haar opsies, nie lus om heeldag hier in die stof te sit nie.

Voetstappe. Stemme.

'n Man en 'n vrou kom om die draai gestap.

"Pas op!" roep mevrou Smit uit.

Die twee steek in hulle spore vas.

"Mevrou Smit?" vra dokter Tomas verbaas. "Wat soek jy hier, met jou blaker in die sand?"

Skielik raak sy bewus van haar deurmekaar hare en stofbesmeerde gesig. Die dun riempie van haar G-string sny in 'n verkeerde plek en die parfuum wat sy vanoggend halsstarrig aangespuit het, is lankal afgesweet. Sy is weerloos.

"Iemand skiet op my."

Tomas stap nader en kniel langs haar. "Ek dink jy ly aan posttraumatiese stres. Iemand het op jou geskiet, 'n dag of wat gelede. Nie nou nie."

"Het julle nie die skote gehoor nie?"

"Ek het Tomas na 'n song laat luister," verduidelik die dokter se blonde metgesel. Sy beduie na die oorfone wat steeds om sy nek hang. "Ek dink ek het skote gehoor," erken sy, "maar dit was verder weg, onder in die vallei."

Mevrou Smit beskou die vroumens van kop tot tone. Sy lyk vars en wulps, soos 'n advertensie vir goedkoop seep. "Wie's jy?" vra sy, ongeskik. Sy het haar al iewers gesien, maar in haar verbouereerdheid kan sy haar nie plaas nie.

En wie luister nou na musiek wanneer jy na voëls kan luister?

"Laat ek jou voorstel," tree Tomas tussenbeide. "Loretta Smith.

Julle het dieselfde van. Loretta, dit is …" Hy frons.

Probeer sekerlik onthou wat mevrou Smit se voornaam is. Sy het waarskynlik 'n pasiëntrekord iewers in 'n lêer in sy kantoor, maar sy twyfel of haar voornaam op daardie rekord is.

Die dekselse vorms het sy natuurlik nooit ingevul nie. Het sy miskien vir iemand haar volle naam gegee? Behalwe vir Pieterse, in die polisiekantoor, wat daarop aangedring het om haar bestuurslisensie te sien. En hy is so dig soos klip.

"Smith is 'n algemene van. En ek is mevrou SmiT," sê sy weerbarstig. "Sonder die h."

"Nou toe nou. Mevrou Smit, dit is juffrou Smith."

"'n Oujongnooi, dus." Mevrou Smit snork saggies.

"Loretta is die eienares van 'n suksesvolle besigheid op die dorp. Kekkel-en-Kraai, die tuisnywerheid." Dokter Tomas praat stadig en duidelik, asof hy met 'n kind praat. Of asof hy hard probeer om nie te lag nie. "En mevrou Smit … presies wat kom doen jy hier, mevrou?"

"Ek is die dorp se nuwe skyfskiet-teiken, klaarblyklik. Luister, iemand het 'n paar minute gelede nog op my geskiet. Ek voel glad nie gemaklik om hier in die oopte te staan en gesels nie." En om haar punt te bewys, beduie sy na die ruim boomstam waaragter sy netnou nog geskuil het. Die bas is afgeskilfer so mooi op kophoogte waar 'n duidelike koeëlgat te sien is.

Dokter Tomas fluit saggies deur sy tande en staan nader om beter te kyk. "Sowaar," prewel hy. "Dit lyk vars."

Mevrou Smit staan met haar voete stewig uitmekaar geplant, haar arms gevou, 'n sien-jy-nou-houding wat meer effektief sou gewees het as sy nie so beswete en ongekam was nie.

Loretta Smith, daarenteen, lyk so vars soos 'n oggendbriesie in 'n netjiese wit moulose hemp en suurlemoengeel linnekortbroek. Haar donkerblonde hare val gesond en blink tot op haar skouers.

Sy is jonger as mevrou Smit. En sy is álles wat mevrou Smit nie meer is nie.

"Nou ja, ek stap aan. Ek wil nie graag die sluipmoordenaars en skerpskutters verder verontrief nie en hier is voëls waarna ek wil kyk en luister." Mevrou Smit beduie na die verkyker wat om haar nek hang.

"O rêrig?" Kreukels verskyn om die dokter se blou oë. "Dan sal jy my seker kan sê watter soort voël daardie is. Kyk, daai een met die geel onder sy stert."

Hy beduie na iets in 'n doringbos.

"Dis 'n katlagter," sê mevrou Smit vies. "En as julle twee duifies my nou sal verskoon—"

"Dit, my liewe mevrou Smit, is 'n tiptol. 'n Katlagter is veel groter—" Hy bly skielik stil, onseker of sy met hom die gek skeer. Dan frons hy. "Die polisie. As iemand werklik op jou geskiet het, moet ons die polisie roep."

Maar mevrou Smit snuif net minagtend en begin aanstap. Die polisie se voet!

En juffrou Smith s'n ook. Haar voet in 'n visblik.

Die dag verlep skielik. Die voëltjies irriteer haar, die helder sonlig lyk oneerlik. Hier is moordenaars op hierdie dorp en blink geskropte bakvissies wat hulle kloue skerp maak vir die dorp se dokter. Het hy nie werk vir sy hande nie?

Maar dan styg die geluid van 'n kerkklok op van onder uit die vallei.

Vandag is Sondag.

Die plaashuis lyk verlate. 'n Paar hoenders skrop in 'n sonkol voor die stoep. "Hallooo!" roep mevrou Smit. Haar stem kon nog altyd trek.

Stilte.

Sy maak haar mond oop om weer te roep, maar besluit daarteen. Sy stap met die stoeptrappies op. Die voordeur staan oop. Mevrou Smit se nekhare rys.

Plaasmoorde ... 'n Mens los mos nie sommer net jou voordeur so oop nie? Hier is 'n groot voorkamer, sonnig maar verwaarloos. Die meubels kom uit toeka se tyd en is intussen kwalik afgestof. Tydskrifte staan in groot hope oral rond: *Huisgenoot* en *Landbouweekblad*. Die mat is deurgetrap. 'n Gemmerkat lê op die rugkant van 'n leunstoel en dut. Hy maak een geel oog lui oop en beskou mevrou Smit sonder enige belangstelling, slaap dan verder. 'n Vlieg gons verveeld teen die sif voor 'n venster.

Die lug roer, asof 'n deur iewers oopmaak.

Mevrou Smit se sinne verskerp. Veg of vlug?

"Wat maak jy in my huis?"

Sy ruk soos sy skrik.

'n Vrou kom by die voordeur ingestap, 'n .22 in haar hande. Sy dra toerygstewels en 'n kakiebroek en dit pas haar asof sy nog nooit iets anders aangehad het nie.

Mevrou Smit fokus op die geweer in die vrou se hande. "Dis jy wat op my geskiet het?"

"Waarvan praat jy?"

"Jy! Jy het op my geskiet. Waarom?"

"Ek het g'n op jou geskiet nie. Ek het skote gehoor en gaan kyk wat gaan aan." Sy sit die geweer langs die voordeur neer, sommerso, langs 'n pot met 'n paar kieries en 'n sambreel. "Kom ruik aan die loop as jy wil. Ek het nie vandag 'n enkele skoot geskiet nie." Die vrou lyk teleurgesteld. "Nog nie," voeg sy by.

"Jy is Margaret Fourie, die dorp se eie groen soldaat."

"Niemand breek by my huis in en kom vertel my wie ek is nie."

"Ek het nie ingebreek nie. Die deur was oop. Vir wat sluit jy dit nie?"

"Slotte help niks as iemand regtig wil inkom nie."

Mmm. Die vrou het dalk 'n punt beet. Kyk nou net hoe maklik het sy haar laat vang deur in te stap: vasgekeer in 'n huis waar hierdie vrou duidelik die oorhand het.

"Ek is jammer ek het sommer net ingestap. Maar iemand het op my geskiet daar onder in die voetpad. En daar onder is 'n wattebolletjie in 'n geel broekie wat dokter Tomas aan sy hand rondsleep. En watter dorp lui nog kerkklokke op 'n Sondag?"

Margaret Fourie kyk ondersoekend op en af na die indringer in haar huis.

"So, waarmee kan ek jou help, noudat jy hier is?"

"Iemand het 'n moord gepleeg in my huis. Ek wil uitvind hoekom."

Margaret Fourie se lyf verstyf. "Dan is jy die nuwe intrekker in Apie se huis?"

Mevrou Smit knik. Sy voel effens duiselig van die hitte en adrenalien-onttrekking. Sy is dors. "Dalk kan jy vir my tee maak?"

Margaret soek woorde. Dan gee sy moed op. "Kom," sê sy, "kombuis toe."

Die kombuis is aan die agterkant van die huis, soos in baie ou plaasopstalle. Oom Apie se huis is min of meer op dieselfde patroon gebou en mevrou Smit voel weer daardie snaakse instink in haar roer: die behoefte om nes te skrop. Sy het Aronspoort toe gekom om vir haar 'n tuiste te kom skep soos die een wat sy nou net vaagweg kan onthou: die huis van haar halfvergete kinderdae.

Oom Apie se huis is ideaal. Die vrugteboord, die ronde plaasdam, die kombuis met sy ruim vensters wat noord kyk. Sy onthou die skemer voorhuis, die reuk van vloerpolitoer en byewas.

Die moord in haar kombuis.

Margaret Fourie se kombuis kry duidelik meer aandag as haar voorhuis. Dis klein, maar gesellig. Hier is 'n regte ou koolstoof in een hoek, net soos die een wat sy agter Suzette se liggaam opgemerk het. Maar geen vuur brand nou nie. Margaret sit 'n elektriese ketel aan en haal groot bekers van 'n rak af.

"Rooibos?" vra sy.

Mevrou Smit haat rooibos. Maar sy voel bewerig en enigiets waarin sy 'n paar lepels suiker kan roer, sal goed wees. Ongenooid trek sy 'n kombuisstoel onder die tafel uit en gaan sit.

Die gemmerkat kom skuur teen die kosyn. Margaret Fourie se gesig versag toe sy die kat sien. "Rosie, my darling, kom drink bietjie melk." Sy maak die yskasdeur oop: 'n houer joghurt, 'n paar plastiekbakkies met oorskietkos en 'n oopgesnyde blikkie katkos.

Margaret Fourie woon alleen.

Die kat kry sy melk. "Rosie is depressief sedert Rupert oorlede is. En dis alles daardie verdomde Suzette se skuld."

Mevrou Smit is verbaas. "Hoe so?"

"Rupert was 'n rondloper. Katte is mos so. Suzette het hom raak gery, een oggend in Langstraat. Sy het mos altyd gejaag asof die dorp aan haar behoort. En sy het hom net daar gelos, halfdood! Net weggejaag."

"En toe?"

"Een van die Spar se werkers het haar gesien. Almal ken Suzette se windgat-kar. Die werker het die arme Rupert opgetel en na die veearts se huis toe gevat – dit was skaars sesuur in die oggend en die hele dorp het nog geslaap. Hy't die veearts vertel wat hy gesien het. Die veearts het Suzette gebel en sy het alles ontken. Hy sit toe vir Rupert uit – volgens hom was hy moer toe, reeds, maar as hy geweet het die kat het 'n eienaar wat bereid is om enige rekening te betaal … Daai feeks het geweet dit was my kat. Sy kon hom net gesê het."

Sy sit die beker rooibostee hard voor mevrou Smit neer en 'n paar druppels stort oor die rand.

Suzette Pelser was dus 'n vrou wat vroegoggend deur die dorp gejaag het en katte gewetenloos doodgery het. Wat sê dit van haar, haar gedrag en die motivering wat mense kon hê om haar oor die kop te slaan?

"So, jy het die vrou gehaat omdat sy jou kat vermoor het."

"Nie net dit nie." Margaret gaan sit oorkant mevrou Smit. "Het jy al gehoor van die Kloof-ontwikkeling?"

Mevrou Smit weet nou al heelwat meer van die ontwikkeling, danksy Google. Dis immers die rede vir haar staptog hier teen die berg op. Vir voëls voel sy eintlik vere.

"Ek's skaars drie dae op die dorp," hou sy haar dom.

Margaret Fourie kyk haar aan asof sy gestrem is.

Dit tel teen haar. Sy is 'n vreemdeling.

"Maar ek is hier gebore," hoor sy haarself sê. "My ouers was van hier."

"O ja? En wie was hulle?"

Mevrou Smit sug. Sy breek nou haar eie reëls. Margaret Fourie lyk nie na 'n skinderbek nie. Maar op 'n klein dorpie kan niks geheim bly nie, daarvan is sy oortuig. Aan die ander kant, wat maak dit saak? So 'n los stukkie inligting in die groot poel van feite: Wie sal dit ooit in verband bring met sake wat so min te doen het met hierdie dorp op die rand van die Karoo?

Wie sou ooit kon raai dat een van die dorp se weggooikindertjies dieselfde mens is wat …

"Jy kruip weg, nè?" Margaret sit so effens vorentoe in haar stoel. "Is dit 'n man? Slaan hy jou?"

"Genade, nee. My man is oorlede. My pa was Piet Grobbelaar.

Hy was 'n polisieman hier op die dorp. Ons het weggetrek toe ek vyf jaar oud was."

"Hmm … Piet Grobbelaar. Hoe oud is jy nou?"

Sy onthou die dorp net vaagweg.

Haar pa het graag 'n botteltjie room by die kafee gekoop vir sy middagkoffie. Dan het hy vir haar 'n lepel versiersuiker in 'n bekertjie halfvol room geroer en dit warm roomys genoem.

Sonskyn op die tong.

In die paar verslete herinneringe wat sy oorgehou het van haar eerste jare hier op die dorp het die son altyd geskyn. Hoe sou haar lewe anders gewees het as hulle nooit hier weggetrek het nie? Haar pa sou dalk nog geleef het. Haar ma sou nie …

Terwyl sy weggekruip het in die Krugerwildtuin het sy toevallig 'n berig oor die Langeberge in die *Landbouweekblad* gesien. Die behoefte om terug te kom hiernatoe het haar oorval.

'n Plek waar alles vir haar mooi was, lank gelede.

'n Plek waar sy oor kan begin. Waar sy veilig kan wees.

Maar sy het nie al die pad teen die berg uitgestap om uitgevra te word nie. "Vertel my eerder van die Krans-ontwikkeling."

"Die Kloof-ontwikkeling. En niks gaan ontwikkel as ek my sin kry nie. Het jy al die petisie geteken?"

Mevrou Smit skud haar kop. "Ek sê mos, ek is nog net—"

"Drie dae op die dorp, ja, ek het gehoor. Maar jy het 'n huis hier gekoop en dus het jy gekom om te bly. Daarom moet jy die petisie onderteken, tensy jy wil hê Aronspoort moet sy karakter verloor. Toeriste raak 'n verpesting, hoor. Noudat al hoe meer mense oor 'n afstand werk en nie meer elke dag ingaan kantoor toe nie, dink die stadsjapies dis 'n goeie plek om te kom afpak. En saam met hulle kom hulle daggadeurtrekte kinders wat die plaaslike jeug verrot en hulle 4x4's en hulle opreggeteelde honde.

"Hulle verander die karakter van die dorp, hulle verander ons kultuur. Hulle kom met te veel geld en jaag die eiendomspryse op. Die produkte op Spar se rakke pas by hulle eksotiese smaak aan en alles word duurder. Die bouers wil nie meer die dak kom regmaak as dit lek nie, hulle is te besig om nuwe huise te bou. Jy moet dae wag voor Bart jou bakkie se vonkproppe kan vervang, want hy is besig. Hulle vertrap ons infrastruktuur en ons moet betaal vir nuwe paaie en dienste. Munisipale belasting gaan op. En hoe meer infrastruktuur ons bou, hoe meer vreemdelinge kom aan."

Margaret skep uiteindelik asem.

Mevrou Smit se taktiek het gewerk: Piet Grobbelaar en die noem van haar destydse verbintenis met Aronspoort is dalk gou vergete, maar dit het simpatie losgeknoop. Sy sien die passie agter Margaret Fourie se oë brand wanneer sy oor die dorp se lot praat. Genoeg passie om iemand oor die kop te slaan as sy dink dit sal help om Aronspoort se vrede te bewaar?

Miskien.

'n Gesnuffel by die agterdeur laat Margaret opstaan om die sifdeur te gaan oopmaak.

Mevrou Smit gil.

"Dis net Hester. Sy kom soek melk." Hester is 'n jong ystervark. "Die arme ding is wees. Iemand het haar ma in 'n wip gevang en opgevreet."

Mevrou Smit trek haar knieë op tot amper teen haar bors toe die gedierte by haar stoel verbywaggel. Hester kry 'n piering melk en begin dit oplek met 'n verspotte pienk tongetjie. Die kat staan ook nader. Die ystervark ratel haar penne waarskuwend en drink die piering melk dolleeg.

Die kat lyk vies.

Mevrou Smit verstar toe Hester in haar rigting draai.

"Gee vir haar 'n wortel." Margaret hou een uit.

Mevrou Smit deins terug. "Voer jou eie diere," protesteer sy. Maar die jong ystervark het die wortel in die oog en waggel gretig nader. Mevrou Smit gooi die wortel in haar rigting.

"Ystervarke kan vreeslik hardkoppig wees," sê Margaret. "Dit is welbekend."

Dit lyk of daar waarheid in steek, want die ystervarkie genaamd Hester verorber die wortel teen verbasende spoed en kom dan weer moedig nader om die punt van mevrou Smit se sandaal te ondersoek. Die kat spring op haar skoot.

Mevrou Smit sweet. Hierdie onderhoud word nou te lank. "Die Kloof," herinner sy haar gasvrou kortaf. "Aan wie behoort dit en wat maak dit so besonders?"

"Die plek het aan 'n trust behoort. Dit was deel van Gert Visagie se boedel, alles het na sy kinders toe gegaan. Hulle bly in die stad en voel vere. Net agter die geld aan. Sakkie Bezuidenhout wil al jare lank die grond hê wat by sy plaas aansluit, maar daardie teefwyfie het dit aan 'n Kaapse maatskappy gaan staan en verkoop, wat dit wil ontwikkel in 'n spa-kompleks. 'n Hotel – verbeel jou!"

"'n Spa-hotel?" Mevrou Smit onthou dat sy gehoor het daar is warm water in die berg. En fonteine met mineraalwater. Is hier dalk vulkane, diep onder die grond? Sy weet nie veel van geologie af nie. Maar 'n spa-hotel, langs hierdie fraai dorpie, kan nogal werk.

In haar vorige lewe …

Maar dit was toe en nou is nou.

Margaret is steeds aan die praat: "Daar is paddas in daardie kloof. Die grond loop op van onder in die vallei tot teen die berg. Daar is 'n diep kloof waar die aronskelke in die lente welig groei. Dis waar die dorp sy naam vandaan kry; die lelies groei net daar. Maar dis 'n besondere ekosisteem. Minstens vier verskillende soorte paddas bly op daardie plaas. Een soort—"

"Maak asseblief 'n plan met hierdie ongedierte van jou." Mevrou Smit se stem is 'n oktaaf hoër as normaal, want inderdaad het Hester met haar stekelrige lyf styf oor haar voet opgekrul.

"Ag, oulik," koer Margaret. "Jy weet, ek dink die dingetjie is eensaam. Dalk herken sy iets in jou?"

"Ek is geen ystervark nie!" Mevrou Smit is onthuts. Of is sy? Haar terapeut het eenkeer gesê sy is so aggressief soos 'n goed bewapende knaagdier. Wat het hy bedoel?

"Die storie dat paddas in die aronskelke bly, is natuurlik nonsens. Ja, die rietpadda – *Hyperolius horstockii*, heet hy – skuil soms tussen die lelies en selfs in die blomme, maar is glad nie afhanklik van hulle nie. Hulle broei in die vlei tussen al die riete, soos enige gewone padda. Jy sal dink paddas is volop hier, en hulle ís. Luister net na die lawaai in die aand. Ons het reënpaddas oraloor, *Breviceps fuscus* en selfs sy skaarser boetie, *Breviceps acutirostris* …"

Die vrou is mal. Padda-mal.

Mevrou Smit proes in haar tee en sit die beker op die kombuistafel neer. Sien dan die letters op die beker: ASA. Amphibian Survival Alliance, staan in kleiner druk onderaan, met die silhoeët van 'n groen paddatjie langsaan. Die tee proe skielik na slym in haar mond.

Maar Margaret Fourie raak nou op dreef: "Die padda wat werklik skaars is, is *Capensibufo selenophos*, oftewel die maanligbergpaddatjie. Uiters skaars, en 'n nuwe spesie, het jy geweet? Die *Capensibufo* ..."

Grote Griet, hier is geen keer aan die vrou as sy eers met haar paddas begin nie. En wat op aarde laat haar dink iemand stel belang? Paddas! Mevrou Smit probeer haar voet saggies onder Hester uittrek, maar die diertjie skuif net weer nader.

En net daar, in Margaret Fourie die paddavrou se kombuis teen die rand van die dorp, beleef mevrou Smit een van daardie vreemde oomblikke waar siel van liggaam skei en jy jouself van buite beskou.

Die persoon wat hier sit, 'n vrou van 'n sekere ouderdom (darem nog nie só oud nie?) met vaal hare, 'n vormlose hemp, sandale met sokkies en met 'n ystervark op een voet, is vir haar heeltemal vreemd.

Wat het van haar geword? Wat soek sy hier? Het sy regtig gedink sy kan hierheen kom en haar lewe herstel? Die jare tussen hulle wegtrek hier en die lewe wat sy gelei het tot Jerry se dood net wegvee en oor begin?

9

Die volgende dag kan mevrou Smit uiteindelik in haar huis intrek.

"Makliker gesê as gedaan," brom sy oor haar hawermoutpap, dié keer met vrugteslaai en 'n baie groot beker koffie. Haar skouer is steeds styf en seer. Die paar stukke meubels en die kartondose wat die treklorrie afgelaai het, is nog alles in die motorhuis toegesluit.

'n Paar weke voor haar aankoms op Aronspoort het Suzette vir haar 'n inventaris gestuur van oom Apie se meubels wat in die huis agtergebly het. Oom Apie se familie – twee dogters en 'n seun – bly in Gauteng. Hulle wil net geld vir die huis hê.

Dit blyk 'n algemene probleem te wees met kinders wat uit hierdie geweste kom.

Nogtans was daar nie veel van waarde in die huis nie: die ou trousseaukis in die gang, 'n paar bal-en-klou-sitkamerstoele met onpas kussings en die groot tafel in die kombuis met sy riempiestoele. Op mevrou Smit se aandrang moes Suzette van al die persoonlike besittings saam met die ou linne en beddens ontslae raak. Duidelik het sy nie 'n deeglike werk gedoen nie – nie as die net wat Elsa uit die kombuislaai opgediep het en waarmee hulle so gerieflik die vlieë van die lyk kon afhou, 'n aanduiding is nie.

As die arme vrou maar geweet het …

Die goed wat al die pad van die Kaap af gekom het, het sy met sorg uitgekies sodat hulle 'n verlede voorstel wat sy nie gehad het nie. Wat sy ook al nog nodig het, het sy gedink, kan sy hier aanskaf. Daar is 'n swaar ou lessenaar van kersiehout, 'n groot eetkamertafel met stoele, 'n effens verweerde Chesterfield-sofa oorgetrek met gekraakte donkergroen leer wat sy iewers op 'n vendusie raakgeloop het en 'n regop Bechstein-klavier, mooi gerestoureer, wat haar drome laat droom het waarvan sy al amper vergeet het.

Sy sal 'n plan moet maak. Die meubels is te swaar vir haar alleen.

Maar mevrou Smit het vergeet sy bly nou op Aronspoort. Toe sy by haar huis aankom, staan 'n paar motors reeds voor in die straat geparkeer. Niemand loop mos verder as drie treë op hierdie dorp nie.

Elsa wag haar in. "Ons kom help."

Maggie, met haar stywe lippies, kom nader met 'n emmer vol skoonmaakgoed in die hand.

"Suzette het die plek laat skoonmaak net voor iemand haar van kant gemaak het," keer mevrou Smit, haar oë op skrefies in die oggendson.

"Dis nie nodig om so sonder respek van die dooies te praat nie." Tannie Annatjie het soos die gees van verlede Kersfees verskyn en lig haar kierie op.

"Dokter Tomas het laat weet jy gaan sukkel met daai skietwond van jou en het hulp nodig," sê Hannelie, sy ontvangsdame. Sy lyk glad nie bly om hier te wees of lus om te help nie. Maar haar baas het gepraat en duidelik is sy bereid om enigiets vir hom te doen.

Mevrou Smit grinnik.

"Ons het vir Bart ook gebring om die swaar goed rond te skuif."

"Net een man?" vra mevrou Smit.

"Nee, ek het 'n span werkers georganiseer en Gys is ook hier iewers." Die glibberige Samaritaan wat haar tot by die dokter se spreekkamer wou help, kom juis om die hoek, saam met die werktuigkundige in sy blou oorpak.

"Wat van die poskantoor?" vra mevrou Smit. Dis 'n weeksoggend. "En die spul motors wat vonkproppe kort?"

Mevrou Dominee tsk-tsk net. "Kom. Sluit oop. Ons het nie heeldag tyd nie."

Mevrou Smit haal diep asem en sluit die voordeur oop met die bossie sleutels wat konstabel Pieterse vroeër by die hotel afgelewer het. Sekerlik dieselfde sleutels wat in die eiendomsagent se kantoor agtergebly het. Maar sy sal later probeer uitpluis hoe Suzette daardie dag in die huis ingekom het. Dalk het die plek die hele tyd oopgestaan en was Suzette van plan om die sleutels later die dag onder die haas te kom sit?

Eers moet sy ordentlik besit neem van die plek en al die ou spoke uitdryf. Sy steek in haar spore vas en draai om na tannie Annatjie toe. "Sê vir my … die vorige eienaar … is hy … het hy ook hier doodgegaan, in hierdie huis?"

"Apie het sy lepel ook in hierdie dak gesteek, ja. Beroerte. Maar dis 'n ou huis. Mense gaan dood. Wat verwag jy?" Tannie Annatjie is duidelik nie lus vir nonsens praat nie.

Twee van die ouens kom steunend by die stoeptrappe op met die rusbank. "Toe, roer jou, die manne dra swaar."

Mevrou Smit was nog nooit 'n nesskopper nie. Of veel van 'n huishoudster nie. Sy weet skaars hoe om 'n eier te bak.

Maar dis wat sy nou moet doen.

In die donker, effens muwwe hoofslaapkamer staan die raamwerk van 'n ou koperbed teen die muur. Dalk wou Suzette nog daarvan ontslae geraak het. Die bed is in goeie toestand, met knoppe en inlegsels wat net bietjie aandag kort. Mevrou Smit het net een bed, 'n nuwe, saamgebring met haar trek: 'n siellose houtkas met 'n splinternuwe matras van goeie kwaliteit.

Sy ril by die gedagte aan beddens waarop ander mense geslaap het, dalk selfs doodgegaan het.

Sy meet die ysterraamwerk met die oog. Aa! die nuwe matras behoort daarop te pas. Sy sal later nog 'n matras koop vir die ander bed wat spaarkamer toe kan gaan.

Nie dat sy beplan om ooit gaste te ontvang nie.

Sy frons en fokus op 'n voorwerp op die breë vensterbank. Sy tel dit op. Dis 'n Bybel met 'n oortreksel van leer. Dit voel gemaklik en warm in haar hand, asof die boek al goed gebruik is.

Oom Apie s'n?

"Kan ek help met iets?" vra 'n stem agter haar.

Dis konstabel Pieterse. Uit ledigheid of nuuskierigheid, maar hy is ook hier.

Sy sit die Bybel terug op die vensterbank. "Kan jy hierdie bed aanmekaar sit?"

"Maklik genoeg. Ek kort net 'n spanner en … miskien 'n hamer of iets."

Bart het die woord "spanner" gehoor en staan nader.

Mevrou Smit los die twee en gaan kyk wat in die garage aangaan. Die paar stukke meubels en die meeste van die kartondose is reeds uitgedra. Hoe sou mevrou Dominee so gou 'n span werkers bymekaar gekry het? Die huis wemel van die mense wat kom en gaan, almal bedrywig soos miere.

"Daardie doos moet kombuis toe," beduie mevrou Smit. "En stadig met die klavier!"

"Speel jy?" vra Elsa, wat duidelik ook meer daarvan hou om instruksies te gee as om self te werk.

"Nooit nie," proes sy. "Versigtig daar, dis breekgoed!"

Die kombuiskaste is bykans leeg, maar Suzette was inderdaad nalatig. 'n Paar stukke onpas breekware en plastiekbakkies sonder deksels het agtergebly. In die laai waar die net was, is mooi geborduurde tafeldoeke met bypassende servette.

Hier moes sekerlik 'n tannie Apie gewees het, eens op 'n tyd.

Mevrou Smit kry 'n ou pyp en 'n rol tabak agter in die hoekkas van die kombuis.

"Dit was oom Apie s'n," sê Hannelie terwyl sy nuuskierig oor mevrou Smit se skouer loer. "Hy het altyd saans op die agterstoep gesit en rook."

Die twee gemaklike houtstoele op die agterstoep sien sy nou eers raak – 'n aangename verrassing. Iemand het die stoelkussings gevind en dit uitgesit. Dit is effens verslete, maar funksioneel.

Mevrou Smit se skouer pyn, al het sy nog niks anders gedoen as om bevele te blaf nie.

Sy vroetel in haar handsak rond en kry 'n swaar koperaansteker. Die pyp lyk silwerskoon en die droë tabak vat maklik vlam. Sy sak gemaklik teen die stoelkussing terug.

Agter haar hoor sy mevrou Dominee se stem. "Sit dit op die kis in die gang neer. En oppas daar met die lamp. Wat is in daardie boks? Linne? Slaapkamer toe."

Het sy ooit die regte besluit gemaak om hierheen te kom?

Miskien.

Katarina, aan haar voorgestel as "oom Bos se vrou", kom op die agterstoep uit. Sy gee 'n boek met 'n leeroortreksel vir mevrou Smit. "Jy het jou dagboek seker langs die toilet laat lê," sê sy, "en dit het toe onder die bad ingeskuif. Met so baie nuuskierige agies hier rond, wil jy dit dalk eerder iewers bêre." Sy gluur verwytend na die pyp, wat mevrou Smit nou soos 'n wafferse matroos na een mondhoek toe skuif.

"Oom Apie is dood," sê mevrou Smit en vat die boek. Sy blaas 'n rookwolk in Katarina se rigting sodat sy al niesende weer padgee kombuis toe.

"Gedra jou," raas sy met haarself. Dit is gaaf van Katarina om die boek vir haar te bring, al is dit nie haar dagboek nie. 'n Mens sou dink die polisie het die huis goed deursoek, maar hulle het duidelik halwe werk gedoen. Die bad is een van daai outydse ystergedoentes met pote en iemand kon die boek maklik per ongeluk daar ingeskop het. Of is dit daar weggesteek?

Katarina is reg: Die pyp ís vieslik. Wat het haar tog besiel? Sy sit dit in die blik-asbak neer wat gerieflik op die tafeltjie staan en bepaal haar aandag by die dagboek.

Dit is een van daardie inknipgedoentes, amper handsakgrootte, wat gewild was voor slimfone – 'n filofax. Sy het lanklaas een gesien. Wie gebruik dit nog in hierdie dae van Outlook en ander maniere om jou dae elektronies te karteer?

Suzette se voorletters is klein op die donkerrooi leer gebosseer. Dit was sekerlik 'n geskenk. Van haar man, of dalk 'n minnaar? Wat noem hulle sulke skelmpies op hierdie ordentlike dorp?

Mevrou Smit blaai nuuskierig deur. Die inhoud bevat veel meer as telefoonnommers en die datums en tye van afsprake. Dit is die raamwerk van die vrou se lewe – dalk die sleutel tot haar hart en sy donker geheime, vir iemand wat weet hoe om te kyk.

In die krullerige handskrif met die vet h's en n's vind mevrou Smit die afdruk van 'n vrou vol fieterjasies. Sy het duidelik rondgeloop met meer as een pen en was lief om verskillende kleure ink te gebruik – nes 'n skoolmeisie. Of dalk het sy een van daardie novelty pens gehad wat met die druk van 'n knoppie van kleur kan verander, want Suzette het afwisselend geskryf in blou, swart, rooi en groen.

Dit is 'n eenvoudige kode wat mevrou Smit gou ontsyfer deur die inskrywings met haar eie naam as sleutel te gebruik: eerste ontmoetings met 'n nuwe kliënt in groen (in haar geval, was dit 'n telefoonoproep). As die moontlikheid van verkoop groter word, het sy oorgeslaan na blou (op die dag toe sy 'n aanbod vir oom Apie se huis gemaak het) en die datum waar kontrakte onderteken word, is aangeteken in rooi.

Suzette was besonder volledig en die dagboek het duidelik ook as transaksiejoernaal gedien. Dit is sekerlik 'n redelike werkswyse vir iemand wat heelwat ure buite haar kantoor moes deurbring, in skouhuise en vir ontmoetings met kliënte. Sommige van die aantekeninge is heel persoonlik, soos: *Die ou heks stel nie werklik belang nie … dink daar is finansiële tekorte*, en *Pantoffelregering hier, pasop!*

Op Aronspoort, waar almal mekaar ken, was daar duidelik nie veel rede vir aantekeninge wanneer sy met die plaaslike mense gewerk het nie.

Maar dit was veral oor die stadsjapies wat Suzette meer aandag aan persoonlikhede gegee het.

Vir Jan, staan langs 'n paar van hierdie name geskryf, in swart.

"Mevrou Smit!" Bart roep vanaf die eetkamer se kant. "Kom sê waar moet ons dié neersit!"

Dis reeds sterk donker toe sy weer kans kry om haar aandag by Suzette se lewe te bepaal. Die span goeddoeners is huis toe. Mevrou Smit maak haar op die agterstoep tuis met 'n glas whisky en die dagboek. Die telefoonnommers is alfabeties gerangskik, maar Jan se van is Brink en dit duur net 'n paar minute om seker te maak daar is geen ander Jan by die kontaknommers ingeskryf nie.

Mevrou Smit tel haar selfoon op. 'n Opname van 'n stem met 'n sterk Afrikaanse aksent begin amper dadelik: "You have reached the offices of Donovan and Brink, private detectives. Our office hours are …"

Deksels.

Die stoeplig lok goggas en die muskiete zoem om haar kop. Donovan en sy vennoot Brink sit seker lankal iewers in 'n kroeg en drink hul dag se sorge weg. Iewers in Bellville, as sy na die areakode en die eerste syfers van hul kantoor se nommer kyk.

So, Suzette het soms van die dienste van privaat speurders gebruik gemaak om haar nuwe kliënte te ondersoek. Ongewoon deeglik vir 'n plattelandse eiendomsagent, of bloot slim? Maar wat van háár? Wat kon Jan Brink oor mevrou Smit uitvind? Want ja, sy naam is ook in die kantlyn geskryf langs die blou inskrywing van haar aanbod op oom Apie se huis. Maar dit is doodgetrek – miskien die volgende dag toe sy weer gebel het om te sê haar aanbod is kontant.

Kontant praat altyd die hardste, het Jerry altyd gesê.

Hy was reg.

Dis ironies dat Suzette van privaat speurders gebruik gemaak het en nogtans so diep in die moeilikheid beland het.

Het hulle nie hul werk ordentlik gedoen nie, of was sy net een van daardie jakkalse wat oral gate gegrawe het totdat sy self in een geval het?

Mevrou Smit voel skielik doodmoeg. Haar skouer pyn. Een van die weldoeners het vir haar 'n hoenderpastei gelos en sy eet dit sommer staan-staan net so koud by die wasbak.

Haar gedagtes is in 'n warboel.

Soveel het die laaste paar dae, die laaste weke … die afgelope jaar gebeur.

Sy trek terug na haar veilige plek: die bergtop in haar verbeelding waar 'n ligte bries vanaand misslierte oor die maan se gesig dryf. Een vir een verdwyn die stormgedagtes totdat sy net daar staan: 'n vrou in haar kombuis met 'n maag vol pastei en 'n dubbelwhisky of twee.

Tyd om daardie nuwe matras uit te toets.

Die volgende oggend is die eerste ding wat haar oog vang die blou Gideonsbybel op haar bedkassie, bo-op Suzette se dagboek. Uit haar kinderdae het 'n ou gewoonte tog vasgesteek: Jy sit nooit iets bo-op 'n Bybel nie.

Sy trek die Bybel nader en lees die lysie wat sy agterin gemaak het en in haar gedagtes antwoord sy van die vrae wat sy neergeskryf het.

- *Wat het van die sleutels geword wat SP by haar gehad het?*

As sy 'n sleutel gehad het. Die plek kon dalk net oopgestaan het. Maar is mense so agterlosig, selfs op 'n slaperige dorpie?

- *Was SP die ware teiken?*

Sy wil graag glo dat dit die geval is, en in alle waarskynlikheid is dit so. Mevrou Smit het haar huiswerk deeglik gedoen en 'n lang string misleidende krummels deur die bos gegooi. Dit is werklik onwaarskynlik dat iemand haar tot hier sou kon volg. So gou.

- *Wie het SP genoeg gehaat om haar oor die kop te moker?*

Die sexy eiendomsagent was vir seker nie gewild nie. Die naam van haar man, Henk Pelser, is sekerlik heel bo aan daardie lys. Dit is mos maar net so: As vroue iets oorkom, word hul lewensmaats gewoonlik eerste verdink. En sy het genoeg slegte ondervindings met Henk Pelser gehad om hom van moord te kan verdink. Sy vat die pen en skryf 'n naam onder Margaret Fourie en Sakkie Bezuidenhout: Katarina.

Oom Bos se vrou. Sy het klaarblyklik geen identiteit van haar eie nie, want almal vind dit voortdurend nodig om Katarina se bestaan te verduidelik deur haar te koppel aan oom Bos, al het sy, wat mevrou Smit is, hom nog nooit eens ontmoet nie.

Mevrou Smit leun terug teen die kussings en sluit haar oë.

Wie is die oom Bos? Katarina het Suzette se dagboek goedertrou vir haar gebring. Mevrou Smit vermoed dat die mense van Aronspoort oom Bos se vrou as 'n swakkeling beskou, dalk selfs 'n effense idioot. 'n Mens tel mos gou sulke dinge op. Dit is die manier waarop niemand luister wanneer Katarina praat nie; 'n soort stomheid is op haar geslote gesig te lese.

Maar is Katarina so onnosel soos wat sy voorgee, so dom soos wat almal aanneem sy is? Sy moet haat in haar hart hê teenoor Suzette-die-slet, dit besef mevrou Smit, want Sanet van die salon het haar die hele storie vertel.

Oom Bos en sy vrou Katarina het een seun: Gideon, die appel van hul oog. Die seun was skrander: kaptein van die rugbyspan, goed gevaar op skool en wou graag verder gaan leer. Maar geld was skaars en Katarina het naaldwerk vir almal begin doen vir 'n ekstra inkomste. Die seun self het ook vakansiewerk gedoen. Eers koerante afgelewer, toe naweke begin werk in die Spar.

Suzette het hom raakgesien toe hy haar inkopies vir haar ingepak het en boonop aangebied het om dit vir haar na haar motor toe te dra. Gideon was 'n mooi seun, met 'n bietjie van 'n Ashton Kutcher-look, volgens Sanet. Beslis nie van sy ma gekry nie, dis duidelik. Kort voor lank het Suzette hom 'n werk by Langeberg Eiendomme aangebied: algemene assistent. En volgens Sanet het Suzette hom laat assisteer met veel meer as huisverkope.

Die nadraai was onafwendbaar. Die verleentheid was diep aan alle kante, die skande groot. Gideon het sy goedjies gepak en die dorp oornag verlaat, sonder matriek, sonder taal of tyding van wat sy planne was.

En sedertdien het sy ouers nog nie weer iets van hom gehoor nie.

Hulle sê 'n ma kan slegs so gelukkig wees soos haar mees ongelukkige kind. Alle ouers verloor hulle kinders op een of ander manier. Dit is 'n gegewe. Maar jy kan maar net hoop dat die afskeid gelukkig is: 'n huwelik, 'n werk op 'n ander dorp of selfs oorsee. Die dood van 'n kind is sekerlik onoorkombaar; die onsekerheid oor wat van 'n kind geword het, net so erg. 'n Kind wat sy rug draai op 'n verdienstelike ouer en die toekoms wat hulle saam vir hom probeer bou het, is sekerlik genoeg om haat in 'n hart te laat blom.

Katarina, oom Bos se vrou. Dis dalk tyd dat sy hierdie vae figuur beter leer ken. Mevrou Smit staan op en trek die gordyne oop wat sy 'n week of wat gelede by 'n afdelingswinkel gekoop het. Dit pas min of meer en is voorlopig genoeg.

Op die vensterbank lê die ander Bybel steeds: die swarte met die oortreksel van sagte leer, asof dit oor jare heen deur die eienaar se hande gebrei is.

Sy tel dit op en lees die woorde wat in 'n elegante skrif, met vulpen, op die skutblad geskryf is. Sy klap dit vinnig toe, haar oë groot. Dominee de Bruin! Die Bybel is aan hom geskenk deur die gemeente van Aronspoort, ten tye van sy verwelkoming op die dorp vyftien jaar gelede.

Wat soek sy Bybel in haar slaapkamer?

Maar toe sy kombuis toe stap op soek na koffie, wag daar iets op haar wat al haar vrae, en selfs haar lus vir koffie, dadelik uit haar gedagtes dryf.

'n Koevert, netjies wit met MEVROU SMIT in blokletters voorop geskryf.

Waar het dit vandaan gekom? Dit was beslis nie hier toe sy gaan slaap het nie. Sy het al die deure gesluit met die sleutels wat sy van konstabel Pieterse ontvang het. Hoendervleis slaan uit oor haar hele lyf en sy gaan toets al die deure.

Alles toe.

Beteken dit noodwendig dat die persoon wat die koevert kom neersit het 'n spaarsleutel gebruik het om in die kombuis in te sluip? Sy kry 'n venster in die spaarkamer wat nie op knip is nie. Een van die baie helpers kon dalk die venster met opset so gelaat het. Dit sou kinderspeletjies gewees het om gisteraand in die huis in te sluip – sy het geslaap soos 'n dooie.

Maar die vensterbank is hoog en hier is geen spore in die modder van die bedding nie.

Versigtig, mevrou Smit, maan sy haarself. En vandag nog moet sy die slotte laat omruil en iets doen aan 'n sekuriteitstelsel vir die plek. 'n Alarm.

En 'n wapen. Dit het sy, maar dis steeds in die veilige wegsteekplek wat sy daarvoor gemaak het: 'n spesiale kompartement aan die onderkant van die Chesterfield-rusbank.

Haar beste aankoop, sy het planne met hierdie bank. Aande voor die vuurherd, 'n warm kombers oor haar bene. Miskien 'n kat? Sy het gister, ná Bart die bank volgens haar instruksies regoor die leë vuurherd in die voorhuis gerangskik het, seker gemaak dat alles in orde was. Bart was nog in die omtrek, besig om stoele rond te skuif en sy kon net gou haar hand onder die bank indruk. Sy het die gewig van die pistool onder haar hand gevoel en het die velcro langs die soom van die oortreksel net effens oopgetrek sodat haar wysvinger aan die loop van die Glock kon raak.

Dit het haar rustiger laat voel.

Maar nou: 'n inbraak.

Sy skeur die koevert oop.

In blokletters, onidentifiseerbaar, staan daar geskryf:

ONTMOET MY VANAAND 19:00 BY DIE LEIDAM

Haar hart bons in haar borskas. Vir 'n oomblik verbeel die mees optimistiese deel van haar dat dit die dokter is, hy met die blou oë, wat haar nooi vir een of ander romantiese piekniek. Het sy nie juis gisteraand so iets gedroom nie?

'n Kolletjie warmte gloei steeds iewers diep in haar, meer as wat sy net kan toeskryf aan 'n goeie nagrus. Maar nee. Daardie dokter sal nie in die middel van die nag in haar huis inbreek om so 'n anonieme boodskap op haar kombuistafel te laat nie.

Die laaste stukkie welbehae skilfer van haar af.

Koue sweet.

Sy tel tot tien. Sy tel tot elf en verder tot sewentien. Dit help glo vir woede, maar ook vir paniek?

Dan dwing sy haarself tot aksie. Konsentreer op die alledaagse: nog raad van haar terapeut. Die sak basiese benodighede wat sy haar eerste oggend op die dorp gekoop het, het te lank in die son gestaan en sy moes alles wegsmyt.

Maar die vrywillige helpers van Aronspoort is nogal deeglik: koffiegoed staan op die toonbank langs die stoof. 'n Ou Italiaanse mokkamaker wat iemand in 'n kombuiskas gevind het, effens geduik, maar funksioneel, en Hannelie het vir haar 'n elektriese plaat geleen "totdat jy die ou aga bemeester of 'n nuwe stoof laat installeer".

Hier is sowaar geroosterde koffiebone en 'n meul vir bone wat jy met die hand draai. Behalwe die hoenderpastei het haar weldoeners ook vars melk en 'n halfdosyn eiers in die yskas gelos. En 'n blik beskuit. Hulle is bitsige skinderbekke, maar hulle is barmhartig.

Mevrou Smit het nog nooit sulke mense ontmoet nie.

Sy draai die kraan oop en tap eers 'n bietjie water in gisteraand se whiskyglas. Versigtig toets sy die smaak. Sy is nie gewoond daaraan om water sommer net so uit die kraan te drink nie. Koel en smaakloos. Waar kom dit vandaan – die rivier, die boorgat op die werf?

Dit was nog nooit nodig vir haar om aandag aan huishoudelike en munisipale sake te gee nie.

Maar op 'n klein dorpie is die skil van beskawing dun. Hoe werk spoeltoilette hier? Wie kyk na alles?

Haar hartklop bedaar toe die koffie begin borrel.

Sy het die terapeut op haar oorlede eggenoot se aandrang gaan spreek. "Jy neem alles te ernstig op," het Jerry gesê. "Dis ék wat aan die doodgaan is, per slot van rekening. En ek is heeltemal fyn daarmee. My grootste bekommernis is jy."

Om iemand wat jy liefhet aan kanker te sien doodgaan, is 'n uitgerekte kastyding. Erg genoeg in gewone mense se lewens. In Jerry se geval was alles soveel ingewikkelder. Maar dit is nou alles verby, agter die rug.

Haar huwelik was geen gewone een nie, terwyl Jerry soveel ouer as sy was en heeltemal stomp teenoor haar natuurlike seksualiteit. Dit het niemand gelukkig geweet nie. Hulle saamwees was 'n vesting vir hulle albei, 'n skans teen die wêreld. Jerry was haar beste vriend, die pa wat sy vroeg verloor het, die man wat haar gered het van haar roekelose jeug. Vir Jerry was sy 'n bewys van sy manlikheid, 'n prys wat net geld en testosteroon sekerlik kon koop.

In Jerry se wêreld sou homoseksualiteit hom van sy geloofwaardigheid ontneem het. Dit is immers wat hy geglo het.

Sy gaan sit op die agterstoep met die beker koffie en die streek se geelbladsye (nie baie dik nie) wat Elsa, mevrou Dominee, op die kis in die gang gelos het. Die dag raak reeds warm, maar die koelte oor die stoep strek diep.

Oom Apie se pyp, onuitgeklop, lê in 'n piering op die stoeptafeltjie.

Mevrou Smit ignoreer dit. Die smaak van koffie is genoeg.

Die Aronspoorters gaan vandag weer hulle eie gang. Sy is alleen in haar nuwe huis.

Sy tel haar slimfoon op en skakel 'n sekuriteitsfirma op Robertson. "Aronspoort, sê u? Ons doen nie veel werk daar nie. Die mense gebruik sommer hulle hoenners as sekuriteitstelsel." Die kêrel lag vir sy eie simpel grappie. Maar hy belowe om Vrydag deur te ry vir 'n kwotasie.

"Vrydag? Is jy mal?" 'n Tortelduif in die boom naby die agterdeur staak sy lied, geskok deur die skel stem vanaf die agterstoep. "Teen Vrydag lê ek lank reeds dood op my kombuisvloer, soos Suzette Pelser!"

Die noem van die ongelukkige Suzette se naam, die afgelope dae soveel in die nuus, verander die toon van die gesprek.

"U sê die adres is Van Riebeeckstraat 3?" vra die vent versigtig.

"Net so." Mevrou Smit proe oorwinning aankom. "Dieselfde huis waarin die vrou vermoor is. Net laas week nog."

"Nou ja, mevrou, dan kan ek verstaan dat u onrustig is. Ek dink ons behoort 'n baie deeglike sekuriteitstelsel vir u te installeer."

"Vandag nog."

"Ek dink ek en my span kan tog 'n tydjie inruim vanmiddag. Dit kan dalk 'n bietjie ekstra kos, maar nou ja ... veiligheid het g'n prys nie."

"Bring alles wat jy het. Ek stuur vir jou 'n lysie voorstelle na jou selfoonnommer. En kom sommer nou."

Teen sesuur die aand trek Klein Karoo Sekuriteit se bakkie weg voor Van Riebeeckstraat 3. Die manne het verbasende goeie werk gedoen. Mevrou Smit voel tevrede. Die slotte van die twee buitedeure is vervang. Sy het 'n moderne kontrolebord langs die koperkatel in haar slaapkamer en 'n kamerastelsel is aan 'n app op haar selfoon gekoppel.

"Bietjie overkill dalk," het die simpel vent van Klein Karoo Sekuriteit gesê. "Maar as mevrou die beste wil hê, dan installeer ons dit." As hy verbaas was omdat mevrou Smit alles van sekuriteitstelsels af weet, het hy niks laat blyk nie. Dis nie aldag dat 'n man so 'n groot kontrak in dié geweste raakloop nie. En iemand wat in kontant betaal.

Sy besluit om gou te was. Die gedagte aan haar vreemde afspraak om seweuur by die leidam stimuleer haar sweetkliere. Is dit menopouse, vroeg aangebring deur al die stres wat sy moes verduur of net somer in die Langebergdistrik? Maar oom Apie se muwwerige badkamer lyk onaantreklik. Boonop is hier die ingewikkelde warmwaterstelsel waaraan tannie Annatjie haar gister bekendgestel het:

Die badwater word deur die ou aga-stoof in die kombuis verwarm. Moderne badkamer se voet.

Hier is darem 'n spoeltoilet.

Die water in die sinkdam is egter vars en skoon. Eers toe sy uit al haar klere is en haar lyf in die koel water laat afsak, wonder sy weer waarvandaan die huis se drinkwater kom. Sy sal moet seker maak.

Maar nou is dit vir eers te laat.

10

Kwart voor sewe verlaat sy die huis. Sy vat nie die Glock saam nie, maar in haar handsak het sy 'n kragtige kannetjie pepersproei, aangeskaf by Klein Karoo Sekuriteit.

Die leidam is aan die kant van die dorp, 'n gewilde plek vir voëlkykers. Hiervandaan loop 'n stelsel kanale al langs die strate af om leiwater aan die erwe te voorsien.

Sjarmant is die ouwêreldgevoel wat water langs die strate gee.

Sy is egter op haar hoede, al doen sy haar bes om ongeërg te lyk. Sy het haar verkyker om haar nek en een van Kekkel-en-Kraai se laphoede op haar kop. Die hoed het sy in die loop van die dag gekoop, saam met 'n groot skyf kaaskoek.

Om haar figuur te behou, het sy vir haarself gesê.

"Naand, mevrou Smit!" roep 'n stem van oorkant die straat. Gys van Wyk, die posmeester.

Sy sug. Tog net nie nou nie. Maar Gys steek reeds die straat oor in haar rigting.

"Hoe gaan dit?" Lank en maer in sy safaripak kom hy voor haar staan en kyk oorgretig na haar. Sy kan nie onthou dat sy al ooit tevore 'n man in lewende lywe in 'n safaripak gesien het nie. Op foto's ja, uit die jare sestig en sewentig. Eintlik het sy aangeneem dat een of ander wyse vrou die laaste safaripak lank reeds in 'n asblik gegooi het.

"Wragtig. Waar kry jy deesdae nog 'n safaripak?"

Die posmeester grinnik breed, asof sy hom 'n kompliment gegee het. "Dit was my pa s'n. Moeder het dit vir my kleiner gemaak."

"Moeder?"

"Ja, my ma. Ek bly by haar, jy weet. Sy is 'n uitstekende kok. Jy moet by ons kom eet, een aand."

Sy sidder. "Verskoon my, meneer … Gys, nie waar nie? Ek is laat vir 'n afspraak."

"'n Afspraak? Met wie? Waar?" Hy grynslag asof hy 'n grappie ken waarvan sy niks weet nie.

"By die leidam. Met … iemand."

"Gaan julle voëls kyk? Voel jou arm al beter?"

"Ja. En dankie, my skouer voel beter. Nou moet ek gaan." Sy probeer by hom verbyskuur.

"Nie so haastig nie, mevroutjie," keer hy en tree weer voor haar in. Hy sit sy hand op haar gesonde skouer. Die man is boonop vatterig.

Sy stoot hom bruusk opsy. "Los my uit, meneer. Ek is haastig. Dit was gaaf van jou om gister met my trekkery te help, maar ek is nie jou maat nie."

Die posmeester lyk geskok. 'n Sluwe uitdrukking kom oor sy gesig. "O, ek is 'n man wat van 'n uitdaging hou, mevrou Smit. Hier is maar min van hulle op die dorp. Uitdagings, bedoel ek. En enkellopende vroue."

Mevrou Smit steek in haar spore vas. "Is jy mal? Is jy heeltemal stapelgek? Los my uit!" Haar stem het so skril geword dat twee vroue wat oorkant die pad loop, vassteek en nuuskierig bly staar.

Mevrou Smit storm weg. Sy het nie tyd om met die vent te staan en redeneer nie. En dis al amper seweuur.

Sy rek haar treë.

Verbeel jou. Die vermetelheid van die man. 'n Blik in sy oë wat haar ongemaklik maak.

Die son is amper onder en die lang skaduwees van 'n ry sipresbome val oor die teerstraat.

Teen hierdie uur is die dorp stil, met die naweektoeriste terug in hul kassies in die stad. Sy beny hulle nie. Kantoorure, internet shopping en verkeersknope.

’n Swerm skreeuende hadidas vlieg oor haar kop. ’n Motorfiets brom iewers in Langstraat en dan is dit weer net die voëls. Swetsende vinke skop nes in die riete, ’n bokmakierie roep. Is dit hoe ’n bokmakierie klink?

By die bopunt van die dam steek sy vas en lig die verkyker voor haar oë. Sy sal nie ’n bokmakierie herken as een in haar gesig vasvlieg nie. Maar voëls is nie waarom sy hier is nie. ’n Voetpad links om die dam. Die rietdak van ’n skuiling steek agter ’n bos uit. Die logiese plek vir ’n geheimsinnige ontmoeting?

In die kwynende lig lyk alles verlate.

Onrus roer weer op die krop van haar maag. Maar nee, ’n professionele sluipmoordenaar sal hom sekerlik nie so naby die dorp waag nie. Hy sal beter geleenthede soek om haar van kant te maak. Tog, as dit net iemand is wat vir haar iets wil sê, hoekom kom klop hy of sy nie sommer net aan haar deur nie?

Hoekom so ’n omslagtige gesluip?

“Tsk.” Sy moes nooit gekom het nie.

Die voëls word skielik stil.

“Mevrou Smit?”

Sy wip soos sy skrik. Sy swaai om. Maggie met die dun lippies staan agter haar. Die twee vroue kyk mekaar berekenend op en af.

Mevrou Smit is skielik bewus van die slierte hare wat onder haar hoed uitsteek, nog klam van haar swem in die sinkdam. Maggie lyk weer asof sy nou net uit ’n pot formalien geklim het: haar kapsel stokstyf gerangskik op haar kop, haar vel bleek en verrimpel. Sy het probeer om die dun lyn van haar mond met lipstiffie te volg, maar die meeste daarvan het op haar tande beland.

Mevrou Smit kan net raai hoe styf en ongemaklik die gastehuis sal wees wat sy bedryf. Harde kussings en motbolle in die kaste.

“Ek het nie geweet jy stel in voëls belang nie?” vra Maggie.

“Voëls? Maar natuurlik! Ek soek veral na die … streepsterthoutkapper.”

“Hmm.”

Mevrou Smit raak bewus dat Maggie glad nie tuishoort op die modderige voetpad om die dam nie. Sy het grys hoëhakskoene en sykouse aan. In hierdie talmende hitte!

Maggie sien seker hoe sy na haar voete staar, want sy maak aanvallend verskoning. "Ek soek net ... een van my gaste wag vir 'n landlynoproep. Blykbaar dringend. En hy het gesê hy kom hierheen."

"O? En wie is dit?"

"Dit is vertroulik. Ek loop nie rond en skinder oor my gaste se privaat lewens nie."

"So, het jy hom gekry, daardie gas van jou? Kon jy jou boodskap darem aflewer?"

Maggie het vanuit die rigting van die voëlskuiling gekom. Dalk is haar gas dieselfde persoon wat haar wil ontmoet?

Maggie skud haar kop. "Hy was nie daar nie. Seker aangestap, dalk hotel se kant toe."

Dis hoeka die tyd van die dag wat almal soos bye om 'n korf om die kroegtoonbank en op die hotel se veranda vergader. Dalk dié dat die leidam so verlate is: Die dorp se watergat is elders.

Mevrou Smit voel skielik traag om alleen verder te stap. Van die voëls het weer begin roep, maar die swerm vinke is nou stil. Dit word vinnig donker. 'n Muskiet kom zoem om haar oor.

"Vir wat loop jy so alleen hier rond?" wil Maggie weet.

"Ek sou sê dis privaat, maar in my geval is dit heel duidelik. Soos ek gesê het: Ek kom kyk na die voëls."

'n Paar kolganse kom land raserig op die water agter haar. "Voëls is vir my interessant."

"As jy so sê." Maggie tree om haar en begin wegstap. Haar hakke sak plek-plek in die sagte modder weg en sy wankel om haar balans te hou.

Gmmff, gaaf van haar om soveel moeite vir haar gaste te doen. Mevrou Smit draai terug na die voetpad.

Sy is reeds laat vir haar afspraak.

Haar pad word weereens versper. "Dokter Tomas?" Haar gedagtes is vinnig aan die rol. Is sy teenwoordigheid bloot toevallig of ...

Maar nee. Sy is steeds oortuig dat 'n man soos hy nie van sulke twyfelagtige taktiek soos naamlose boodskappe gebruik sal maak nie. En inbreek in haar huis? Sekerlik is dit teen die hippokratiese eed. Sy weet nie wat als in daardie eed staan nie, maar dit laat dokters nie toe om sommerso in mense se huise in te sluip terwyl hulle slaap nie. En haar deure was gesluit.

"Ek het nou 'n alarmstelsel," blaker sy uit.

Hy lyk verbaas. "Goed om jou hier te sien, mevrou Smit. Beteken dit jou skouer voel beter?"

Sy antwoord hom nie.

"Ek is verbaas dat jy 'n voëlkyker is – 'n ywerige een, lyk dit my, want Sondagoggend was jy op Peet se pad, en vanaand ... hier?"

"Ek voel vere vir die voëls," brom sy.

"Jammer, want ek is hier om na die lepelaars te kom kyk."

"Die wát?"

"Die lepelaars. Kom kyk." Hy draai na die water en lei haar af teen die wal na 'n bankie wat agter 'n bos versteek is. "Kyk daar, daar anderkant. Gebruik jou verkyker."

Sy lig die verkyker en fokus op die wit voëls aan die oorkant van die dam. Sy gil. "Wat is fout met hulle bekke?"

Tomas lag. So 'n kort snorklaggie. "Het jy dan nog nooit 'n lepelaar gesien nie?"

Die voëls se lang snawels lyk sowaar soos lepels en hulle gebruik dit om in die vlak, modderige water rond te vroetel.

"As hulle vlieg, hou hulle hul nekke uitgestrek, nie ingetrek soos reiers nie."

Sy fokus op een van die voëls. Sy gesig is pienk, amper rooi, en op lang, statige bene stap hy daar rond asof die wêreld aan hom behoort. Sy buurman is 'n ander soort, sien sy, swaarder en minder grasieus.

Sy giggel. "Wat se simpel voël is daai – die wit een met die swart kop en nek? Dit lyk asof hy iets op die bodem van 'n kan swart verf probeer bykom het."

"Jy weet werklik niks van voëls nie, nie waar nie?" sêvra Tomas. "Dis 'n skoorsteenveër. 'n Soort ibis. Heilige ibisse word hulle ook genoem."

"Heilig?" vra sy verbaas. "Wat is heilig aan hom?"

"In die ou Egipte was die voëls geassosieer met die god Thoth. Hy was die god van wysheid en die skriba wat hul geskiedenis vasgelê het. Daar is duisende mummies van die voëls ontdek by Sakkara, naby Memphis."

"Waar Elvis gewoon het?"

Hy vererg hom vir haar. "Die ou hoofstad van Egipte, vroumens."

Sy proes, maar voel dan 'n blos teen haar nek opkruip. Sy wil nie hê hy moet dink sy is onnosel nie. Maar sy is, minstens wat voëls betref. Sy weet niks van heilige ibisse en Egiptiese gode nie. Dokters, daarenteen, is mos veronderstel om alles te weet.

Iets moes die voëls aan die oorkant van die dam verskrik het, want skielik vlieg die hele swerm van hulle op met 'n geskree en 'n gekrys. Die lug is vol van die gefladder van vlerke. Net 'n paar kleinerige voëltjies bly agter in die bome en hulle gekwetter gaan onverpoos voort.

"Seker weer een of ander sot met 'n hond wat nie op leiband is nie," brom Tomas, maar mevrou Smit, wat haar verkyker weer op die oorkantste wal rig, sien geen hond nie.

"As jy nie kom voëls kyk nie, wat soek jy dan hier?"

Sy skrik. Hoe laat is dit al?

"Ek moet gaan." Sonder om te groet kry sy koers terug voetpaadjie toe. Dis duidelik dat dit nie die dokter met die blou oë is wat vir haar die boodskap op haar kombuistafel gelos het nie.

Nie nou tyd om spyt te wees daaroor nie. Dis reeds tien oor sewe.

Die paadjie loop deur digter bosse en dan is die skuiling voor haar. Die platdak-houthut staan op stelte halfpad in die water. Die deur aan die agterkant is oop.

Sy storm by die deur in, 'n bul in 'n glashuis, en steek dan verstom in haar spore vas.

Sy gil.

Halfpad verskuil agter 'n bankie voor die uitkykvenster, steek 'n paar stapstewels uit.

Die rooi skoene agter haar kombuistafel! Maar een van die stapstewels lê teen 'n onnatuurlike hoek. Sy stap versigtig nader.

Dit is net 'n paar stewels. Niks meer nie. Een van die stewels se sool is los. Iemand het dit net daar gelos. Gebreekte stewels wat geen doel meer dien nie. Vir wat is sy so op haar senuwees?

Dan sien sy 'n vel wit papier op die sitplek van die bankie. Dis 'n nota – vir haar, in dieselfde blokkerige handskrif:

EK HOU MY OOG OP JOU.

11

Sy word wakker in die middel van die nag. Sy is nie alleen nie. Die alarmstelsel! Werk dit nie? Is dit dieselfde ellendeling wat die nota die vorige aand op die kombuistafel gesit het?

En die grieselrige boodskap by die dam …

Maar al die slotte is dan verander? Dit kan mos nie wees nie.

Haar hand sluit om die koue staal van die pepersproei onder haar kussing. Sy kom in een beweging orent en swaai haar voete oor die rand van die bed. Geruisloos. In die kamer is vae skemerlig, want die gordyne is dun.

Haar oë is klaar gewoond aan die donker, soos 'n kat op adrenalien. Haar kamervenster het mooi oopgestaan, veilig agter die sterk diefwering wat die sekuriteitsmense spesifiek aan dié venster aangebring het, want sy hou van vars lug.

Vir 'n paar oomblikke sit mevrou Smit tjoepstil en luister. Net paddas wat kwaak onder by die rivier. Iets skree skril vanuit die rigting van die voorstoep – seker 'n vlermuis. 'n Jakkals tjank veraf.

Wat het haar besiel om vrou-alleen hier te kom woon?

Sy haal diep asem terwyl haar brein al haar veiligheidsmaatreëls tel, soos in 'n mantra. Sy moet glo. Sy is deeglik, sy is versigtig. En sy gaan haarself sowaar nie nou, ná alles, laat vang nie.

Op kaal voete sluip sy vinnig in die donker gang af in die rigting van die donkerder voorhuis. Die gordyne is dikker hier en die straatlig te ver weg om enige effek te hê, maar sy het die posisie van die meubels onbewustelik gememoriseer. Sy vind die rusbank sonder om teen iets te stamp.

Toe sy die velcro losmaak, skeur die geluid deur die lug soos 'n mes. Die pistool hoort langs haar bed.

Sy weet hoe om dit te gebruik.

Niks roer in die huis nie. Alles is stil. Doodstil. Selfs die gekwaak van die paddas dring nie deur tot dié kant van die huis nie.

Maar sy is nie alleen nie. Sy weet dit net.

In die kombuis spoel sterlig deur die kaal vensters en sien sy hom duidelik sit op die stoel aan die bopunt van die kombuistafel. Hy het 'n hoed op en hy is onbeskryflik oud.

"Oom Apie?"

Want wie anders kan dit wees? Hy sit of hy daar hoort.

Die ou man knik. "Ek is wie ek is. Maar ek vermoed jy kan nie dieselfde sê nie."

Sy moet hallusineer. Nou finaal die kluts kwyt. Die gewig van die wapen in haar hand is werklik; die man oorkant die tafel – beslis nie. Sy kan net so wel handdoek ingooi.

Die volgende oomblik vou kalmte soos 'n warm kombers om haar skouers. Mevrou Smit sug en trek een van die swaar riempiestoele uit. Sy gaan sit. Dalk is dit net 'n droom.

Net môre bel sy haar terapeut. Maar dan onthou sy: Haar terapeut dink sy is dood. Almal wat sy voorheen geken het, dink sy is dood.

Party mense staan weer op, soos oom Apie.

Sou haar terapeut enigsins hartseer gevoel het oor haar heengaan? Waarskynlik nie. Moontlik het hy sy skouers geskud en vir homself gesê: Dit kom nou daarvan.

"Ek is mevrou Smit."

"Jy sê so. Maar ek glo jou nie vir 'n oomblik nie."

"Hoekom sê jy so?" Sy is dadelik op haar perdjie. Sy wil hê hy moet in haar glo, al kan sy nie in hom glo nie.

Oom Apie lag lekker diep, uit sy maag. "As ek vir jou kyk, sien ek twee mense hier sit. Een van julle is veronderstel om nie hier te wees nie en die ander een sit hier, in my kombuis. Ek sal graag wil sien hoe jy die hele spul 'n rat voor die oë draai. Veral daai Annatjie!"

"Hoekom sý?"

Hy proes deur slap oumanlippe. Kon hy dan nie sy kunstande saamgevat het na die hiernamaals toe nie?

"Skynheilig, die hele lot van hulle. Veral daai kerkmense."

Mevrou Smit knik. Sy het ook nie veel tyd vir geloof of die kerk en sy dinge nie. Maar op hierdie dorp dra kerk gewig, sy kan dit sien. Asof hy haar gehoor het, slaan die kerkklok twee swaar slae in die verte.

Tweeuur in die oggend.

"Slaap geeste nie?" vra sy.

"Daar is 'n ewigheid oor vir slaap. Bowendien—"

"Hoekom dwaal jy hier in my kombuis rond? Het jy dalk iets gesien ..."

Stilte.

"'n Vrou is hier vermoor, in my kombuis, net daar." Sy wys na die plek op die vloer waar Suzette gelê het.

"In my kombuis?" vra oom Apie. "Vermoor? Wat praat jy?"

Sy vertel hom van Suzette. Oom Apie skud sy kop. "Nou toe nou. Daardie vrou het aldag moeilikheid gesoek."

"Weet jy nie wie dit gedoen het nie? Kan jy haar nie vra nie? Sy is mos ook nou ... daar oorkant, waar dit ook al is."

Weer skud hy net sy kop. "Jy weet ook niks."

"Maar hoe is ek dan veronderstel om te weet? Ek probeer my bes om aan die lewe te bly. Dis hoekom ek hier is. Ek het gedink in 'n plek soos dié—"

"Die dood loop oral rond, meisiekind. Jy kannie vir hom wegkruip nie. Almal van ons, mettertyd ... hy haal ons in."

"Ja, ja, maar jy is stokoud. Of was stokoud, immers. Dis soort van hoe dit werk, nie waar nie? Ek wil ook nie vir ewig leef nie, maar ek verkies om op my oudag sag in my bed te gaan, soos jy."

"Wat weet jy van heengaan? Wat laat jou dink dit was sag? Nee, kinta. Ons is maar almal so. Ons stry tot die bitter einde."

"So hoe het jy ... hoe het jy jou lepel in die dak gesteek?" Sy klink nes tannie Annatjie wat gedurig in simpel spreekwoorde praat, soos 'n opgewende Afrikaansonderwyseres.

"Nie hier nie, moenie jou daaroor bekommer nie. In die hospitaal, soos enige beskaafde mens. Dokter Tomas wou nog keer, maar jou tyd is seker maar jou tyd."

Tannie Annatjie het haar laat verstaan dat Apie hier in sy huis dood is. Pure moedswilligheid.

"Pure moedswilligheid," sê oom Apie, asof sy hardop gepraat het. Of dalk het sy?

"Lyk vir my of dit hoog tyd was vir jou. Jy was duidelik oor die muur. Die plek is verwaarloos."

"Moenie vir jou astrant hou nie. Jy het dit seker vir 'n appel en 'n ei gekoop."

Sy sê vir hom wat sy betaal het.

Hy fluit saggies. "Sowaar! Sulke jakkalse. As ek geweet het dit is soveel werd, sou ek self verkoop het en vir my 'n lekker plekkie by die see gaan soek het."

"Sou jy werklik?"

Hy skud weer sy kop. "Seker nie. Eenmaal 'n Aronspoorter, altyd hier gebonde."

"Lyk vir my so, want hier sit jy. Steeds."

"Is ek dan nie welkom in my eie kombuis nie?"

"Mý kombuis, nou. Ek het duur daarvoor betaal, soos jy self sê. En ek is hier vir rus en vrede, nie om tweeuur in die oggend met ou mans te sit en stry nie."

"Jy is nie eintlik 'n vriendelike vrou nie, nè?"

Mevrou Smit snork liggies deur haar neus.

"En ek weet jy rook my pyp. Dis voorbarig van jou."

"Jammer."

"Gaan jy dit stopsit?"

"Nee. Waarskynlik nie. En wat kan jy doen om my te keer?"

Stilte.

"Wie dink jy het dit gedoen?"

"Vir Suzette oor die kop geslaan? Ek weet nie. Maar ek is van plan om uit te vind."

"Dan beter jy gaan slaap. Jy't jou breinkrag nodig. Los my so 'n bietjie hier, as jy nie omgee nie."

Sy knik en gaan terug bed toe.

12

Die volgende dag hoor sy die nuus: Katarina, oom Bos se vrou, is soek.

Kekkel-en-Kraai gons behoorlik.

"Konstabel Pieterse sê hulle het 'n missing person's file oopgemaak vir haar." Dis Maggie wat spogregte het op die meeste nuus, want sy het klaarblyklik die sorg van oom Bos in Katarina se afwesigheid oorgeneem.

"Maar hoe lank is sy al weg?" vra iemand.

"Blykbaar van gistermiddag af."

"Van hoe laat af?" vra mevrou Smit. Sy het by Kekkel-en-Kraai ingestap om varsgebakte brood te kry, maar het op die ou end ook melktert gekoop. Vir haar kurwes. Sy moet vir haarself leer kook, maar dit kan eers wag. Melktert lyk na aandete.

Nou wens sy sy het eerder 'n wag voor haar mond geplaas, want almal kyk vir haar.

"Oom Bos sê hy het haar laas so vyfuur se kant gesien." Dis Bart wat haar antwoord. "Tannie Katarina het glo net gesê sy gaan 'n entjie stap."

"Waarheen het sy gewoonlik gestap?" vra Loretta.

"Sekerlik die leidam. Sy is lief vir voëls."

Was die hele dorp dan gister by daardie dam? Mevrou Smit trek 'n stoel nader en sluit aan by die groep om die ronde tafel in die hoek. Almal van hulle is hier: die kekkels, soos sy hulle in haar gedagtes begin noem. Loretta Smith, mevrou Dominee, Bart, tannie Annatjie en Hannelie van dokter Tomas se spreekkamer. Dis seker haar etensuur, of andersins is daar nie baie werk in 'n klein dorpspraktyk soos syne nie.

Die leë stoel waarop mevrou Smit nou haar sitvlak inskuif, word gewoonlik deur Katarina beset.

Oom Bos se vrou.

Tannie Annatjie sien die vraag op haar gesig. "Oom Bos is een van die oudste inwoners van die dorp. Hy het met Katarina getrou toe sy skaars sestien was. Daar is 'n groot ouderdomsverskil. Oom Bos was glo nie 'n maklike man nie, jy weet hoe dit soms is. Maar nou staan hy met een voet in die graf en het sorg nodig, sy vrou kan hom nie net sommerso los nie."

"Hy het 'n beroerte gehad twee jaar terug en is bedlêend," verduidelik Hannelie.

"Daar is veel te sê vir genadedood," brom mevrou Smit.

'n Ysige stilte.

"Dit is maar hoe dit is. Mens kan nie jou lewe voorspel nie," sê sy dan, in 'n poging om meer menslik voor te kom. Sy moet let op wat sy sê.

"Wie weet wat met jóú gaan gebeur?" vra Elsa bitsig. "Vroualleen, lyk dit my."

Mevrou Smit byt 'n haastige antwoord terug. Sy moet meer hoor. "Het Katarina enige rede gehad om weg te loop?"

"Wie sê sy het weggeloop?" vra Hannelie met groot oë. "Dalk het sy ook die prooi geraak van die booswig wat deesdae hier op die dorp losloop. Eers die Arendse-meisie, toe Suzette en nou Katarina."

"Toe nou, die ding met die Arendse-meisie was meer as twee jaar gelede. Moenie almal se verbeelding op hol jaag nie," keer mevrou Dominee.

"Waar daar 'n rokie trek, is daar 'n vuurtjie," stook tannie Annatjie.

"Waar anders is die vrou dan?" Hannelie gaan haar nie so gou van stryk laat bring nie. "Katarina is nou wel 'n wolkop, maar sy is nie een wat haar man sommerso sal los nie."

Bart wil sy stuiwer in die armbeurs gooi. "Dalk het sy net besluit om pad te vat. Om vir Gideon te gaan soek. Dalk het sy nuus van hom gehoor?"

"Gideon, as jy nie weet nie, mevrou Smit, was die appel van Katarina se oog. Haar enigste seun. Oom Bos is maar useless, as jy my vra. So 'n ou man. Katarina het vir haar seun geleef." Elsa vat 'n sluk tee, maar net 'n klein happie van die skyf wortelkoek op haar bord.

Sy hou haar gewig dop, raai mevrou Smit.

Imelda kom verby en sy bestel ook wortelkoek. "Met 'n skoot ekstra room langsaan."

Mevrou Dominee gluur haar aan.

Sanet van die haarsalon het haar van Gideon vertel, maar mevrou Smit hou haar dom. "So, wat is die storie? Wat het van Gideon geword?"

"Geen mens weet nie. Seker maar stad toe. Maar die minste wat hy kon gedoen het, is om vir sy ma te laat weet waar hy is. Kinders kan soms so ondankbaar wees," sê tannie Annatjie met 'n verwytende kyk in die rigting van haar dogter.

"Vertel my meer van hierdie Gideon. Wat het hy gedoen? Ek meen, het hy enige kwalifikasies gehad?"

"Hy het nie eens sy matriek klaargemaak nie. Minstens nie voor hy weg is nie. Maar hy was slim. Goed met rekenaars en so. Hy het almal altyd gehelp met hulle elektroniese katoeters."

En vir Suzette-die-slet beter leer ken oor haar rekenaarstelsel. Sy kan haar dit goed voorstel: die listige seksmal blondine wat die jong man laataand na haar huis, nee, haar kantoor waarskynlik, met 'n oënskynlike sagteware probleem lok …

"Wanneer is Suzette van Henk geskei?" vra sy.

"Die skeisaak is nog nie afgehandel nie." Dit is steeds tannie Annatjie wat die meeste van haar vrae beantwoord, want sy kan duidelik nie die versoeking weerstaan nie.

Die ander kekkels drink hul tee en eet hul koek in 'n nukkerige stilte.

"Wat is die rede vir hulle moeilikheid?"

"Egbreuk, wat anders?"

"Suzette of Henk?"

Tannie Annatjie kyk haar aan of sy onnosel is. Dan pers sy haar lippe saam in 'n dun lyn. "Hoe moet ek nou weet?" Meer as dit kry sy nie uit die kekkels nie. Hulle trek laer. Nou goed dan, as hulle so wil wees …

Maar mevrou Smit is nie onder 'n kalkoen uitgebroei nie. As alles net Suzette se skuld was, sou tannie Annatjie gesê het. Haar skielike terughoudendheid wys dat Suzette en Henk se storie in alle waarskynlikheid ingewikkelder was. Soos die meeste huwelike.

Mevrou Smit skuif haar stoel agteruit. "Nou ja, dan gaan ek maar. Elsa, eet jou koek. Wortels is gesond en mans hou van kurwes. Jy lyk soos 'n strykplank en as jy bietjie uitvul, sal dit help vir die plooie ook. Lekker dag, almal."

Met haar brood onder die arm, die pienk handsak oor die skouer en die melktert in die ander hand, stap mevrou Smit uit Kekkel-en-Kraai, haar kop vol planne.

Sy gaan sit op die agterstoep en stop oom Apie se pyp met vars tabak wat sy by die kiosk in Spar gekoop het. 'n Goedkoop selfoon met 'n SIM-kaart, ook by die Spar gekoop, lê voor haar. Sy staar lank daarna voor sy dit optel en 'n nommer skakel.

Hy antwoord met die eerste lui.

"Dis ek," sê sy.

Hy lag diep uit sy keel. "Francesca. Waar is jy?"

"In Suid-Amerika."

Sy het nie die "caller ID"-funksie op die selfoon afgesit nie, hy sal kan sien die nommer is plaaslik. Daar is in elk geval 'n perk aan hoe ver sy hom sal kan fnuik.

Hy lag haar uit. "Natuurlik. Ek glo elke woord wat jy sê. Hoekom bel jy my?"

"Sal jy vir my 'n guns doen?"

"Dit sal jou kos."

"Uiteraard. Ek betaal jou op die gewone manier."

"Wat soek jy?" Sy stem is bruusk. In haar verbeelding kan sy hom sien sit daar in sy "kantoor" aan die agterkant van die bordeel in Strandstraat.

"Vind vir my uit waar 'n jong man met die naam Gideon Vermeulen is."

"In Suid-Afrika?"

Sy bly 'n rukkie lank stil. Hoeveel verraai sy indien sy sou antwoord? Gideon se pad lei terug na hierdie dorp. Oombliklik is sy spyt sy het die oproep gemaak.

"Ek dink hy is iewers in Johannesburg."

"Hoekom stel jy in hierdie ou belang, Frankie?"

"Van wanneer af vra jy so baie vrae?"

Weer die skor lag. "Oukei, pop."

Hy noem 'n bedrag wat haar oë laat traan. "Ek kry nie meer afslag nie, lyk dit my."

"Nee, ek gee nie afslag aan afgestorwenes nie."

"Jy kan my by hierdie nommer bel." En sy verbreek die verbinding.

Die volgende oggend drink sy weer koffie op die stoep. Die son raak al luier en sal van nou af elke dag bietjie later oor die berg se rand kruip. Die blare aan die stukkie wingerd aan die westekant van die erf begin roes.

Haar dae verval in 'n stadige roetine. Nie onaangenaam nie.

Water borrel skielik deur die kanaal.

Haar leibeurt. Hoekom die erf 'n leibeurt het, weet sy nie werklik nie. Nog water, gerieflik gelei deur die sementkanaal wat voor die olyfbome verbyloop, is sekerlik altyd welkom, maar heeltemal gratis is dit ook nie. Sy het haar eerste munisipale rekening ontvang – persoonlik afgelewer deur daardie klewerige Gys – en was verstom oor die hoeveelheid items daarop: sanitasie, erfbelasting, leiwater en riolering.

Die bedrag het haar nie bekommer nie, geld is die minste van haar probleme. Maar nietemin, sy weet nie wat sulke dienste gewoonlik kos nie, want 'n munisipale rekening het sy nog nooit voorheen onder oë gehad nie.

Daar was altyd personeel wat alles uitgesorteer het. Jerry het daarvoor gesorg.

Langs die sinkdam was 'n windpomp wat water uit 'n boorgat tot in die dam pomp. Drinkwater kom uit pype vanaf die munisipale werkplaas (aparte item op die munisipale rekening) en die rivier aan die onderpunt van die erf loop redelik sterk deur die riete. Daar is iets gerusstellends daaraan om deur soveel water omring te word. Aronspoort is op die rand van die Karoo en sy het gedink dit sal droër hier wees, minder groen. Maar die swerm voëls wat so 'n gemors maak in die vyeboom langs die sinkdam weet duidelik niks van droogte af nie.

Sy moet leer van voëls sodat sy nie weer 'n gek van haar maak wanneer sy die dokter raakloop nie. Dus het sy 'n app op haar foon afgelaai en met 'n gesukkel, en heelwat geswets, besluit sy die voëls wat die vye so verwoes, is waarskynlik muisvoëls. Hulle kuifkoppies het haar eers laat dink hulle is kokketiele, maar nee. Geen kokketiel op die app nie. Miskien is kokketiele net troeteldiere, soos papegaaie. Sy google dit. "Die kokketiel is 'n lid van die kaketoe-familie wat inheems aan Australië is."

Australië. Dalk moes sy eerder dáárheen gegaan het. Nou sit sy met 'n spul morsige muisvoëls opgeskeep.

Wie het die boodskap vir haar in haar kombuis gelos? Hoekom het die persoon nie vir haar in die voëlskuiling gewag nie? Was daar te veel mense? Maggie van die gastehuis, Katarina, oom Bos se vrou (wat hét van haar geword?) en dokter Tomas met die blou oë.

En die voëls wat so geskrik het oorkant die dam – het iemand hulle verjaag, dalk die boodskapskrywer?

Geensins kan sy weet nie. Sy sal maar moet wag en sien wat gebeur.

Haar tweede selfoon lui. Erasmus is nie 'n man wat gras onder sy voete laat groei nie.

"Daar loop heelwat Gideon Vermeulens rond," begin hy, sonder om hallo te sê.

"Natuurlik. Maar ek weet hoe goed jy is."

"Ek moes jou meer uitgevra het, maar ja, dis nie moeilik om af te lei na watter Gideon jy op soek is nie."

Sy antwoord nie. Dit is hoe hy werk. Dit sou maklik vir hom wees om al die Gideons te elimineer waarna sy nié sou hoef te soek nie.

"Ja, jou vermiste jong man probeer duidelik wegkruip. Hy het nie 'n profiel op sosiale media soos die meeste jong mans van sy ouderdom nie. Minstens nie onder sy eie naam nie. Nogtans nie te moeilik om hom op te spoor nie. Jy kon dit waarskynlik self gedoen het met 'n effens meer ordentlike internetsoektog. Maar ek gee nie om om nog 'n bietjie van ou Jerry se geld te vat nie."

"So, waar is hy?"

"Hy is in Pretoria. Hy werk by 'n start-up tech-maatskappy daar. Sommer so 'n jong groepie ouens wat algoritmes bou en aan besighede verkoop. 'n Paar apps on the side. Hulle naam is Sprout, nogal. Hulle doen goed."

Sy tik 'n paar vinnige letters in die soekenjin op haar slimfoon wat voor haar op die tafel lê. Bliksem. Met 'n bietjie soek sou sy hom heel waarskynlik self kon opgespoor het sonder om die risiko te loop om weer vir Erasmus te kontak. Want daar is 'n Gideon Vermeulen, met 'n foto, op Sprout se webwerf, met selfs 'n kort biografie waarin gelukkig niks genoem word van sy plattelandse agtergrond nie. Hy is aantreklik, vir seker, selfs al staar hy effens oorbluf na die kamera.

"Van wanneer af lol jy met sulke jong outjies, Frankie?"

"Dit het niks met jou te maak nie."

Hy lag. "Hoe gaan dit met jou, pop?"

"Goed, dankie." Haar stem is styf.

"Alles het darem op die ou einde goed uitgewerk vir jou, nè?"

Sy sluk aan 'n skielike benoudheid in haar keel. "Ek het nie bedoel dat daardie vrou moes gesterf het nie."

"Goed gebeur. Jy weet mos."

"Is alles … reg?"

Dalk is dit hoekom sy hom gebel het. Haar onderbewuste het net 'n verskoning gesoek. Sy wou met Erasmus praat om te hoor of iemand nog na haar soek. Sy moes weet. Die gedagte dat Suzette Pelser dalk vir haar aangesien is, so van agter af, en die verkeerde slagoffer geword het, wil nog nie gaan lê nie.

"Niks is ooit reg nie, Frankie. Jy weet hoe dit gaan. Jy het mense omgekrap en hulle vergeet nie. Hulle soek steeds na die geld. Maar nie meer na jou nie. Hulle dink mos hulle het jou gekry."

Stilte.

"Totsiens dan," sê sy.

"Vaarwel eerder, Francesca."

Sy haal die SIM-kaart uit die goedkoop foon en gaan maal dit tot poeier in die koffiemeul.

Wel, nou weet sy waar Gideon is. Maar wat baat dit haar? Dalk sal sy vir Katarina laat weet. As sy weer haar opwagting maak. Want hoe ver weg kan die vrou dan wees?

Miskien moet sy 'n entjie gaan stap. Hier is nog hoekies op die dorp wat sy wil verken en haar kop kort ook 'n skoonmaak.

Sy kies die pad af in Van Riebeeckstraat, hierdie keer na die oostekant toe. Die skool is aan die ander kant van 'n oop veld. Die hek na die terrein is oop – geen sekuriteit is hier nodig nie – en sy stap in, sonder plan of doel. Dalk volg haar voete maar net die pad. Die meeste kinders is reeds huis toe.

'n Paar van hulle oefen krieket in die nette en twee vryers kruip agter 'n paar perskebome weg.

"Hierts!" skree sy op die twee, maar hulle steur hulle nie aan haar nie.

Die skoolsaal se sydeur staan oop en sy stap in. Sy dwaal deur die stowwerige spasie, haar gedagtes los in haar kop. Skool is oral dieselfde: die gekraak van die vloerplanke onder haar Birkenstocks, die reuk van sweet en kougom. Op die verhoog staan 'n regop klavier, halfversteek agter 'n gebleikte gordyn van baie ou fluweel.

Ook 'n ry stoele, seker waar die onderwysers tydens vanoggend se saalopening gesit het.

Iets kraak agter die verhoog. "Is hier iemand?" roep sy, maar kry geen antwoord nie. Sy staan 'n rukkie stil. Die gordyn roer. Dalk die wind?

Toe drentel sy deur die skoolsaal. As sy hier kon skoolgegaan het, eerder as in daardie hool van 'n skool in die stad. 'n Ry portrette teen een muur. Sy stap nader.

Dan steek sy in haar spore vas en lees die naam onder aan een van die geraamde foto's: "Hendrik Lodewyk Pelser, hoofseun, 1989."

Die ooreenkoms is onweerlegbaar.

"Lyk my die mense van Aronspoort kattemaai van kleins af," brom sy en kry koers terug straat se kant toe.

Gideon se ma – Katarina. Glad nie so onskuldig soos wat jy sou dink nie? Wel, dit het haar nie lank gevat om hierdie stukkie speurwerk te ontrafel nie. Nou moet sy net vir Katarina vind en uitvind of die geskiedenis enigsins iets uit te waai het met Suzette Pelser se dood.

Sy moet vir oom Bos gaan kuier.

Maggie se gastehuis is aan die bopunt van Langstraat, op die pad uit Barrydale toe. Die huis is netjies, nuut geverf, met broekieskanttralies op die smal voorstoep. Rose, regop gesnoei, staan in stywe gelid in die voortuin en herinner haar aan Maggie se haarstyl. Dieselfde gees is hier aan die werk.

Twee motors met Kaapse registrasienommers is langs die huis geparkeer. Maggie het dus nog gaste. 'n Vrou met 'n voorskoot kom op die stoep uit toe sy die hekkie oopstoot.

"Ek het vir oom Bos kom kuier," verduidelik mevrou Smit. Die vrou vee haar hande met 'n vadoek af, asof sy met skottelgoed besig was.

"Mevrou Maggie het gesê hy slaap en niemand mag hom steur nie."

"Bog. Twak en nonsens, ek's wawyd wakker." 'n Ou man sit in 'n rolstoel in die skadu van 'n lukwartboom, 'n gehekelde kombersie oor sy knieë.

"Hy is baie swak," fluister die vrou vir mevrou Smit. "En baie ontsteld, die arme man. Sy vrou het hom mos net so gelos. En nou sit ons met hom."

"Emily, bring vir my bietjie tee."

"Dit gaan heeldag so," sug Emily. "Emily dit, Emily dat. Ek kry nie my werk gedoen nie. G'n wonder sy arme vrou het die pad gevat nie." Oom Bos is sekerlik halfdoof, want sy bekommer haar duidelik nie dat hy gaan hoor wat sy sê nie. "Kan ek vir mevrou ook bietjie tee bring?"

Mevrou Smit skud haar kop.

Emily los mevrou Smit in oom Bos se geselskap.

Sy trek 'n tuinstoel nader en gaan sit by hom. "So," sê sy vir die ou omie met die waterige oë. "Het jy geweet jou vrou het 'n affair met Henk Pelser gehad?"

Oom Bos maak 'n snaakse geluid in sy keel. Sy mond gaap en sy ogies raak skielik droog. Hy gryp na sy bors.

"Emily!" gil mevrou Smit, maar toe die vrou by die voordeur uitkom, duidelik vies om weer in haar werk onderbreek te word, is oom Bos reeds morsdood.

13

Sy is bang vir so baie dinge. Vir die dood, natuurlik, soos die meeste mense. Sy is bang dat haar vorige lewe haar gaan inhaal. Sy is bang dat die einde van alles kan kom voor sy dit regkry om 'n nuwe begin te maak.

Maar vir haar eie gewete was sy nog nooit bang nie.

"Wat het jy aan hom gedoen?" vra Maggie, haar arms oor haar benerige bors gevou, haar hele houding verwytend.

"Ek het g'n niks aan die man gedoen nie," keer mevrou Smit, maar haar stem wankel.

Maggie het soos die doodsengel van die voorstoep neergedaal toe sy die kabaal in die tuin hoor, mobiele foon in die hand. Emily het 'n laken gebring om oor oom Bos se liggaam te trek terwyl hulle vir dokter Tomas wag.

Hy daag verbasend gou op – nie dat daar iets is vir hom om te doen nie. Dit is reeds te laat.

"Oom Bos se hart was maar swak," sê Tomas.

"Dis sý," beskuldig Maggie en wys vinger, "sy saai dood en verwoesting waar sy ook al gaan."

Mevrou Smit is stomgeslaan. Want daar steek waarheid in daardie woorde, dit moet sy erken.

"Dis 'n baie onbarmhartige ding om te sê, Maggie. Mense gaan dood van tyd tot tyd," keer Tomas, sonder om op te kyk van sy swart tassie waarin hy die liggie terugpak wat hy vroeër in oom Bos se verstarde oë geskyn het.

"Ja, maar hoe lank is sy al op die dorp? Skaars 'n week. En dit is nommer twee."

Mevrou Smit byt op haar lip om 'n vinnige antwoord te keer. Twee? Maggie weet maar min. Twee is nie veel nie, daar waarvandaan sy kom. Maar haar hart skud die ysvlokkies van die beskuldiging af en klop warmer. Iemand het vir haar in die bresse getree en dit nogal die mooie dokter.

"Dis nie my skuld die ou man is sommerso dood nie," brom sy, maar gelukkig hoor niemand haar nie.

Die ambulans het opgedaag en die manne staan reg om oom Bos op 'n trollie te laai. Die eerste been van sy laaste reis het begin.

"Mevrou Smit," keer dokter Tomas toe sy wil omdraai om te loop. "Jy is nie dalk lus vir 'n koppie koffie nie?"

Wat 'n dom vraag.

Op haar versoek gaan hulle na Die Stal, Kekkel-en-Kraai se enigste opposisie op die dorp, want sy sien nie kans vir die kekkels nie. Dalk draai die blonde Loretta daar rond. Mevrou Smit is skielik diep bewus van haar onaantreklike los hemp en die verdomde Birkenstocks, al is hulle die gemaklikste skoene op aarde. En sonder 'n stukkie grimering – haar neus sekerlik so glansend blink soos dié van Rudolf die rendier. Hoekom het sy nie haar getroue handsak saamgebring nie? Daar is darem regte neuspoeier in.

O ja, sy het net 'n entjie gaan stap. Sy kan die verdomde handsak nie oral met haar saamsleep nie.

En nou is sy hier, saam met die dokter. Dis meer van 'n restaurant as 'n koffieplek en hulle kry sitplek op die agterstoep langs 'n fontein met waterblommetjies, die lug gevul met die reuk van rose en laventel. 'n Netjiese jong meisie bring vir hulle elkeen 'n cappuccino met 'n dik laag skuimmelk.

Kan dit dalk tel as 'n eerste date?

Tomas se houding is egter saaklik, selfs effens aggressief. "Wat het jy met oom Bos gemaak?"

"Jy's mos 'n dokter. Jy behoort te weet sy hart moes kis gewees het. Dié dat hy sommer so omgekap het."

Hy kyk haar berekenend aan. "Ek wens ek kon jou glo. Maar ek kry die gevoel dat jy glad nie so onskuldig is soos jy lyk nie."

"Wie, ek?" sy fladder haar ooglede so effens.

Wanneer laas het sy 'n man probeer verlei? Sy sou hierdie man bitter graag om haar vinger wou draai, maar as sy tyd gehad het om daaroor te dink, sou sy moes erken dat dit nou 'n kwessie van veg of vlug is, eerder as blote hormone. Flirtasie is haar manier om uit die moeilikheid te kom, sy probeer net oorleef. En dít sonder maskara.

Wat vermoed hy? Wat weet hy van haar? Want sy kry die nare vermoede dat dokter Tomas 'n aap in sy mou het, soos tannie Annatjie sou gesê het.

Hy kyk lank na haar, asof hy vasgevang is in 'n argument met homself. "Einstein het eenkeer iets slims gesê. Wel, ek reken hy het baie slim uitsprake gegee, sekerlik. Maar hy het onder meer gesê dat mens alles so eenvoudig as moontlik moet hou, maar nie eenvoudiger moet maak as wat dit in werklikheid is nie."

"Dit maak nie sin nie. Wat bedoel jy in elk geval?"

"Maggie is reg. Alles is deurmekaar vandat jy op hierdie dorp aangekom het. Jy is iemand wat niks net eenvoudig kan hou nie. En daardie roos-tatoe onder jou linkerbors ..."

Byna stik sy in haar koffie.

"Dis net ... dis redelik uniek," stotter hy. "Die plek, natuurlik, ongewoon. En die ontwerp van die roos ... nie dat dit nié mooi is nie. Maar die aandag aan detail ... dis soort van 'n kunswerk."

Hy bloos sowaar en vir 'n oomblik geniet sy amper sy verleentheid.

"Daar is sekerlik nie nog iemand met presies daardie prent op presies daardie plek nie?"

Haar nekare rys. Daar was 'n foto van haar in die pers, lank gelede. Daardie swart rokkie waarvoor Jerry so lief was, het geen plek vir 'n bra gelos nie. Nie dat sy haar tóé veel aan onderklere gesteur het nie – minstens nie vir funksionele doeleindes nie. Die rokkie het net die noodsaaklikste toegemaak en die roos was net-net sigbaar.

Ruk jouself reg, mevrou Smit. Geen rede hoekom dié man dáárdie foto onder oë sou gekry het nie. Dit was net in die sosiale bladsye van 'n snertkoerant. Maar die koerant het sekerlik ook 'n aanlyn teenwoordigheid en hulle sê mos die internet vergeet nooit nie. Ná Jerry se dood het die media se belangstelling in haar opgeflikker. Dalk het iemand daardie ou foto êrens in die hande gekry?

Toe het sy opgehou om koerant te lees.

"Stel jy altyd soveel belang in jou kliënte se tatoeëermerke?" 'n Flikkering van geoefende wimpers.

"Pasiënte," help hy haar reg. "Ek het pasiënte, nie kliënte nie. En nee, min van my … meer respektabele pasiënte is so kunstig deur ink versier." Hy sit terug in sy stoel. "Wat het jy gedoen voor jy hierheen gekom het?"

"Vra jy my hierdie vrae vir my eie gesondheid?"

Weer lyk dit vir haar of die man amper bloos. "Ek stel net belang."

"Dink jy 'n tatoeëermerk maak van my 'n boef?" Sy soek 'n rede om terug te kap. "Dink jy dalk ek het my … buuste vir oom Bos geflash, en toe sterf hy van skok omdat ek 'n tatoe daar wegsteek?" grinnik sy, weer met die hef in die hand.

"Natuurlik nie. Hoewel … dit nogal iets is wat 'n man se bloedsomloop kan beduiwel."

Haar eie hart gee 'n ongeskikte bons.

Die manier waarop hy na haar kyk, is skielik heel onprofessioneel. Sy word warm. 'n Vroeë menopouse? Maar op die oomblik voel sy allesbehalwe soos 'n tannie. Sy het gedink sy is so slim om haar in 'n kleurlose, vormlose vrou te verander. Die perfekte vermomming en so maklik om te onderhou.

Nou verlang sy intens na haar ou self. Haar rokke, haar skoene, haar haarkapper.

Dalk was hierdie verskansing 'n slegte plan. Dis egter al plan wat sy het en sy moet daarby hou.

"Ek was 'n binnehuisversierder in Bellville. Soort van. Nie baie suksesvol nie. Jy sal niks van my besigheid op die internet kry nie. Ek was dalk eerder 'n huisvrou, eintlik. Ek het net soms mense gehelp … tot my man oorlede is."

"Ek dog jy is geskei?"

Vir 'n oomblik is sy onthuts. Vir wie het sy wát gesê? Dis die probleem met leuens: Jy sukkel om te onthou watter draaie jy moes loop saam met wie.

"Wel, oorlede is ook 'n vorm van skeiding, is dit nie? Hoe dit ook al gebeur, los dit jou alleen." Haar eie woorde maak haar hartseer. Skielik is toneelspel onnodig.

"Jy is seker reg. Ek is self 'n geskeide man."

"Sowaar?" Asof sy dit nie reeds weet nie. Die huwelikstaat van die dorp se dokter was een van die eerste brokkies wat sy by Sanet van die salon uitgevis het.

Maar nou maak sy of sy van niks weet nie. "Kinders?"

"Een, 'n seun. Hy bly in Kanada, saam met sy ma."

"O." Moet sy sê sy is jammer, of vra of dit swaar vir hom is? Dit moet seker wees. "En jy is gelukkig hier?"

Hy knik, maar daar is 'n stormagtigheid in sy oë wat haar vir 'n oomblik van haar eie ellende laat vergeet. Pas op, mevrou Smit. Jy het nie plek vir ander mense se bagasie nie.

"Ek het 'n foto gesien van iemand met net so 'n tatoe, weet jy?"

"O." Sy dink vinnig, weer op die verdediging uit. "Wanneer? Waar?"

"Is dit belangrik?"

"Ek is nuuskierig."

"Ek ook. Ene Francesca Schmidt, 'n interessante vrou met 'n donker verlede. Sy was nogal in die nuus so 'n rukkie gelede. Dalk familie van jou?"

"Schmidt met 'n -ch?" Botter kan in haar mond nie smelt nie.

Hy knik. "Jou voornaam is nou weer … wat? Jy weet, jy was in my hospitaal en jy is 'n pasiënt van my. Hannelie het selfs 'n kaart vir jou probeer invul. Maar ons weet nie wat jou voornaam is nie. En Smit … Die wêreld wemel van die Smitte en die Smiths."

Sy probeer haar uitdrukking neutraal hou. Dit was Erasmus se idee om haar naam net aan te pas, nie heeltemal te verander nie. Dan sal sy minstens niemand ignoreer wat haar van uitroep nie. Die beste manier om jou nuwe identiteit te laat slaag, het hy gesê, is om in jouself te glo. Jou nuwe self, nie die ou ene nie.

Die nuwe mevrou Smit: die tannie met die los broeke.

Die ou Francesca Schmidt, met haar stywe rokkies en hoëhakskoene is 'n vreemdeling, vasgevang in 'n lewe wat verby is. En so het die glinsterende Francesca Schmidt verander in Tessa Smit.

Die onsigbare mevrou Smit.

"Sy was mooi, daardie halfsuster van jou met die soortgelyke tatoe onder haar ... bors."

"O." Sy vat 'n groot sluk koffie.

"Jy moes seker van die storie gehoor het. Die koerante was vol daarvan. Sy het net spoorloos verdwyn en gerugte was dat haar man se vyande haar in die hande gekry het. Hy was 'n sakeman wat betrokke was by allerhande onderduimshede, blykbaar. Hy is ook dood, weet jy, aan kanker. Natuurlike oorsake: ongewoon vir 'n vent soos hy. Lyk of hy baie vyande gehad het en ... wel, mense soos hy leef gewoonlik nie baie lank nie."

"Wat 'n hartelose uitspraak komende van 'n dokter."

Hy lig sy wenkbroue. "Ons dokters is die mees hartelose spesie op aarde. Het jy nie geweet nie? Ons kry lesings daaroor op universiteit. Hoe om jou hart te verhard. Hulle laat ons oefen op weggooihondjies en babatjies—"

"Stop!" Sy druk haar hande oor haar ore. "Moenie. Ek weet jy praat twak en ek's bly jy kan grappies maak en alles, maar—"

Hy bars uit van die lag. "Jy moenie so ernstig oor alles wees nie, mevrou Smit. Kyk, hier het jy nou net vir oom Bos vermoor en jy kla oor my harteloosheid."

Sy kan nie anders as om ook te glimlag nie. "Oom Bos. Ek het regtig nie bedoel om hom te ontstel nie."

"Wat het jy vir hom gesê?"

"Net dat ek dink hy is nie die regte pa van sy seun nie."

Tomas se wenkbroue skiet op.

"Jy sien, daar is 'n foto in die skoolsaal van Henk Pelser toe hy in matriek was, seker meer as twintig jaar gelede. Hy was 'n prefek of iets. En Gideon Vermeulen – waar kom die Bos vandaan as die mense se van eintlik Vermeulen is? – lyk op 'n draad soos Henk Pelser op daardie ouderdom."

Tomas roer nog 'n lepel suiker by sy koffie. Vir 'n dokter drink hy heeltemal te veel suiker.

"Hoe weet jy dit?"

"Iemand het vir my 'n foto gewys van Gideon," vertel sy 'n halwe waarheid.

Hy vat versigtig 'n sluk van die warm koffie en dink na voor hy praat. "Dis 'n uiters onwetenskaplike afleiding om net van 'n foto te maak."

"Is dit? Hoekom het sy hart dan gaan staan toe ek dit noem?"

"Jy sê mos dis dalk bloot toevallig. En in elk geval, wat het dit met jou te maak?" Beskuldigend.

"Daar was 'n dooie vrou op my kombuisvloer, dít is wat. En die polisie gaan my nie uitlos voor hierdie saak opgelos is nie." Aanval is die beste verdediging.

"En wat het jy nogal te vrees van die polisie? O ja, hulle vang jou as jy moles veroorsaak en wat nou weer? Drink! In ons hoofstraat. En hulle het jou geskiet, ek gee dit toe, waarskynlik met goeie rede. Jy het deur die hospitaal se venster geklim. Watter soort mens doen dit? Maggie is reg. Jy veroorsaak moeilikheid net waar jy gaan—"

Genoeg.

Sy het nie saam met die man kom koffie drink om uitgetrap te word nie. Die teelepel waarmee sy sit en speel het, gooi sy hard in haar piering neer, stoot haar stoel agteruit en storm deur se kant toe.

Haar pad word versper deur die agterstewes van twee breë vriendinne wat by die kasregister staan en stry oor wie vanmiddag moet betaal vir hul weeklikse koek en tee. Asof dames met sulke ruim rompe nóg koek nodig het.

Maar mevrou Smit voel te bewerig ná haar bakleiery met die dokter om nog 'n geveg te begin.

Waarom tog so emosioneel? En om sommerso met die dokter te baklei. Sy sal teruggaan en verskoning vra. Sy kan nie bekostig om nog vyande te maak nie.

"Ek kon nie anders as om te hoor wat julle sê nie."

Sy steek vas net voor sy by die deur van Die Stal wou uitstap en kyk om. Dario Farini trek vir hom 'n stoel uit by die tafel waar Tomas steeds sit.

Mevrou Smit gaan soek skuiling agter 'n rak vol tydskrifte.

Die dokter kyk op en kyk effens verward na die nuwe aankomeling, asof betrap in diep gedagtes.

Farini steek 'n groot hand uit en stel homself voor. "Dario Farini.

Ek's 'n joernalis."

Tomas skud die aangebode hand sonder entoesiasme. Vanuit haar skuilplek lyk die dokter vir haar nog steeds boos, min lus vir geselskap, allermins 'n joernalis.

"Jy wonder dalk hoekom ek hier op die dorp is. Dis die moordsaak. Die een op die eiendomsagent, jy weet?" Asof nog mense met ander beroepe die afgelope week op Aronspoort vermoor is. Behalwe oom Bos, natuurlik, maar sy het nie bedoel om hom so skrik te maak nie. Hoe moes sy geweet het sy hart is so flou?

"Ek dink daar is meer op Aronspoort aan die gang as wat mens op die oog af sou dink."

Tomas trek sy lip skeef. "Watter dorp is nie so nie?"

Dêmmit, verwens mevrou Smit, met haar neus nou in een of ander glanstydskrif vol potplante en witgeverfde meubels, die lastige man. Hoe lank draai Farini al hier in Die Stal rond? Het hy hulle dalk afgeluister? Die restaurant is vol hoekies en draaitjies en wegkruipplekke soos dié een waar sy nou skuil. Goed as jy privaatheid soek, sleg as jy geheime deel wat dalk in die verkeerde ore kan beland. Dit skeel haar min dat sy die joernalis in haar gedagtes van afluister beskuldig, sonder inagneming van wat sy nou doen.

Dis haar beurt.

"Ek kon nie anders as om te hoor wat julle sê nie," begin die joernalis weer. "Die vrou wat hier saam met jou was – dis op haar kombuisvloer waar die lyk gekry is?"

"Kyk … meneer. Ek is werklik nie lus om ondervra te word nie." Tomas kyk rond of hy die kelnerin kan sien om haar nader te wink vir 'n rekening. Mevrou Smit, wat net op die punt was om nuuskierig tussen die boeke op die rak deur te loer, koes laer. "Ek het werk om te doen, pasiënte wat sekerlik al wag."

"Jy is die dorp se dokter?" vra Farini. Onnodig. Hy is 'n man wat sy huiswerk doen.

"Is jy siek?" Sarkasme is dik in Tomas se stem.

"So 'n krapperigheid in my keel, ja, en so effens van 'n uitslag hier …" Farini verskuif op die stoel en beduie na sy linkerboud. Tomas skuif sy stoel agteruit, reg vir ontsnap. Maar dan huiwer hy. "Jou naam – ek ken dit. Het jy nie een of ander storie gedoen oor daardie miljoenêr se vrou wat weggeraak het nie?"

"Ek doen baie stories. Dis my werk. Maar ek dink jy praat van Francesca Schmidt. Dit was so 'n jaar of wat gelede. Dis juis haar naam wat ek jou hoor sê het, wat my ore laat spits het. Francesca Schmidt se man is dood en daar was gerugte dat sy vort is met 'n groot deel van sy fortuin. Geld wat nie aan hom behoort het nie, volgens sommige van sy vennote."

"Hy was nie heeltemal aan die sonkant van die gereg nie, as ek reg onthou?" Tomas stel nou duidelik meer belang in wat die joernalis te sê het.

Tot haar spyt. Kan sy iets doen om die onderhoud te onderbreek? Farini en Tomas wat Francesca Schmidt bespreek, is die laaste ding wat sy wil hê.

Maar sy is hulpeloos. Al wat sy kan doen, is luister.

"Net so. Maar slim soos die houtjie van die galg, daardie Jerry Schmidt. Niemand kon hom ooit vastrek nie."

"En sy vrou? Francesca? Verskoon my, ek kan nie mooi die detail van die storie onthou nie."

"Snaaks dat jy my nou daaroor vra. Wat is jou belangstelling? Ek het gehoor jy noem haar naam, ja, maar ek kon nie hoor ..."

Tomas trek sy skouers op, duidelik nie lus om antwoorde te gee nie.

Dit lyk of Farini besluit dat gesels die beste manier is om hom aan die praat te kry. "Ja, daar was baie bespiegelings oor Francesca. Ek dink nie sy het noodwendig 'n aandeel gehad in Jerry se bedrywighede nie – meer net 'n trophy wife, jy weet? Mens moet nooit vroumense onderskat nie. Met Jerry Schmidt se dood was sy op 'n warm plek."

"Sy het oorsee gevlug?"

"Blykbaar. En kort daarna is haar lyk gevind in 'n uitgebrande motor in Corfu."

"Die einde van Francesca Schmidt?"

Farini knik. "Tragies, ja."

Mevrou Smit voel skielik naar. Sy het daardie arme vrou na haar dood toe gestuur. Sy het haar gewaarsku, gesê om so gou moontlik van die paspoort ontslae te raak. Om haar eie identiteit terug te neem, om weg te raak in die Oos-Europese land waarvandaan sy gekom het. Maar die vrou het nie geluister nie, sy was gierig.

Later eers het mevrou Smit ontdek dat een van haar kredietkaarte gebruik is vir 'n vliegkaartjie en 'n hotelbespreking in Corfu, die hoofstad van 'n Griekse eiland. 'n Gesteelde vakansie en dit het haar plaasvervanger haar lewe gekos. Elana was haar naam. Oorspronklik van Belarus, as sy reg onthou. Een van die opdrifsels van oorlog en ontwrigting, op soek na 'n beter lewe elders.

Mevrou Smit kan nie meer haar van onthou nie. Het sy familie wat nog steeds op haar wag, iewers?

As die vrou net gehou het by haar ooreenkoms sou sy nie 'n teiken geword het nie. Maar nogtans voel mevrou Smit skuldig, veral omdat haar verligting toe sy hoor dat die dooie vrou as Francesca Schmidt geïdentifiseer is, heelwat groter as haar skuldgevoel was.

Die vrou se dood het haar eie veiligheid verseker.

"Dink jy hulle het ooit Jerry Schmidt se geld gekry?" vra Tomas nou.

Farini skud sy kop. "Wie weet."

Die twee mans sit vir 'n paar oomblikke in stilte. Tomas roer sy koffie, nou sekerlik lank reeds koud.

Dan vra hy: "Dink jy sy was skuldig?"

"Skuldig aan wat?" vra Farini.

"Haar man se manewales. Die geld wat weggeraak het ..."

"'n Mooi vrou soos sy ... en jy weet sekerlik ook dat mooi nie noodwendig dom beteken nie, blootgestel aan Jerry en sy manne se kaskenades oor 'n lang tydperk? Sy moes seker 'n ding of twee geweet het, al was sy nie self betrokke by sy rampokkery nie.

"Hulle was lank getroud, die twee. Amper twintig jaar lank – verbasend. Francesca was in haar vroeë veertigs toe Jerry oorlede is. Nie dat sy dit gelyk het nie. Volgens my bronne was dit 'n baie gelukkige huwelik."

Tomas se wenkbroue spring omhoog. Mevrou Smit het deur die jare gewoond geraak aan die reaksie wat die duur van haar huwelik gewoonlik uitgelok het. Mense dink nie aan manne soos Jerry Schmidt as goeie huweliksmaats nie.

"Ek het dit nie gebruik in my storie nie, maar die huwelik was nie heeltemal … konvensioneel nie."

"Wat bedoel jy?"

"Jerry was nou nie juis 'n haan onder die henne nie. Dalk het Francesca hom gelukkig genoeg gehou, wie weet. Maar daar was gerugte, veral oor haar. Mens kan sê hy het dalk nie … die ballas gehad om so 'n jong vrou vas te hou nie."

Bliksem! Haar ore gloei. Dit kom nou van afluister.

"En hoekom het jy dit nie in jou storie gebruik nie?"

Dario skud sy kop. "Dis moeilik om te verduidelik. Gewoonlik haal mens seks nie uit 'n storie nie. Jy sit dit in. Een van die basiese reëls van goeie joernalistiek. Maar ou Jerry was 'n karakter. Ons kan sê ek het stilgebly uit respek."

'n Selfoon lui. Dokter Tomas haal dit uit sy sak en, sonder om dit te antwoord, sê hy: "Ek moet gaan."

"Maar wag," keer Farini. "Wat dan van die omie wat netnou dood is, daar in die gastehuis se tuin. Was dit ook moord?"

Mevrou Smit kan nie 'n oomblik langer na hulle luister nie.

Tomas het ook genoeg gehad. Hy skuif sy stoel agteruit en vroetel in sy broeksak, sekerlik op soek na sy beursie.

Sy druk die tydskrif in die rak terug en maak haar vinnig uit die voete.

Hoekom stel Tomas so belang in Francesca Schmidt? Dit kan tog nie net daardie verdomde tatoeëermerk wees nie.

Buite loop sy vas in tannie Annatjie, kierie in die hand. Sy gryp die ou tante aan die skouer.

"Tannie Annatjie, dokter Barnard. Sê my, hy is 'n chirurg, nie waar nie?" Sy onthou wat op die koperplaatjie buite sy spreekkamer staan.

As tannie Annatjie verbaas is oor die skielike vraag, wys sy dit nie. Sy lek oor haar verkreukelde lippies en kry 'n glinstering in haar oog. "Ek glo so, ja."

"Nou hoekom praktiseer hy dan as algemene praktisyn op 'n verspotte plek soos hierdie?"

Tannie Annatjie trek haar rug regop. Mevrou Smit sal moet leer om nie haar dorp te beledig nie. Maar haar aptyt vir skinder kry gelukkig die oorhand. "Tomas het vir jare lank in die Kaap gepraktiseer. In een van die groot hospitale daar rond. Met al die messteke en skietwonde en goed wat hulle daar het. Toe was daar blykbaar moeilikheid vir hom, met al die gangs en so. En sy vrou het hom gelos. Geen wonder hy het padgegee nie. Rus en vrede kom soek hier by ons, op ons lieflike dorp. Kan jy hom kwalik neem?"

Rooi ligte flikker weer.

Sy sal moet ligloop vir dokter Tomas Barnard.

By haar huis in Van Riebeeckstraat, die huis waar oom Apie se gees stellig steeds snags ronddwaal, wag 'n polisiemotor met sy kenmerkende geel-en-blou strepe haar in, blou lig op die dak.

Dalk het hulle daar gestop net oomblikke voor sy om die hoek aangestap gekom het, want Anderson, met sy alewige Karelse op tou, staan op die stoep en klop aan die deur.

Hard.

Pieterse sit agter in die polisiemotor, soos 'n stout kind wat nie saam in die winkel mag ingaan nie. Hulle het darem die ruit op 'n skrefie oopgelos. Dis bewolk vandag, maar warm.

Sy gaan staan styf teen die polisiemotor, halfgebukkend aan die kant weg van die huis af om weg te kruip vir die twee op die stoep.

"Psst, Pieterse!"

Die jong konstabel kyk op, skrik toe hy mevrou Smit so dig by hom sien staan.

"Maak oop die deur en skuif op."

Pieterse lyk onseker, maar maak soos sy sê ná 'n oomblik se oorweging.

Mevrou Smit giggel.

"Hulle is hier om jou te arresteer, weet jy," sê Pieterse, 'n tikke leedvermaak in sy stem.

"My te arresteer? Bog. Vir wat?" Ondanks die bravade in haar stem, het sy koud geword.

"Vir die moord op Suzette Pelser."

Nou is sy tjoepstil.

"Hulle het uitgevind jy was hier, op Aronspoort, vroeër die dag toe jy haar hier gekry het. Mens kan die polisie deesdae nie so maklik flous nie, weet jy. Ons het maniere om goeters uit te vind en die goeie ouens wen op die ou end, altyd."

"Glo jy dit werklik?" Enersyds stuur hierdie woorde van hom spykers van skok in haar gemoed; andersyds, hoe belaglik. "Hoe—?"

Hy besef nie eens dat sy met hierdie vraag feitlik haar skuld kan erken nie. As hy haar net genoeg tyd gee. "Jy het 'n spoedkaartjie gekry by Robertson, tienuur daai oggend."

"Deksels."

Vir 'n oomblik sit sy vasgenael van woede. "'n Spoedkaartjie. Maar dis nie genoeg rede om my te arresteer nie?"

Pieterse trek sy skouers op. "Hulle het hul eie manier van werk, hierdie belangrike manne van die stad. Ek dink hulle soek net iets om die koerante te paai. 'n Arrestasie. En as hulle jou eers in aanhouding het," hy kry 'n slinkse uitdrukking op sy stomp gesig en lek sowaar sy onderlip van lekkerte, "het ons maniere om die waarheid uit jou te kry, hoor."

Rooi flitse dans voor haar oë. Anderson en sy Karelse het om die hoek van die huis verdwyn, seker in die hoop om haar van agter af te betrap, want haar bakkie staan skuins op die voorste grasperk onder die skadu van 'n reuse-akkerboom geparkeer.

Paniek.

Die motorsleutel steek steeds agterlosig in die aansitter. Die manne van die stad is heeltemal te gerus op die platteland.

Soos blits spring mevrou Smit, dikker lyf en al, deur die gaping tussen die twee voorste sitplekke tot in die bestuurder se plek, draai die sleutel, sit die kar in rat en trek weg met 'n geskree van wiele.

"Hokaai!" Pieterse gil, maar sy het vrede met hom. Een blok verder, en die rooi vlamme voor haar oë bedaar effens. Sy jaag om die hoek en trap rem. Wat dink sy doen sy? Jaag vir die polisie weg, in hul eie motor wat sy so pas gesteel het. En ontvoer boonop vir Pieterse in dieselfde beweging, blou uniform en al.

Niks goeds kan hiervan kom nie.

Ewe bedees trek sy die polisiemotor langs die randsteen in.

Pieterse sit op die agterste sitplek, wydsbeen om sy lyf teen die swaai om die draai te stut, sy oë groot. Sy hande klou aan die sitplek se rand vas.

"Het jy dan nie 'n dienspistool om jouself te beskerm teen ontvoering nie?" snou sy hom toe. Sy pistool is duidelik sigbaar in die gordel van sy blou broek. Die kêrel is sowaar hopeloos.

"Mevrou kan nie ..." stamel hy. "Mevrou kan mos nie net so ..."

Pieterse kyk haar verskrik aan, sy oë steeds groot.

Sy tel tot twintig, stadig, en sug. "Kom ons ry maar terug."

Toe sy die polisiemotor voor haar huis tot stilstand bring, kom Anderson en Karelse mooi om die hoek teruggestap. Hulle steek verbaas vas toe hulle hul prooi agter die stuurwiel van hul motor sien sit.

"Mevrou Smit!" roep Anderson uit. "Wat maak jy daar?"

"Ons het net 'n entjie gaan ry, Pieterse en ek," antwoord sy doodluiters. "Buitendien wou ek nog altyd sien hoe 'n polisiemotor van binne lyk. Kan ek die sirene aansit, asseblief?"

Die adrenalien wat haar skielike woedebui vrygestel het, laat haar brein vinniger werk. 'n Spoedkaartjie? Dit beteken Erasmus het sy werk ordentlik gedoen. Om 'n verkeersboete te ontvang, is die beste bewys dat jy werklik bestaan, is dit nie? Sy sal versigtiger moet wees, noudat sy 'n ordentlike burger is.

So vasgevang is sy in haar eie gedagtes dat sy glad nie luister na die preek wat Anderson besig is om vir haar af te steek nie: "... die oortreding van staatseiendom. En jy, Pieterse, wat het jy vir jouself te sê?"

Pieterse sit steeds vasgenael op die agterste sitplek, wasbleek. "Uh ... kaptein, hierdie vrou is ... ek het probeer om haar te keer."

Anderson snuif minagtend. Sulke gedrag word nie geduld waar hy vandaan kom nie. Hy beveel mevrou Smit om agtertoe te skuif terwyl hy en Karelse voor in die motor klim. In stilte ry die vier van hulle na die dorp se polisiekantoor toe.

Daar gekom, probeer mevrou Smit praatjies maak oor die kannas wat so mooi groei langs die sementpaadjie, oor die ry mense wat staan en wag om gehelp te word terwyl sy, met drié polisiemanne, sommer net so verby hulle stap sonder dat sy haar beurt hoef af te wag. Is dit dan nie diskriminasie nie? Hoekom wag mense in elk geval so by 'n polisiekantoor? Kom hulle hulself aanmeld vir arrestasie? Wat het hulle gedoen? Sy hoor dan daar is so min misdaad op die dorp.

"Dis die ry vir die verkeersdepartement," verduidelik Pieterse, maar Arendse gee hom 'n vuil kyk.

Hulle stap deur na 'n stowwerige ondervragingskamer: kaal met net 'n tafel en vier houtstoele in die middel. 'n Paar dooie vlieë lê op 'n vensterbank en daar is tralies voor die geriffelde ruit.

Karelse laat haar haar naam en adres op 'n vorm invul.

"Gaan julle my dan arresteer of wat?" brom sy, skielik weer vies. Nog nooit het sy enigiemand vorms sien invul in al die polisiedramas wat sy al op TV gevolg het nie.

"Arresteer?" vra Anderson. "Nee, ongelukkig nog nie. Maar ons het nog vrae wat ons vir jou wil vra."

Mevrou Smit mik 'n skop na Pieterse se maermerrie. "Hierts!" skree hy en spring weg van die stoel waarop sy sit.

"Mevrou Smit, hou op om my offisiere aan te rand. Ek kan jou daarvoor arresteer, weet jy?"

"Nou doen dit dan. Hierdie klein twak het my onder valse voorwendsels hierheen laat kom. Hy het gesê julle gaan my arresteer vir die moord op Su-slet."

Anderson se wenkbroue skiet omhoog. Hy trek 'n stoel uit en gaan sit. "Omstandighede het aan die lig gebring dat u heel moontlik vroeër op die dorp was as wat u oorspronklike verklaring gesê het. Die bakkie, geregistreer in u naam, dieselfde voertuig wat tans langs u huis in Van Riebeeckstraat geparkeer staan, en dieselfde voertuig waarmee u, volgens konstabel Pieterse, teen vieruur die middag van 16 Februarie die dorp binnegery het—"

"Dis 'n aanname," val mevrou Smit hom in die rede. Noudat sy weet sy staan nie op die punt om gearresteer te word nie, begin sy die speletjie geniet.

"Wat?" vra Anderson, bruusk.

"Jy sê Pieterse sê ek het vieruur daardie middag in die dorp ingery. Ek sê dis 'n aanname. In watter rigting het ek gery?" Sy het na Pieterse toe gedraai, kyk hom stip aan, haar rug regop.

"Na Bonnievale se kant toe, van die Kaap se kant af," sê Pieterse.

"Aha! Beteken dit dat ek van die Kaap af gekom het?"

"Maar jy't so gesê. Jy't gesê jy het nou net op die dorp gekom. Jy't dit self vir my gesê."

"Kom ons sê maar dis jou woord teen myne. Maar dis toevallig waar. Ek het toe net in die dorp ingery. Nooit het ek gesê dat ek toe eers hier aangekom het nie. Gaan lees weer my verklaring, as julle nie kan onthou wat daar staan nie. En net daarna het Pieterse hier my opgesluit sonder om my te arresteer, sonder selfs 'n ordentlike aanklag, hoor.

"En die volgende dag het ek die lyk in my kombuis gekry." Sy trek haar oë op skrefies. "En die dag daarna het een van julle offisiere my op my eie werf geskiet. Polisiebrutaliteit, baie mense sal saamstem. Sonder waarskuwing is daar geskiet op iemand wat ongewapen was. Daai joernalis van die stad loop nog hier rond. Dalk sal dit 'n storie wees wat hom interesseer?"

Anderson word effens rooi. "U het oortree op die toneel van 'n misdaad waar ons besig was met 'n ondersoek. En u is nie geskiet nie, dit was net 'n opslag—"

"Nou wat noem jy dit?" Mevrou Smit peul haarself uit haar hemp en ruk die pleister van haar skouer af. Dokter Tomas het goeie werk gedoen en die wond onder die ry netjiese steke begin mooi genees.

Nogtans deins die drie mans terug teen die skielike ontbloting van soveel vlees.

"Kalmeer, mevrou. Ons beskuldig u nie direk nie, altans nog nie. Ons wil net klarigheid hê oor u bewegings daardie oggend. As u 'n vals verklaring afgelê het ..."

Mevrou Smit dink vinnig terwyl sy haar hemp weer toeknoop. Haar verklaring is korrek: Sy het die middag die dorp ingery. Maar nie vir die eerste keer nie. Behalwe die verdomde verkeerskaartjie op Robertson daardie oggend, het hulle enige ander getuies wat haar vroeër opgemerk het?

Anderson skud sy kop. Deksels, het sy al weer hardop gedink? "Nog nie, maar ons is besig met ons ondersoek. Miskien kan u ons die moeite spaar en sommer self 'n beter verklaring gee van u bewegings daardie oggend?"

Maar sy word 'n antwoord gespaar. 'n Jong polisievrou, erg

oorgewig, bars by die kantoor in, fladderend van opgewondenheid. Sy kyk nie eens in mevrou Smit se rigting nie. "Kaptein, kom gou! Nog iemand is vermoor."

Die nuus kom stuk-stuk by mevrou Smit uit. Oom Bos se vrou, Katarina Vermeulen, het haar aan 'n groot boom by die piekniekplek in die kloof opgehang.

Dus nie moord nie. Of was dit? Vuilspel kan sekerlik nie uitgeskakel word nie.

Die volgende oggend gaan mevrou Smit vrywillig terug polisiekantoor toe om haar verklaring verder af te lê. Nie dat dit hulle veel sal help nie.

Pieterse weier om met haar te praat oor wat met Katarina gebeur het. Maar stories trek vinnig in 'n plek soos Aronspoort en sy het gou geleer waar om die gehoorstuk van die dorpstelefoon op te tel.

Kekkel-en-Kraai.

"Is jy dan nie gearresteer nie?" vra tannie Annatjie.

"Wat weet jy?" kap mevrou Smit terug. "Ek het niks verkeerds gedoen nie. Ek het niemand vermoor nie – nog nie. Maar mens weet nooit!"

"Ek herken 'n aap as hy in 'n mou sit en 'n kat in 'n sak," sê tannie Annatjie.

"Wat bedoel jy?"

"Ek sê maar net."

"Bly dan liewers stil."

Sy het reeds die res van die kekkels by hul gewone hoektafel gewaar. Hulle oë is almal op haar.

"Jy kom nou net van die polisiestasie af. Wat het met Katarina gebeur?" Dis Bart wat vra.

"Oom Bos se vrou?" vra mevrou Smit, kamma dom.

"Ja, iemand het haar dood bo in die Kloof gekry. Omtrent dieselfde tyd as wat haar man die lepel in die dak gesteek het."

"Ek sê julle mos, dit gaan dikwels so met lang getroudes." Tannie Annatjie lek haar lippe van opwinding. "Daar is 'n soort band wat vorm en die een trek die ander in die hemel in …"

"Of die hel," brom haar dogter toe sy verbykom met 'n stuk suurlemoentert wat sy sekerlik nie van plan is om op te eet nie.

"As my Dawid nie so jonk dood is nie, sou ek hom seker ook moes volg. Maar ek het nog 'n kind gehad om groot te maak."

Elsa leun oor en gee haar ma se hand 'n drukkie.

Tannie Annatjie lyk skielik bewoë. "Soos gras is ons dae."

Mevrou Smit gaan sit op die stoel wat voorheen aan oom Bos se vrou behoort het. Die ander kyk haar afkeurend aan, maar sy steur haar aan niks nie. Die vrou is mos nou dood.

Sy het haar plek verower na alles wat sy deurgemaak het: die nag hier in die tronksel, Suzette in haar kombuis, oom Bos in haar arms. Wel, sy het bykans nog nie 'n oomblik se rus of vrede gehad vandat sy ingetrek het nie. Wat meer moet jy doen om deel van die gemeenskap te word?

Sy verdien haar sitplek én 'n ordentlike skyf melktert. Maar die res van die geselskap gluur haar steeds aan.

"Vertel my wat het met arme oom Bos se stomme vrou gebeur?" Sjarme is nie onbekend aan haar nie en dit werk, want die kekkels kan 'n storie nie weerstaan nie. Sy hoef net te sit en luister. Die cappuccino en die tert wat Imelda gedienstig aandra, is ook glad nie onwelkom nie. Die diens is vir seker beter by hierdie tafel. Sy bestel 'n tweede stuk tert nog voor sy die koekvurkie in die eerste een druk.

"Dis Loretta wat haar gekry het, saam met die dokter. Hulle het 'n entjie gaan stap—"

"Al weer? Is daar dan nie siek mense op hierdie dorp nie?" Mevrou Smit is sommer vies. Hy het haar genooi vir koffie by Die Stal gistermiddag en sy het skaars haar rug gedraai toe flerrie hy sowaar weer met daai roompoffertjie in die berge rond.

"Hoekom speel hy nie eerder gholf ná werk soos enige ander ordentlike dokter nie?" Daar is 'n heel gangbare gholfbaan aan die oostekant van die dorp.

"Dokter Tomas speel nie gholf nie," sê Maggie, haar lippies dunner as gewoonlik. Sy het duidelik nog nie vir mevrou Smit vergewe oor oom Bos nie. "Hy speel tennis."

"En Loretta sal 'n uitstekende vrou vir hom wees." Mevrou Dominee het al weer net 'n hoekie van haar suurlemoentert geëet en die res vasberade eenkant toe gestoot.

Dít kan mevrou Smit haar nog vergewe, maar nie haar stelling oor die dokter nie.

Dis oorlog.

Met 'n sak koeksisters in die hand loop sy haar reg in Dario Farini op die sypaadjie buite Kekkel-en-Kraai vas.

"Klomp skinderbekke daar binne," waarsku sy en word beloon met 'n breë glimlag.

Natuurlik net waarna hy op soek is.

Sy slaan koers in die rigting van haar huis in, diep aan die dink. Jerry, meer belese as wat ander mense ooit sou kon raai, het soms Voltaire aangehaal: "Geen probleem kan die aanslag van volgehoue denke weerstaan nie."

Dario Farini se gekrap hier op die dorp verpes haar gedagtes. Die man is 'n ervare joernalis, dit weet sy. Het sy nie al voorheen gesukkel om hom afgeskud te kry nie?

'n Man soos hy, wat loop en vrae vra en boonop stories rondvertel vir almal wat lus is om te luister. Die Francesca Schmidt-sage was die storie wat hom as joernalis bekend gemaak het en dis 'n ou koei wat sy nie nou uit die sloot gegrawe wil hê nie.

Sy grinnik. Bly lank genoeg hier, en sy sal in idiome begin dink en praat, net soos tannie Annatjie.

En hoe goed is haar mondering werklik? Een moord was al erg genoeg, maar sê nou hierdie nuutste geval was nie selfdood nie? Katarina Vermeulen het dalk genoeg rede gehad om haar lewe te neem. Mevrou Smit herroep die nare ou man langs die roosbome in die gastehuis se tuin.

Katarina was 'n vrou met geheime. En boonop is die kind weg uit die dorp ná die skande met Suzette. Sy weet min van ouerskap af en moet seker nie aannames maak nie, maar sy het 'n vae idee dat dit 'n dierlike ding is. As jou kind gesond is en goed vaar in die lewe, is dit seker nie so erg nie. Dis siek en dooie kinders wat mense tot misnoeë dryf.

Het Katarina Vermeulen iets geweet wat haar tot haar dood gedryf het?

Mevrou Smit kyk waarderend na die skurwe berge wat die dorp omring. Soos die son deur die dag skuif, trek skaduwee en lig voortdurend veranderende patrone oor die rou aarde. Agter die berge, aan die noordekant, is die Karoo. 'n Stuk aarde waarvan sy min weet, maar die idee daarvan het haar nog altyd bekoor.

Uitgestrekte eensaamheid. Sterlig en stof.

En as jy die pad deur die dorp volg na die ander kant toe, in die rigting van die Breërivier, is daar versteekte valleie met wingerde en boorde. Neute, perskes, sitrusvrugte en selfs vye. Die dorp self is prentjiemooi, met rooi kannas langs die leivore en reusagtige bome en stokou huise met hul hoë dakke en breë verandas.

Oorkant die straat sien sy 'n buitensporige advertensiebord vir Langeberg Eiendomme. Suzette Pelser besit slegs 'n deel daarvan; Ronald Spamer het ook 'n aandeel in die besigheid. En niks waarby Spamer betrokke is, kan kraakskoon wees nie.

Haar pols begin spoed optel. Die waarheid lê dalk daar. By Langeberg Eiendomme. En 'n plan begin vorm in haar kop. Help nie om net rond te sit nie. Hoe gouer Farini en Anderson ophou rondkrap, hoe beter.

Daardie aand, toe die volmaan se lig kleurlose skadupatrone op die strate druk, verlaat sy haar huis.

Dis net ná middernag.

Sy hou stil aan die regterkant van die straat, daar waar dit donkerder is, want 'n digte heining van Australiese kersies groei langs die leivoor. Die sypaadjie is effens oneweredig, maar die paar dae van rondloop het haar voete reeds slim gemaak. Boonop is daar niks soos die Birkenstocks as 'n vrou in die donker moet rondsluip nie. Sy dra die sandale sommer oor haar sokkies. Dis 'n styl wat sy by Europese toeriste afgeloer het. Nie juis elegant nie, maar die Duitsers weet wat hulle doen wanneer dit kom by gemak.

"Deksels," brom sy toe sy bewus raak van die reuk van vars hondebol. Watter skoen is dit? Sy waag dit in die kolletjie lig van die volgende straatlamp om die skade te beskou en besweer die eienaar van die publieke ontlaster in ongekende tale.

Gelukkig is daar niemand om haar te hoor nie. Die dorp slaap.

Haar oor tel die veraf geluid van 'n motor aan die bopunt van Langstraat op, maar dit draai in 'n ander rigting af. Hier is 'n soort van buurtwag, onthou sy. Of dalk is dit iemand wat terugsluip na sy eie bed ná 'n aand se kafoefel?

Die plek is allermins vry van onheilighede.

In haar sak het sy 'n bossie lopersleutels wat sy lank gelede by Vuil Nick in 'n pokerwedstryd gewen het. In haar hand 'n flits met 'n syserp oor die lens vasgebind. Sy ontmoet niks meer as iets wat skarrel agter 'n vullisblik op pad na Kortstraat toe nie en is bly om te sien dat die dak van die betonstoepie die glasdeur van Langeberg Eiendomme in skadu hul.

Dis kinderspeletjies vir haar om die deur oop te sluit. Versigtig stoot sy dit oop. Die simpel vent van Klein Karoo Sekuriteit het gesê dat baie besighede in hierdie geweste, veral dié wat nie met kontant werk nie, nie eens bodder met alarmstelsels nie. Dankie tog vir die kleindorpse mentaliteit.

Die kantoor het 'n groot vertoonvenster aan die voorkant en die netjiese rye kennisgewings wat onder "te koop" opgeplak is, keer nie die maanlig wat die lang vertrek binnesypel nie. Daar is ook vensters hoog teen die plafon aan die kant van die gebou wat verder help om die sluier van donker minder dig te maak.

Drie lessenaars is op die vloer gerangskik en dis vir haar maklik om die baas s'n te identifiseer. Die rekenaar is groter en lyk duurder, daar is 'n potplant en 'n swierige kantoorstoel van leer: Die troon vanwaar Suzette haar koninkryk regeer het.

Mevrou Smit skuif haar op die stoel agter die rekenaar in. Die skerm word blou en dan verhelder dit met 'n foto van 'n woestynlandskap wat 'n wagwoord vra.

Deksels.

Sy leun terug en dink. Probeer haarself indink in die lewe van die eiendomsagent. Die wagwoord kan nie té persoonlik wees nie. Dit is immers 'n kantoor en sy kan dink dat dit soms nodig was vir een van Suzette se helpers om iets op haar rekenaar op te soek terwyl sy besig was met 'n kliënt by 'n plek wat sy probeer verkoop.

'n Radiogeselsie waarna sy geluister het in die bakkie op pad na Aronspoort kom by haar op. Dit het oor kubersekuriteit gegaan.

Die ou het aanbeveel dat mense hul wagwoord so kies dat dit die funksie beskryf van die program of die webwerf waarop hulle inteken, maar op 'n persoonlike manier. Dit help jou om die wagwoord te onthou en dit is nog beter, het hy gesê, as jy dit in 'n ander taal, soos byvoorbeeld Afrikaans, skryf.

Wat sou Suzette op hierdie rekenaar wou skryf?

"Verkoop," tik sy in, maar dit werk nie. Sy probeer die hele woord in hoofletters en swets saggies. Dan vang haar oog 'n sticky-note wat aan die onderkant van die skerm vasgeplak is. "SuzetteP" is daarop geskryf.

Suzette het duidelik nie die kans gehad om ook na daardie praatjie te luister nie. Sy tik die wagwoord op die toetsbord vir die rekenaar in en 'n wieletjie begin op die skerm draai.

Mevrou Smit grinnik. Haar vermoede was reg. Die rekenaar moes soms deur ander mense gebruik word en die plakker lag stilletjies die hele idee van kubersekuriteit in die organisasie van Langeberg Eiendomme uit. Dit beteken ook dat daar niks verdags op hierdie rekenaar sal wees nie, maar jy weet nooit. Daar is maniere om goed weg te steek op ooglopende plekke.

Sy het daardie kuns self goed bemeester.

Suzette Pelser, met al haar sletterige gedrag, was 'n baie geordende persoon. Dit kan sy van die lessenaar aflei. Net die minimum is op die blad teenwoordig en sy kry die gevoel dat dit nie net 'n nadoodse orde is nie. Die rekenaar bevestig haar indruk. Transaksies is netjies geliasseer in 'n logies gerangskikte elektroniese lêerstelsel. Daar is "Sole mandates", "Shared mandates", "SOLD" en ook 'n lêer vir eiendomme wat moontlik binnekort op die mark sal kom.

Mevrou Smit lees deur die hele lys van lêers en is teleurgesteld toe sy niks kry wat lyk of dit Suzette se private sake kan bevat nie.

Die vrou was professioneel. Dit het sy immers self ervaar toe sy oom Apie se huis deur Langeberg Eiendomme gekoop het. Wat hoop sy om te kry?

Tyd is min. Die gloed van die aangeskakelde rekenaar verlig haar gesig sodat sy sigbaar sal wees deur die groot glasvenster van die agentskap vir enigeen wat op die sypaadjie verbystap. Vinnig kliek sy deur 'n paar lêers, die meeste van hulle net huisverkope. Gou merk sy 'n patroon in die "Verkoop"-lêers op. Binne-in elke lêer is daar nog minstens twee ander: "Diverse documents", "Final acts" soms een gemerk "Back-up".

Dis vreemd. Hoekom sou Suzette 'n back-up van transaksies binne-in dieselfde lêer gemaak het? Dis tog nie hoe rekenaars werk nie en mevrou Smit is seker Suzette het dit geweet.

Die vrou was slim.

Sy vind dieselfde rangskikking in nog 'n paar transaksies en maak een van die lêers oop. Dan nog een. Deksels! Die vrou was briljant. Want elke "Back-up" bevat dokumente wat die transaksie "gladder" laat verloop het. Soos persoonlike finansiële inligting van die kopers wat sy wie-weet-waar bekom het, 'n foto hier en daar, kredietrekords en soms ook 'n dokument benoem "D&B": Donovan en Brink. Sy maak een verslag oop, maar die inhoud is vervelig – basies skaars meer as wat jy deur 'n aanlyn kredietnavraag sou kon kry.

Sou Suzette haar geld gemors het?

Maar nee, 'n verslag van die speurders waarin basies niks staan nie pas jou seker as jy besigheid met iemand doen.

Kloof-ontwikkeling. Sy kliek daarop en gaan dadelik na die "Back-up". Sy is verbaas toe 'n lang lys dokumente oor die skerm afrol en verwens haarself dat sy nie 'n geheuestafie saamgebring het nie. Hier is eenvoudig te veel dokumente om nou deur almal te gaan.

Sy dink.

Iemand van die polisiediens het sekerlik reeds deur hierdie rekenaar gegaan as deel van hul ondersoek. Dit kan selfs vir hulle wees dat iemand die wagwoord op die plakkertjie geskryf het? Die rekenaar is vol werkrekords en hulle sou dit heel waarskynlik nie kon konfiskeer sonder om die besigheid tot stilstand te bring nie. Maar hulle het sekerlik reeds 'n kopie van alles op 'n hardeskyf gemaak vir forensiese ontleding?

Sy snork saggies. Wie, in die Suid-Afrikaanse Polisiediens, reeds so oorwerk, gaan sit en lees elkeen van die lêers op hierdie rekenaar? Jy sal nooit dink so baie eiendomme verwissel van hande op so 'n klein plekkie nie, maar hier sien jy nou. Plase, huise, besighede. En minstens vyftien jaar se rekords, as sy vinnig kyk. Voorheen het Langeberg Eiendomme dalk alles in papiervorm gehou.

As jy nie weet waarvoor om te soek nie, sal jy dit moeilik vind.

Punt is: Die polisie is sekerlik klaar met hierdie rekenaar en sal nie verder hier kom rondkrap en die internet se soekgeskiedenis deurgaan nie. Dis 'n klein kans om te waag. Sy maak die internet oop, soek 'n program wat dokumentoordrag in die kuberruimte doen. Sy teken in op die rekening met 'n e-posadres wat slegs met moeite aan haar verbind sal kan word en dra die hele bondel Kloof-dokumente oor na haar eie stukkie spasie in die kuberwolk.

Toe glimlag sy tevrede.

Sy kam vinnig deur die res van die lêers, maar vind niks wat haar interesseer nie.

Die geluid van 'n motor trek haar aandag en sy duik agter die lessenaar in. Kopligte swiep verby. In die hoek van die rekenaar-skerm wys die horlosie dat dit reeds amper vieruur is. Op hierdie dorp met al sy boere begin mense vroeg woel.

Sy moet spore maak.

14

Oom Bos en sy vrou word Vrydag saam begrawe.

"Het jy die lykskouing op die tannie gedoen?" vra mevrou Smit vir Tomas oor 'n koppie flou tee en 'n skyf melktert in die kerksaal ná die diens.

Hy gluur haar aan.

"Wel, het jy, of het jy nie?"

"Ek is die distriksgeneesheer, ja. Maar ek is ook 'n mens, iemand wat nie lykskouings op begrafnisse met nuuskierige agies bespreek nie."

Het hy haar sowaar 'n agie genoem?

Sy draai om en loop weg. Die man moet oppas, sy het ander maniere om iets vas te stel wat sy wil weet.

Die begrafnis is vreeslik vervelig. Die preek was lank en sy beny Elsa glad nie haar huwelik met die dominee nie. Sy het hom sit en beskou vanuit die harde kerkbank. Die swart pak en die wit das. Wie het daardie tradisionele mondering uitgedink? 'n Sjarmante man, aantreklik, maar … Alles aan hom miskien net té: te wit tande, te veel handgebare, te erg. Sy sweer hy spoeg as hy praat. Sy het probeer sien hoe die Bybel lyk wat hy op die preekstoel oopgeslaan het, maar al het sy haar nek hóé gerek, die boek het onsigbaar gebly.

Sy wonder of hy weet van die Bybel in oom Apie se huis. Jy sou hoop hy loop nie op soveel plekke rond dat hy nie weet waar hy dit verloor het nie.

Die dorp se kerk is werklik mooi en die argitektuur het haar vir 'n paar minute besig gehou. Die ou gebou het 'n statigheid wat verlore gegaan het in die ontwerp van al die ander kerke waarin sy al was. Seker nie vergelykbaar met katedrale in Europa nie, nee. Minder prag en praal, meer erns. Dit is 'n gebou wat mense kan aanspoor om hulle sondes te oordink. Nie te bieg daaroor nie, want bieg is 'n ander saak. Dit sit nie in protestante se bloed om te bieg nie. Hulle huigel en swyg.

Mense met donker harte. Die aarde is besaai met hulle.

Die hele dorp het opgedaag. Mevrou Smit was op die uitkyk vir een aantreklike jong gesig. Met die inligting wat sy by Erasmus gekry het, kon mevrou Smit Gideon se maatskappy skakel. Sy het haar bloot voorgedoen as 'n kliënt. Gideon werk meestal "off-site", het die kêrel gesê wat Sprout se telefoon geantwoord het, maar hy het geredelik Gideon se selfoonnommer verklap.

Sy het gevoel dat dit haar plig was om hom te kontak. Sy het nie gebodder om haarself af te vra waar die skielike begrip van verantwoordelikheid vandaan gekom het nie.

Maar die nommer het net gelui en sy moes op die ou end tevrede wees om net 'n teksboodskap te stuur. Jy wil seker nie graag van jou ouers se dubbele dood deur 'n SMS hoor nie, maar nou ja. En om die telefoonnommer vir iemand anders aan te stuur, sal te veel vrae uitlok.

Nou is die langdradige diens verby en die kiste is laat sak in die bruin aarde van die begraafplaas op die lelikste hoek van die dorp, naby die groot skure waar vrugte gedroog en verpak word. Toe is die hele stoet weer terug kerksaal toe, waar mevrou Dominee en die vroue van die gemeente koek en tee bedien aan almal wat wil rou of skinder.

Die melktert is darem lekker.

Soos by alle sosiale geleenthede vorm die mense gedempte groepies wat staan en klets. Dit is immers 'n begrafnis. Noudat Tomas haar versaak het, staan mevrou Smit alleen, effens verlore.

Dan gaan die deur na die ingangsportaal oop en die jonger ewebeeld van Henk Pelser kom ingestap, uitgevat in 'n swart pak wat effens te klein vir hom lyk. Hy is nie 'n lang man nie. Henk Pelser is ook kort.

Stilte daal oor die gemeente.

Mevrou Dominee is die eerste om van haar skok te herstel. "Gideon, seun. Jy is hier!" Sy trippel op hoëhakskoene nader, haar arms na hom uitgestrek, 'n bordjie eetgoed steeds in een hand.

"Ek dog die begrafnis is nou?" vra Gideon. Sy digte kuif staan windskeef. "Iemand het vir my 'n boodskap gestuur en gesê dit begin twaalfuur."

O gits. Sy was nog nooit goed daarmee om die regte syfers en nommers op die verspotte klein sleutelbord van haar slimfoon te tref nie. Die diens was om elfuur.

"Iemand het jou laat weet? Wie? Ons het na jou gesoek, maar niemand het geweet waar om jou in die hande te kry nie."

Die kerksaal is skielik weer vol stemme. Mense dring om Gideon saam en verpes hom met vrae en meegevoel. Die jong man lyk verward.

Mevrou Smit staan nader. "Kan niemand dan sien die kind lyk op 'n druppel water na Henk Pelser nie?"

Tomas frons vir haar. "Dis nie nou die tyd of die plek vir jou insette nie, mevrou Smit."

"Henk is nou stewiger en amper kaalkop. Gaan kyk self as jy my nie wil glo nie – die foto in die skoolsaal. En hulle is al twee kort mannetjies. Hopelik ontwikkel Gideon nie so 'n kompleks daaroor soos sy pa duidelik het nie. Maar hulle is twee ertjiepitte uit dieselfde dop. Ek het jou mos gesê."

Tomas gee haar 'n vuil kyk en draai op sy hak om.

Mevrou Smit bly net lank genoeg om te sien hoe Gideon deur Maggie weggesleep word na haar gastehuis, Elsa steeds kloek-kloek agter hulle aan.

Sy sal haar beurt moet afwag as sy met hom wil gesels. Maar iemand klop haar op die skouer. Dis konstabel Pieterse. "Mevrou Smit, kaptein Anderson wil met u praat. Kan u asseblief saam met my kom?"

Hulle ry die paar blokke na die polisiekantoor in stilte, want Pieterse weier om enige van haar vrae te beantwoord. Wat soek

Anderson nog op die dorp? Is Katarina se dood verdag? Was daar dan nog 'n moord, en wat het dit met haar te doen?

Anderson wag vir hulle in dieselfde siellose ondervragingskamer waar sy so 'n paar dae terug was. Die dag van Katarina se dood.

"Hoe verduidelik jy dié?" vra Anderson haar nors, sonder om haar eers ordentlik te groet. Hy stoot 'n vel papier na haar kant toe, netjies vasgevang in 'n plastieksak wat dit sekerlik teen nuwe vingerafdrukke moet beskerm. 'n Bewysstuk, dus.

Sy leun vooroor en lees.

Haar hart klop stadiger, swaarder. Toe sy beter verstaan wat die strekking van die woorde op die papier is, kry daardie orgaan sommer spoed.

"Ek weet niks hiervan nie!" protesteer sy. "Ek het dit nie geskryf nie."

"Jy ontken dus dat dit jou handskrif is?"

"Vir seker! Dit lyk miskien effens na my handskrif."

"En jou naam is onderaan geteken. Skaamteloos."

"Sersant Anderson." Adrenaliengevulde woede vlieg vanaf haar byniere reguit na haar brein. "Sou ek nou my naam neerskryf as ek so 'n brief wou skryf?"

"Maar hoekom nie? Tensy jy kon voorsien dat jou woorde die arme vrou tot selfmoord sou dryf."

Sy hou niks van die kyk in sy staalharde oë nie. Die arme vrou is nog vars in haar kis. Hoekom op aarde sou sy Katarina na die kluite wou stuur?

"Ek weet nie wat jou motiewe is nie," sê Anderson en mevrou Smit besef weer dat sy die vraag hardop moes gevra het. "En ek is ook nie presies seker van watter oortreding ek jou in hierdie stadium kan aankla nie. Maar glo my, mevrou Smit, jy het nog nie die laaste hiervan gehoor nie. Hierdie brief gaan reguit na die forensiese span. Pieterse, neem haar vingerafdrukke en gee haar 'n blok papier en 'n pen.

"Mevrou Smit, ek het 'n voorbeeld van jou handskrif nodig."

Mevrou Smit sak bewerig op 'n stoel by die tafel neer. Pieterse stoot papier en pen onder haar neus in.

"Skryf!" beveel Anderson.

"Wat?" vra mevrou Smit.

"Enigiets. Net wat jy wil. Miskien 'n verklaring. Of 'n verduideliking. Hoekom daar nou al drie lyke op hierdie dorp is vandat jy hier aangekom het."

Mevrou Smit skryf die eerste gedagte neer wat by haar opkom: *Almal op hierdie dorp is stapelgek.*

"Mevrou moet miskien mevrou se naam ook teken," bied Pieterse behulpsaam aan.

In netjiese blokletters skryf sy onderaan: *Mevrou Smit.*

Die lewe gaan aan. Laat Anderson maar sy forensiese span met twak besig hou. Haar gewete is skoon, minstens van die sondes wat op hierdie dorp gepleeg is.

Die vingerafdrukke wat Pieterse van haar geneem het, sal ook op niks uitloop nie. Jerry het gesorg dat al haar jeugdige polisierekords lank reeds "verdwyn" het en Erasmus het vir die res gesorg. "Net vir ingeval," het hy gesê en sekerlik 'n ekstra paar nulle by sy rekening gevoeg.

Maar onrus knaag aan haar. Sy gaan nooit in vrede op Aronspoort kan bly as al die spoke nie wil gaan lê nie.

Sy het met 'n sak toebehore van die boeremark af gekom. Wat 'n verrassende plek. Wie kon ooit raai hoeveel verskillende soorte spykers daar is? En gifstowwe teen miere. En nuttige werksklere en tuinvurke en halsbande vir honde wat sy nie het nie.

Mevrou Smit takel die huis. Sy het nooit geweet harde werk kan soveel ontvlugting bring nie. Sy skuur die sement tussen die badkamerteëls skoon, sy maak 'n lekkende kraan reg met behulp van 'n YouTube-video en takel 'n bruin vlek aan die agterkant van die toilet se spoelbak met rubberhandskoene aan en 'n kragtige bleikmiddel.

Die sementvloer op die agterstoep kry 'n vars laag rooi politoer.

Terwyl sy werk, neurie sy 'n deuntjie en haar gedagtes gaan lê. Op 'n vel papier wat sy uit Suzette se dagbeplanner skeur (die vrou gaan tog geen afsprake in Junie hê nie), maak sy 'n lysie van al die goed wat sy gedoen wil hê wat meer mannekrag en kragtige masjinerie gaan vereis.

- Die houtvloere van die hele huis kort 'n afskuur.
- Die kombuiskaste moet oorgeverf word en die kas onder die wasbak ruik muf.

Dit sal waarskynlik heeltemal vervang moet word.

- Die muur agter die bad het heelwat teëls verloor; dit lyk soos 'n ou man sonder tande.

Die res moet uitgehaal word en vervang word met iets wat pas.

Iets wat pas. Sy het haar aanvanklike impuls om die hele plek te moderniseer vir eers hersien. Sy gaan oom Apie se huis liewer bloot restoureer tot sy oorspronklike prag. Prag is dalk nie die regte woord nie, want dis 'n nederige woning. Maar die dik mure, hoë plafonne en breë vensterbanke spreek van 'n ruimhartige tydvak en eenvoudige grasie.

En dan is daar oom Apie. Is dit reg dat sy, 'n vreemdeling, in sy huis intrek en alles kom verander?

Nee, die huis verdien meer respek. En boonop …

"Joe-hoe!" Iemand roep van die voordeur se kant af.

Mevrou Smit is uiters bewus van die stof op haar gesig en die bandana wat sy in 'n driehoek oor haar weerbarstige hare gebind het. Sy dra 'n los hemp en 'n sweetpakbroek wat soos 'n verlepte sak om haar knieë hang. Elsa, daarenteen, is uitgevat in 'n kanariegeel baadjiepak met 'n serpie om die nek en hoëhakskoene van blinkleer. En sykouse, in hierdie hitte.

Onder haar arm knyp sy 'n wolhondjie vas wat dadelik en onbedaarlik aan die kef gaan.

"Sjoes, Britney," raas mevrou Dominee. Die brakkie grom.

Mevrou Smit vee sweet van haar voorkop af en los nog 'n stowwerige streep oor haar gesig.

"Vader ons, Tessa, vir wat werk jy so sonder hulp?"

Mevrou Smit voel haar rug styf word. Waar kom die vrou aan dié voornaam? Dit is die naam op haar nuwe identiteitsdokumente, maar sy kan nie onthou dat sy een van hulle al ooit hier op die dorp gebruik het nie, behalwe by die polisiekantoor. Pieterse! Hy sal soos klei wees in die gedugte mevrou Dominee se hande. Sy sal graag sy ore vir hom wil trek.

Sy moet nog gewoond word daaraan om 'n Tessa te wees. Hoekom

Erasmus juis dié naam vir haar uitgekies het, weet sy nie. Dit was dalk die naam van een van sy tantes, vir al wat sy weet.

"Wie's jou Tessa, mevrou Dominee?" brom sy vies. "Ek kan nie onthou dat ons ooreengekom het om mekaar sommer soos hierjys aan te spreek nie." Soos die woorde uit haar mond val, besef sy hoe kleinlik sy klink. Maar hierdie vrou is haar nemesis en dit is beter om die streep uit die staanspoor te trek.

Vir gemaakte vriendelikheid het sy nie sin of tyd nie.

Maar mevrou Dominee laat haar nie afsit nie. "Ag kom, jy is nou op die platteland. En selfs in die stad noem mense mekaar op voorname, nie waar nie?"

Sy sug. "Dan is dit seker goed as ek jou Elsa noem?"

Mevrou Dominee lyk oorbluf. Duidelik is die voornaamding 'n eenrigtingstraat. Mevrou Smit het uit die staanspoor opgemerk dat almal, selfs die kekkels, na die dominee se vrou verwys as "mevrou".

Maar nou is daar twee "mevroue" op die dorp.

"Wel, ek het gewonder of ek myself kan nooi vir 'n koppie tee. Noudat die stof so 'n bietjie gaan lê het, jy weet, ná al die moord en doodslag op die dorp. Dis dalk tyd dat ons mekaar beter leer ken."

"Is dit?" Mevrou Smit staan hande in die sye, haar voete stewig geplant. Maar 'n koppie tee klink eintlik lekker. Sy is dors. Sonder om verder teë te stribbel draai sy om en stap kombuis toe.

Elsa se hakke klop op die gangvloer agter haar.

"Ek het nog altyd gedink dis 'n wonderlike ou huis dié. Gebou in 1938, weet jy? Jy kan net bly wees die historiese vereniging het nog nie so ver gekom om een van hulle lastige plaatjies teen die muur te kom vasskroef nie. Heelwat huise in Kortstraat dra daardie kruis en dan moet jy eers toestemming kry vir enige verbouing en verbeteringe. Selfs al wil jy net verf. En daai papierwerk vat eeue, hoor. Die vereniging is vol nonsens. Nee, mens soek nie daardie komplikasie in jou lewe nie. Hier kan jy mure uitbreek en aanbou soos jy wil. Die plek goed moderniseer. Suzette het gesê geld is geen probleem vir jou nie."

Mevrou Smit se hand, besig om die ketel aan te skakel, raak vir 'n oomblik stil.

Elsa is op volle stoom. "As dit my plek was, sou ek begin met die kombuis. Die kaste uitruk, alles spierwit maak, met marmerblaaie.

En die vloer."

Die groen linoleumvloer is afskuwelik. Maar mevrou Smit het een teël afgetrek en iets wonderliks daaronder ontdek: perskepitte styf ingedruk in sement, verseël met 'n digte soort hars. Of dalk net lae en lae politoer wat saamgepak het deur die jare? Dalk kan sy die ou vloer red. Vir wat sal sy dit nou vervang met siellose teëls?

Maar mevrou Dominee gee 'n snork toe sy haar van haar plan vertel. "Jy's nie ernstig nie. Dis 'n kombuis, nie 'n stal nie. Wie het nog perskepitvloere in die een-en-twintigste eeu? En die vensters kort blindings, natuurlik. Die vensters is heeltemal te groot vir 'n kombuis, as jy my vra, en almal wat onder by die rivier verbyloop, kan reg in die vertrek inkyk."

Die groot vensters hier agter is juis wat die kombuis siel gee, dink mevrou Smit. En die uitsig op die rivier is pragtig. Stowwerige gordyne van 'n ongedefinieerde bruin materiaal hang weerskante van die vensters, maar dit lyk nie of hulle al ooit toegetrek is nie.

Gordyne hoort nie in 'n kombuis nie. Mevrou Dominee is reg en sy sal aan 'n beter manier moet dink om nuuskierige agies se oë uit te hou, veral saans, wanneer die vertrek verlig is. Daar is 'n voetpad onder by die rivier, waarvan sy immers self gebruik gemaak het die dag toe die polisie op haar geskiet het.

Sy begin reeds verstaan dat mense hulle hier min steur aan privaatheid van eiendom wanneer hulle kortpad soek van punt A tot punt B. Dis 'n goeie entjie weg van die huis, maar dit is tien teen een moontlik om van daar af reg tot in die kombuis te kan opkyk.

Het iemand dalk gesien wat daardie noodlottige middag in oom Apie se huis gebeur het?

Maar Elsa stoom voort en mevrou Smit pak daardie gedagte eers weg. Haar gas het haarself tuisgemaak op die puntjie van 'n stoel, die brakkie steeds styf onder een arm vasgeklem. Britney het opgehou om te grom, maar haar ronde ogies volg elke beweging wat mevrou Smit maak met wantroue.

Hoeveel van hul eienaars se persoonlikhede smeer af op hul troeteldiere?

"Ek het eintlik kom vra of jy nie dalk deel wil wees van ons vroueverenigning se kermis Sagterdag nie? As jy dalk ietsie wil bak—"

"Jy bedoel, soos 'n kompetisie?"

"Ditsem."

"Hierdie Saterdag?"

Mevrou Dominee knik. "Sowaar, hoe vlieg die tyd. Dis môre, ja."

Iets roer in die dieptes van mevrou Smit se hart. Vir 'n kompetisie kon sy nog nooit nee gesê het nie. "Konfyt en so?"

"Ja, of enige gebak. Dis dalk benede die waardigheid van 'n stadsmens soos jy en boonop kan die aga se oond 'n uitdaging wees. Moenie 'n fout maak nie, mens bak die beste brood in so 'n koolstoofoond, as jy weet hoe. Maar ek het gedink dis 'n goeie manier om jou in die gemeenskap te integreer. Aangesien dit lyk of jy gekom het om te bly."

"Inderdaad," sê mevrou Smit. Katwyfie, dink sy.

Reken sekerlik vernedering staar haar in die gesig wanneer dit by bak kom. En om haar eers op 'n Vrydagmiddag te kom sê van die kermis wat môre is.

Dis asof sy haar met opset wil benadeel. Sy gaan tien teen een vir almal sê dat sy mevrou Smit spesifiek genooi het om deel te neem, maar nou ja …

Wag maar. Wie die laaste lag.

Mevrou Smit kan skaars wag om van haar gas met haar brak ontslae te raak. Sy het geen tyd om te verspil nie. Vir die oond sien sy nog nie kans nie. Sy is nie stupid nie. Maar vyekonfyt, dalk? Sy het nog Hannelie se elektriese plaat en die muisvoëls maak juis so 'n gemors in die boom langs die huis. Sy haal haar selfoon uit en begin op die internet resepte soek.

Hoe moeilik kan dit wees?

Heelwat later die aand, dit mag reeds ná middernag wees, staan sy terug en beskou die gemors wat sy gemaak het.

Met 'n gebroke gees draai sy weg en is nie vreeslik verbaas toe sy oom Apie by die kombuistafel agter haar sien sit nie. Is daar 'n spesifieke staat van gemoed wat jou vatbaar maak vir wandelende geeste? Sy twyfel of sy die antwoord op Google sal kry.

Uitputting, dalk. Of frustrasie.

Hy lag deur sy baard. "Jy kan die hele spul wegsmyt, met pot en al. Dis tameletjie. As dit koud word, gaan dit kliphard wees. Jy het dit heeltemal te lank gekook."

"Maar kyk hier," stry sy en druk die lepel in die brousel. "Dis te waterig. Netnou nog was dit 'n mooi karamelkleur en nou is dit skielik amper swart." Sy vee haar hare van haar beswete voorkop weg en voel trane agter haar oë brand.

Wie het kon dink konfytkook is so moeilik? En hoekom gee sy om?

"Wat vir 'n resep gebruik jy? Dis heeltemal te veel suiker en dit bedonder die stroop. Die triek is om die vye hulle eie konfyt te laat maak. Kom, ek sal jou wys. Jy't genoeg vye in daardie emmer vir nog 'n pot. En dan moet jy 'n flits vat en uitloop in die tuin. Luister mooi. Ek sal jou sê wat jy moet gaan oes."

"Hoekom kom jy nie net saam nie?"

"Ek is bang vir die donker."

Dokter Tomas is een van die beoordelaars vir die konfytkompetisie. Mevrou Smit is opgewonde. Nou sal haar talente as voorslagvrou eerstehands blootgelê word.

Haar botteltjie konfyt lyk pragtig en staan trots in die ry saam met die ander inskrywings.

Die meeste van die ander botteltjies lyk vir haar sommer na winkelkonfyt wat oorgeskep is. (Sy kon haar baie moeite gespaar het as sy vroeër daaraan gedink het.) Die een wat mens moet wen, is Loretta van Kekkel-en-Kraai met haar potjie, kompleet met 'n lappie bedruk met die koffiewinkel se hoenderhandelsmerk wat met 'n rekkie om die prop vasgemaak is. Die roomtert van ene Loretta staan juis al weer en ogies maak vir dokter Tomas. Dis mos nie hoe jy 'n kompetisie wen nie. Die jonger vrou dra 'n knap wit hempie van rekmateriaal (seker suiwer nylon) en 'n geplooide rompie met lemmetjiegroen en geel ruite. Die rompie is kort en laat byna niks van haar heuningbruin bene aan die verbeelding oor nie. Sy dra wit oefenskoene.

"Reg vir tennis?" vra mevrou Smit met 'n byt in haar stem.

Loretta kyk haar net op en af, asof kommentaar onnodig is. Hoe groot die versoeking ook was, het sy haar by haar rol gehou toe sy vanoggend aangetrek het. Nie dat die tas vol kledingstukke wat sy saamgebring het haar enigiets anders toelaat nie. En met haar nuwe, voller figuur, sou niks uit haar vorige lewe haar in elk geval meer gepas het nie.

Maar 'n japsnoet soos Loretta sou nie 'n kans gehad het teen haar soos sy eens was nie, dit weet sy. As sy haar maar net kon wys.

Maar dit was toe en nou is nou. Hier staan sy, uitgedos in 'n kleurlose romp en 'n vormlose groen hemp met daai onaansienlike sandale. Onder hierdie mondering dra sy wel 'n tikkie van haar gunstelingparfuum, Chanel.

Want, soos Coco gesê het: 'n Vrou sonder parfuum het nie 'n toekoms nie.

Iewers moet jy 'n streep trek.

Die konfytkokery is absurd, besef sy nou met die helderheid wat 'n nuwe dag soms bring.

Mevrou Smit voel skielik mateloos woedend, vir almal en alles wat haar in hierdie situasie ingedwing het. En sommer vir die res van die wêreld ook.

'n Effense rimpeling gaan deur die samekoms in die kerksaal. Mevrou Dominee het in die ingang verskyn. Sy dra dieselfde pers nylonpakkie wat sy aangehad het daardie noodlottige dag toe sy met die melktert by oom Apie se huis ingestap het.

"Joe-hoe! Mevrou Smit, kom nader. Die beoordeling gaan begin."

Miskien moes sy eerder vir een van die ander kategorieë ingeskryf het, dink sy toe sy nader aan die gewoel rondom die uitstaltafels stap. Melktert lyk maklik, nie waar nie? Maar volgende keer. Sy moet eers leer om die aga se oond te bemeester.

Dis warm en effens benoud in die saal. Sy is senuweeagtig, maar herken nie die emosie nie. Dominee is ook 'n beoordelaar, en 'n derde vrou, glo van die buurdorp en 'n ekspert op die gebied van tuisgebak. Mevrou Smit het geen belangstelling in haar nie. Solank sy net sê dat haar konfyt die beste is.

Sy het nooit eens self daaraan geproe nie. Al die kruie wat sy in die konfyt gegooi het … Skielik twyfel sy aan oom Apie se resep. Wie sê hy is haar goedgesind? Spoke is sekerlik nie vry van jaloesie en nyd nie. Dalk probeer hy haar uit sy huis werk?

Die vyf botteltjies vyekonfyt wat vir die kompetisie ingeskryf is, kom uiteindelik aan die beurt. Dominee skroef die vyf dekseltjies met 'n onnodige gesteun af en met 'n gesig wat maklik rooi word van die geringste inspanning. Wat 'n kleurlose vent. Kon hy nie maar meer informeel aangetrek het op 'n Saterdag nie? Hy dra sowaar dieselfde pak as wat hy vir oom Bos en Katarina se begrafnis aangehad het. En haal hy ooit sy das af? Sy wed hy klim in die bed daarmee. En kyk daardie melkwit handjies.

Sy gril sommer as sy net dink die man moet aan haar vat.

Arme Elsa. Maar dan onthou sy mevrou Dominee is haar geswore aartsvyand. Sy moet maar vir haar kry.

Die drie beoordelaars staan nader met hul teelepeltjies.

Haar konfyt staan eerste in die ry, want dit is waar sy dit ingedruk het. Mevrou Smit is nie skaam nie.

Dominee en die beoordelaar van die buurdorp bekyk eers die kleur van die konfyt, hou selfs die botteltjie teen die lig. Dan maak hulle vlytig aantekeninge op hul knipborde. Tomas druk sy lepel dadelik in en skep 'n blink ronde vy uit. Hy druk dit heel in sy mond.

Sy oë rek so effens.

Hy draai sy kop weg.

Hy sluk swaar. En verbeel sy haar of blink daar trane in sy oë?

Die tweede beoordelaar druk haar lepel in die botteltjie, maar vat gelukkig 'n kleiner skeppie en proe versigtiger. "Interessant," sê sy, maar die trek om haar mond voorspel niks goeds nie. Sy rek haar dun nekkie uit om die etiket op die bottel beter te beskou. Sy skuif haar bril op die punt van haar neus. Sy skud haar kop.

Sy keer dominee toe hy sy hand uitsteek om ook 'n skeppie van mevrou Smit se konfyt te vat. "Los maar eerder."

"Maar ..."

"Proe, dominee." Tomas het nou duiwels in sy oë. "Dit is vir seker nie 'n smaak wat jy moet misloop nie."

Die dominee sluk. Rooi vlamme kruip teen sy bleek nek op. "Die roosmaryn wat ek proe is ongewoon, maar kon dalk gewerk het as dit net nie so oorweldigend was nie. Maar dis sowaar die eerste keer dat ek soveel gemmer in vyekonfyt teëkom."

Mevrou Smit het genoeg gehoor. Vernederd en vies storm sy by die kerksaal uit.

Haar pad word versper deur tannie Annatjie, kierie se punt dreigend in die lug.

"Gee pad, ou vrou." Mevrou Smit het eers genoeg gehad van dié dorp en sy dinge.

"Ek het 'n appeltjie met jou te skil. Ek dink ek weet waar Dawid die wortels begrawe het en dalk kan jy my help."

"Al waarmee ek jou kan help, tannie Annatjie, is dalk in jou graf in. Jy staan klaar met een voet daarin en jy weet wat die mense hier rond van my sê."

"Jy moet oppas vir jou, hoor. Haastige hond verbrand sy mond, soos daai gemmerkonfyt van jou. Jy trek die leeu se stert en dink jy kan daarmee wegkom? Hierlangs verdra ons nie mense wat nie in hulle spoor trap nie."

Mevrou Smit steek vas. "Is dit 'n dreigement, ou heks?"

Tannie Annatjie knik gewigtig. "Ek weet van jou stories oor Bos se seun. Laat die arme mense nou in vrede rus. Jy het genoeg skade aangerig. En boonop blaf jy teen die verkeerde boom. Ek weet wie het Suzette vermoor."

Die wind is uit haar seile. Mevrou Smit steek vas en staar af na die verrimpelde gesiggie. "As jy weet, hoekom het jy nie al lankal gesê nie?" 'n Duisend gedagtes skiet deur haar kop. Het die moordenaar se skuldgevoelens hom (of haar) oorval en het hy (of sy) by tannie Annatjie gaan bieg?

Die ou vroutjie lyk skielik verleë. "Ek het iets gesien, die dag van die moord. Ek het met Elsa se hondjie onder by die rivier gaan stap en mens kyk mos reg op Apie se huis vanaf die plek daar langs die wilgeboom. Ek het Elsa probeer vertel, maar sy wou nie eens vir my luister nie. Ek wou vir dokter Tomas gaan sê, kort daarna, maar jy was te besig om 'n kabaal in sy spreekkamer op te skop en ek kon nie 'n woord inkry nie. Toe dink ek: Nou moet almal maar sien kom klaar. Die duiwel kyk mos na sy eie kinders."

Tannie Annatjie is 'n skinderbek, almal weet dit. En sy hou daarvan om kwaad te stook. Mevrou Smit vertrou haar glad nie en duidelik stem haar eie dogter saam. Moontlik kan sy almal sonder skroom mislei, net vir haar eie vermaak. Is die moordenaar dalk die tantetjie self? Dis nie onmoontlik nie. Die ou vrou is gif.

Sy lyk miskien klein en tingerig, maar 'n mens moet haar nie onderskat nie.

"Nee, dit was nie ek nie," sê sy, asof sy mevrou Smit se gedagtes kan lees. Of het sy dalk weer hardop gepraat? "Maar ek weet wie daardie dag saam met haar in Apie se huis was."

"So, wie?"

Tannie Annatjie loer skielik skelm om haar rond. "Sjt," waarsku sy. "Is dit nodig om so hard te praat? Die mure het ore."

Sy is reg. Die akoestiek in die voorportaal van die kerksaal is weergalmend, sodat tannie Annatjie se waarskuwing nog vir 'n rukkie in die hoekies van die vertrek rondhang. Verbeel sy haar of was daar 'n beweging by die deur na die badkamers?

Sy sit 'n hand op tannie Annatjie se skouer en toe sy weer praat, is haar stem sag. "As jy werklik weet wie saam met Suzette in my huis was, moet jy my eerder sê, en gou ook. Ek is nie 'n baie geduldige mens nie. Maar ek is ook nie onnosel nie."

Tannie Annatjie kyk haar berekenend aan. "Ek glo jou, weet jy. Jy lyk vir my na die soort van mens wat altyd weet wat om te doen. Dis net jammer jy is so ongepoets."

Die geluid van hakke weerklink op die teëlvloer.

"Ma! Wat maak Ma hier in die voorportaal?" Mevrou Dominee, in al haar glorie, kom vanuit die saal gestoom. "Die mense wag. Dis die melktert se beurt en Ma is een van die beoordelaars."

Tannie Annatjie trek haar pienk tweestuk oor haar bors reg. "Nou ja, ek is op pad." Sy druk haar kierie vir oulaas in mevrou Smit se rigting. "Ons praat weer later," sê sy en skuifel agter haar formidabele dogter aan.

Mevrou Smit stamp haar voete van frustrasie. Dan storm sy by die kerksaal uit. Dit sal niks help om langer hier rond te hang nie. Maar sy brand van nuuskierigheid.

Wat weet tannie Annatjie?

Sy besluit om haar in te wag. Hoe lank kan dit nou vat om 'n spul melkterte te proe?

Daar is 'n bankie oorkant die straat, onder die groot bome voor die tennisklub. Mevrou Smit neem stelling in, handsak op die skoot. Dis warm, selfs in die skadu, maar op 'n mildelike manier. Voëltjies sing in die bome en agter haar hoor sy die geklap van 'n bal teen 'n raket en 'n vrou se triomfantlike lag.

Dis sekerlik die geraas van die voëls wat haar gedagtes terugneem na daardie laaste paar maande in haar lewe, voor sy hier op Aronspoort aangekom het.

Die Krugerwildtuin.

Op Erasmus se aanbeveling het sy kort ná Jerry se dood gaan wegkruip op die een plek in die land waar niemand Francesca Schmidt sou soek nie. Met haar kredietkaart van die bankrekening wat volgens haar nuwe identiteit oopgemaak is, het sy een van daardie karavaantrokkies gekoop, tweedehands, en die pad gevat Noorde toe. Erasmus se dienste het ook 'n bestuurslisensie ingesluit.

Drie dae lank het sy gery. Iewers langs die pad het sy linne by 'n Pep gekoop en 'n warmfles vir koffie. Sy het 'n telefoonbespreking by Skukuza-kamp gemaak en uiteindelik by Malelane se hek ingery en verdwyn.

Teen die tyd dat die Griekse owerhede Francesca Schmidt amptelik dood verklaar het, was die nuwe mevrou Smit langsaam deur die Krugerwildtuin aan die toer, onsigbaar tussen ander toeriste. Van kamp tot kamp, tot bo by Punda Maria en weer terug. Sy het bespreek soos sy aangaan en niemand het opgelet dat sy reeds maande lank in die wildtuin was nie. Sy het klere gedra wat sy in die kampe kon koop – bont hemde en groot, los broeke.

Sy het geëet. Vir die eerste keer in haar lewe kon sy laat gaan. Spek en eiers vir ontbyt by die restaurante, soms sommer twee borde. En roomys en sjokolade en witbrood met konfyt en kaas. Net wat sy wou. Vet word was deel van haar plan.

Sy het haar hare laat uitgroei, totdat sy een aand by die flou elektriese liggie in die woonkajuit die blondgekleurde dele kon afsny. Sy het gehuil toe sy na haarself in die melkerige spieël gekyk het: 'n vreemdeling met 'n gestreepte grys borselkop.

Sy het 'n vadoek oor die spieël gegooi en ekstra suiker in haar koffie.

Ná vier maande het sy 'n *Landbouweekblad* gekoop en 'n berig oor Aronspoort het haar aandag getrek. Vrugteboerdery, as sy reg onthou. Maar vae herinneringe aan die rustige dorpie van haar kleintyd het haar oorval. Blou lug, sonryp vye en kinders wat lag.

By 'n Wi-Fi-hotspot in die restaurant in Laer Sabie-ruskamp het sy gaan sit en na eiendomme begin soek.

Die mevrou Smit wat ná maande van selfisolasie by Krokodilbrug uit die wildtuin gery het, was 'n heel ander vrou.

En hier sit sy nou.

Maar van haar ongeduld kon sy nie ontslae raak nie. Hoeveel melkterte is daar dan wat geproe moet word? Waar bly tannie Annatjie?

Toe die ou vroutjie uiteindelik te voorskyn kom, het mevrou Dominee haar moeder stewig aan die arm beet en lei sy haar na die Mercedes wat reg voor die kerksaal geparkeer staan. Die pastorie is net om die hoek. Stap hierdie mense dan nooit iewers heen nie?

Hoe gaan sy tannie Annatjie alleen in die hande kry?

"Speel jy tennis?"

Sy wip soos sy skrik. Sy kyk op in die blou oë van die dokter. Hy het reg langs haar kom staan. Met haar gedagtes by tannie Annatjie en haar aaklige dogter is sy onkant betrap.

"Ek kon 'n raket goed genoeg swaai op skool," antwoord sy en wonder hoe sy sal vaar as sy vandag sou probeer. Haar lyf voel onverwags sterk en gemaklik. Maar sy is onfiks. Hoe sal sy deesdae lyk in tennisklere?

Nee.

"Ons kort juis iemand vir 'n dubbel volgende Saterdag. Het jy 'n raket?"

Sy skud haar kop.

"Ek kan vir jou een leen. Dan kry ons jou hier, volgende Saterdagmiddag so teen tweeuur se kant?"

En hy stap weg sonder om haar kans te gee om te protesteer of om aan 'n goeie verskoning te dink.

15

’n Motordeur klap.

“Waar is hy?”

’n Gil. Haastige voetval oor die perskepitte van die paadjie na die voordeur. “Dokter Tomas!”

Mevrou Smit was net reg om in die bed te klim. Dis tienuur in die aand. Onder by die rivier kwaak ’n koor van stroompaddatjies en iewers roep ’n uil.

Nou hierdie lawaai op pad na haar voordeur.

“Ek kom!” roep sy. “Dis nie nodig om so te skree nie.” Dit klink of die persoon daar buite gereed is om haar deur af te breek.

Sy maak die deur oop sonder gedagte aan hoe sy daar uitsien: haar wollerige pienk kamerjas is los oor ’n vormlose naghemp. Sy het effens uitgetrapte pantoffels aan haar voete en ’n masker van groen smeersel oor haar wange, neus en voorkop. Velsorg durf nie verwaarloos word nie.

Mevrou Dominee staan op haar voorstoep, haar oë wild. Sy het ’n netjiese sweetpak aan. Haar hare is so onberispelik soos altyd, afgesien van een spriet wat losgetorring het uit die onderdrukking van setmiddel en nou wild in die lug rondtas soos die antenna van ’n reuse-insek.

Die twee vroue staar na mekaar vir ’n breukdeel van ’n oomblik, albei woordeloos geskok.

"Dis Ma. Sy't 'n dokter nodig. Sy makeer iets," stamel Elsa.

"Wat laat jou dink die dokter is hier?"

"Duidelik nie."

Mevrou Smit onthou die groen gesigsmasker wat sy nog nie afgespoel het nie. "Velsorg is belangrik," stamel sy. En dan: "Wat makeer jou ma? En hoekom dink jy Tomas is hier by my, dié tyd van die nag?"

Mevrou Dominee trek haar oë op skrefies. "Ek is nie onder 'n kalkoen uitgebroei nie," sê sy en 'n oomblik lank is die trek tussen haar en haar idioomverslaafde ma baie duidelik. "En ek het nie nou tyd vir praatjies nie. My ma is siek en sy het 'n dokter nodig. Dadelik!"

Haar paniek vind uiteindelik weerklank in mevrou Smit. "Maar dan moet ons iets doen. Het jy sy ontvangsdame in die hande probeer kry? Dalk weet sy waar hy is. Of vra Loretta van die koekwinkel."

Mevrou Dominee lyk skielik meer na 'n Elsa as na 'n mevrou Dominee: net 'n besorgde dogter, op die rand van trane. "Ek weet nie wat om te doen nie."

"Ek sal hom soek. Gaan terug na haar, sy het jou sekerlik nodig."

Elsa knik en hardloop terug na haar motor.

Mevrou Smit sug en haak die bakkie se sleutels af van die sleutelrak langs die deur. Die vrou dink duidelik nie logies nie. Waar sou Tomas hierdie tyd van die aand wees as hy nie tuis is nie?

Eers die hospitaal.

Tomas se Land Cruiser staan langs die ongevalleafdeling geparkeer en deur die glasdeure sien sy beweging. Te laat onthou sy die smeersel oor haar gesig en sy probeer dit met die punt van haar naghemp afvee. Sy knoop die gordel van haar kamerjas vas toe sy uit die bakkie klim.

Steeds het sy nie kans gekry om tannie Annatjie uit te vra oor wat sy gesien het daardie dag van Suzette se dood nie. Sy moenie nou iets oorkom nie.

Tomas is besig om met 'n liggie in 'n kind se oor te skyn. Die kind se gesiggie is dik gehuil en die ouers trap paniekerig rond. 'n Verpleegster probeer haar keer toe sy by die ondersoekkamer instorm.

Tomas kyk op en sy oë rek. "Kom dadelik, dis tannie Annatjie."

"Waar is sy?"

"By haar huis, neem ek aan. Elsa het jou by my kom soek—" Skielik voel sy verbouereerd. Die naghemp is te kort en die kamerjas ontoereikend. Hoeveel van die groen room sou nog ...?

Dokter Tomas knik. Hy gee 'n paar bevele vir die verpleegster. "Dis oorontsteking. Suster sal solank medisyne gee en verduidelik hoe hy dit moet drink. Kom sien my oor twee dae." Dan het hy reeds sy dokterstas in sy hand en is op pad uit. "Kom jy saam?" blaf hy vir haar.

"Ek? Hoekom?"

"Kom net!"

Gedienstig draf sy agter hom aan. Hy het reeds die enjin aangeskakel teen die tyd dat sy die passasiersdeur agter haar toeklap, 'n deel van haar pienk kamerjas steeds buite. "Weet jy wat gebeur het?"

Sy skud haar kop. Hy jaag deur die stil strate van die dorp en sekondes later, voel dit vir haar, stop hy voor die pastorie. Die huis is helder verlig, asof dit 'n krisis verkondig. Die voordeur staan oop.

Tomas stap vooruit. Dit lyk asof hy die huis ken. Dus nie die eerste keer dat hy besoek aflê nie. Maar natuurlik, dink mevrou Smit. Hy is die dorp se dokter, hy ondersoek huilende kinders laat in die aand in die ongevalleafdeling van die hospitaal en hy doen sekerlik huisbesoek. Tannie Annatjie is 'n bejaarde wat al sy dienste moes gebruik het.

Haar kamer is aan die onderpunt van 'n lang gang. Hulle vind mevrou Dominee langs haar moeder se bed. Beide vroue is wasbleek.

"Ek dink sy is dood," sê Elsa. Haar stem is skaars meer as 'n fluister.

Dokter Tomas raak besig. Tannie Annatjie is 'n klein hopie vel en been onder die komberse. In Tomas se groot hand lyk haar pols so breekbaar soos 'n grasspriet. Elsa werp haarself teen mevrou Smit se boesem en bars in rou snikke uit.

"Kom, ek gaan maak vir jou tee."

"Nie nou nie," sê Tomas bars van die bed se kant af. "Ons moet haar by die hospitaal kry, dadelik!" Hy raap tannie Annatjie sommer so in sy arms op. Kombers en al. "Daar is nie nou tyd vir ambulans roep nie. Kom ons gaan. Jy!" Hy frons vir mevrou Smit, soekend na die voornaam wat sy nooit gebruik nie. "Smit! Kom saam."

Hy dra sy pasiënt uit en lê haar versigtig op die agtersitplek van sy Land Cruiser en klim langs haar in. "Ry!" sê hy vir haar. Elsa spring aan die passasierskant in en hulle trek weg.

Mevrou Smit is 'n goeie bestuurder. Voor sy vir Jerry ontmoet het, was sy soms bestuurder vir Dirk en sy maats wanneer hulle snags gaan inbreek het in die beste woonbuurte van die stad. Wegjaag was 'n paar keer nodig, maar soms het hulle sommer net vir die pret gejaag.

Op 'n dorp soos dié is alles gelukkig naby.

Dit voel soos ure wat sy en Elsa op die harde plastiekstoele in die wagkamer sit en wag. Elsa vertel dat sy haar ma se teekoppie kombuis toe wou neem, sy drink altyd 'n koppie Earl Grey voor slaaptyd, toe sy haar in dié toestand aangetref het. Yskoud, bleek. Sy kon nie eens sien dat sy nog asemhaal nie.

"En het jy die boks sjokolade op haar bedkassie gesien? Ma was so hardkoppig. Ek het nog altyd vir haar gesê dit gaan gebeur, maar sy wil nie na my luister nie."

"Wat bedoel jy?" vra mevrou Smit.

"Ma is 'n diabeet. Insulienafhanklik."

"Wat?" Mevrou Smit kan nie haar verbasing keer nie. Hoeveel maal het sy al vir tannie Annatjie sien weglê aan soetgoed? Lemon meringue in Kekkel-en-Kraai, koeksisters in die kerksaal. "Maar—"

"Sy het altyd die hoeveelheid suiker wat sy inneem, presies bereken en dan genoeg insulien gespuit om die effek daarvan teë te werk."

"Maar dit is—"

"Ek weet, ja. Maar sy wou nie luister nie. Sy het gesê sy is oud en moet in elk geval doodgaan. Jy weet, sy is al 'n diabeet vanaf my geboorte? En al die jare het sy fanaties na haarself gekyk. Daar was nooit iets soets in die huis toe ek grootgeword het nie."

Dit verklaar heelwat, dink mevrou Smit. "Dokter Tomas het altyd gesê sy is een van die mees gesonde diabete in die mediese geskiedenis. Maar dit het alles verander ná haar sewentigste verjaarsdag. Loretta het vir haar 'n verjaarsdagkoek gebak en hoewel sy net veronderstel was om die kersies dood te blaas, het sy 'n stuk daarvan geëet en van toe af was daar nie keer aan haar nie. Sy monitor steeds haar suiker gereeld en behalwe die stuk koek nou en dan by Kekkel-en-Kraai of 'n bordjie soetgoed by 'n begrafnis, gedra sy haarself steeds redelik goed. Maar sjokolade!"

Mevrou Smit kan maar net haar kop skud. Sy dink aan al die jare wat sy met Jerry getroud was. Die streng diëte, die work-outs. In die laaste jare selfs 'n tikkie kosmetiese chirurgie. En die plesier en verligting om nou weer onverbonde haar tande in soetgoed te slaan, waar en wanneer sy wil. Skons en room, sjokolade. Sy dink aan die vryheid van eet, net omdat dit lekker is.

Vir die eerste keer voel sy 'n deernis teenoor die vroutjie wat nou iewers agter die witgeverfde deur van die plattelandse hospitaal om haar lewe veg.

"Julle kan haar gaan sien," sê 'n stem skielik langs hulle. Dis 'n verpleegster. Waar het sy vandaan gekom? "Dokter sê—"

Maar Elsa spring reeds op en storm na die oop deur aan die ander kant van die wagkamer. Mevrou Smit volg outomaties.

"Is u ook familie?" vra die verpleegster, effens oorbluf.

"Natuurlik," antwoord mevrou Smit en loop verby.

Tannie Annatjie lê slap teen die kussings, haar ooglede so dun soos papier. Haar hare is 'n kroon van silwer dons om haar kop. In hierdie toestand lyk sy soos 'n engel wat lank gelede reeds na die aarde geval het en langsaam uitgedroog het in ons bose atmosfeer. As jy net aan haar raak, sal sy dalk verkrummel tot 'n klein hopie poeier en as.

"Ma!" Mevrou Dominee is langs die bed, die ou vroutjie se hand reeds in hare. Vir 'n oomblik beny mevrou Smit die suiwer liefde duidelik sigbaar in Elsa se vreugde om haar ma lewend aan te tref.

"Sy was erg hipoglukemies," sê dokter Tomas. "Sy moes haarself te veel insulien gespuit het."

Mevrou Dominee se verligting verander in woede. "Ek waarsku haar al hoe lank—"

Dokter Tomas gee 'n tree vorentoe, tussenbeide. "Sy moet nou eers rus. Jy kan later met haar raas."

Hy stap saam met mevrou Smit in die gang uit. "Kom, ek neem jou huis toe. Elsa kan 'n rukkie by haar bly. Die suster weet wat om te doen. Ek het tannie Annatjie op 'n drup met 'n insulien-glyskaal gesit en nou moet sy streng gemonitor word totdat haar suiker weer normaliseer. Ek sal haar 'n dag of wat hier hou. Sy is nie meer jonk nie."

"Daar was 'n doos sjokolade op haar bedkassie," sê mevrou Smit toe hulle in Tomas se Land Cruiser klim.

"Sowaar? Ek wonder hoeveel daarvan het sy geëet. Jy weet, miskien moet ek gaan kyk. As ek agterna vir haar vra, gaan sy tien teen een vir my jok. Gee jy om as ons eers weer 'n draai by die pastorie maak?"

Tomas parkeer voor die hekkie. Dominee kom in sy kamerjas uitgestap. Selfs in slaapklere lyk die man reg om te begin preek, dink mevrou Smit en gril so effens. Sy kry Elsa jammer dat sy langs so 'n ou laaistok moet slaap. Maar dan, die narigheid is sekerlik wedersyds.

Sy luister met 'n halwe oor na Tomas se verduidelikings en gerusstelling. Tannie Annatjie sal haar toeval oorleef, maar hipoglukemie is geweldig gevaarlik vir diabete en as haar dogter haar nie betyds gevind het nie …

Dominee stap saam met hulle na tannie Annatjie se kamer. Die doos sjokolade is steeds op die bedkassie. Tomas tel dit op. "Wat is dit?" vra hy dan. Want daar lê 'n kaartjie onder die boksie. Hy tel dit op en lees.

Dan verskyn 'n geweldige frons op sy voorkop. Hy druk die kaartjie in haar rigting. "Wat het jy vir jouself te sê?"

Verbaas oor die skielike kilheid in sy stem, vou sy die kaartjie oop en lees wat daar binne staan.

Ek hoop ons kan vriende wees. Beste wense, mevrou Smit.

16

"… en nou is jy in groot moeilikheid?"

Mevrou Smit knik. "Dit lyk nie asof enigiemand op hierdie plek enigiets geheim kan hou nie. Almal weet van die briewe. En nou hanteer almal my asof ek melaats is, of nog erger. Ek verstaan die plek nie. Hulle het Suzette verdra, het hulle nie? En sy was 'n flerrie. Jy's sowaar die enigste ware vriendelike persoon op die dorp."

"Dis net omdat jy my betaal," spot Sanet en druk met sorg 'n velletjie oor mevrou Smit se duimnael terug.

"Ek dink die dorp se mense reken dis net 'n kwessie van tyd voor ek in hegtenis geneem word en dan is hulle ontslae van my."

"Jy sê dit was definitief nie jy wat daardie kaartjie vir tannie Annatjie geskryf het nie?"

"En ook nie die brief wat hulle in Katarina se sak gekry het nie. Nie een van die twee boodskappe is deur my geskryf nie. Glo jy my?"

"Natuurlik. Ek het 'n aanvoeling vir mense. Jy's … ánders. Maar sekerlik nie vol euwels en booshede nie."

Mevrou Smit knik inskiklik. Wat die oog nie sien nie, maak die hart nie seer nie, sou tannie Annatjie dalk kon gesê het.

"Hulle sê al twee notas was in my handskrif. Dis vervals. Iemand wil my skuldig laat lyk. Ek is seker die handskrifontleder, 'n regte ekspert, as hulle nog so iets in die polisiediens het, sal dit kan bevestig."

"Ek hoop nie ek mors my tyd met hierdie manicure nie. Jy weet, hulle laat jou wasgoed was in die tronk. Baie sleg vir die hande."

"Ek mag dalk skuldig wees aan baie dinge," bieg mevrou Smit skielik, want 'n goeie manikuris doen dit aan 'n mens, "maar nie hieraan nie. Ek het nie geweet sy is 'n diabeet nie en bowendien sou ek nooit vir daai aaklige ou vroutjie sjokolade gestuur het nie, selfs al was dit vergiftig."

"Wat? Sê jy nou daar was gif in?"

"Nee, nie noodwendig gif nie. Wie ook al verantwoordelik was, is baie meer geslepe. Tomas reken dis suikerlose sjokolade, die soort wat diabete eet."

"Maar dan sal dit haar mos nie skade doen nie?"

"Nie as sy dit weet nie, nee. Maar iemand het die gewone sjokolade vir suikerlose sjokolade omgeruil en tannie Annatjie het vir haarself 'n spul insulien ingespuit, want sy het gedink sy eet 'n klomp suiker."

Sanet se oë rek. "Dis sowaar slim, hoor."

"Dis moord! Of dit kon moord gewees het, as daardie aaklige dogter van haar haar nie betyds gekry het nie. Daar was geen aanduiding op die verpakking dat die sjokolade suikerloos was nie. Die verpakking is omgeruil. En dit help nie eens om te sê ek het nie geweet die ou vrou is 'n diabeet nie. Daar is met die sjokolade gepeuter en hulle dink ek het dit moedswillig vir haar gestuur."

"En oom Bos se vrou het ook 'n brief van jou gekry?"

Mevrou Smit knik. "Ek sê mos: in my handskrif, klaarblyklik, met my naam by. Die oggend wat sy besluit het om haar lewe te neem. Die polisie het dit in haar sak gekry. En almal sê dit was daardie brief wat haar na selfmoord gedryf het. Hoe kan dit wees?"

"So, wat het in daardie brief gestaan?" Sanet trek 'n netjiese wit boog op die punt van een van mevrou Smit se blink gepoleerde naels.

"Ek het haar blykbaar gedreig dat ek alles aan haar man gaan verklap, dat ek weet dat Henk Pelser haar seun se pa is. Ek sweer ek het nooit daardie brief geskryf nie."

"Katarina was nog altyd maar 'n delikate wese," sug Sanet.

"Ja, maar sy het haar geheim darem goed gehou."

"Oom Bos was 'n moeilike man. En hy was jare ouer as sy. Hy sou haar velle vir haar afgetrek het as hy moes uitvind."

"Hoekom het Katarina ooit met hom getrou?"

"Sekerlik nie so snaaks nie. Sy was jonk en sy was swanger. Henk Pelser wou seker nie pa staan nie. Sy moes 'n plan maak."

"Daardie man is 'n vark," sê mevrou Smit.

"Henk Pelser? Hy is 'n belangrike vark op hierdie dorp," sê Sanet. "Jy moet maar oppas vir hom."

Mevrou Smit gee 'n snork.

"Hierdie laag moet nou eers goed droog word. Dan seël ek dit alles met 'n kleurlose laag en siedaar."

"Jy is 'n towenaar," sug haar kliënt.

"Jy weet, jy kan gerus iets aan die res van jou ook doen. Ek kan jou hare kleur, byvoorbeeld …" Sanet beduie in die rigting van die sitplek voor die spieël waar sy hare doen.

Mevrou Smit maak haar lippe dun en skud haar kop.

"Wat is dit met jou? Jy is tog 'n mooi vrou, al steek jy dit weg. Is dit 'n man? Kruip jy vir hom weg, of sommer vir die hele mensdom?"

Mevrou Smit weier om die gesprek verder in daardie rigting te laat gaan. Sy het haarself jammer gekry, dié dat sy haar deesdae onversorgde naels vandag met hierdie uitspattigheid bederf.

"Hoe kon die res van die dorp nie weet wie Gideon se pa regtig is nie?" vra sy. "Is almal blind? Hy lyk tog ooglopend soos 'n jong Henk Pelser."

Maar die telefoon lui en Sanet stap weg om te antwoord.

Mense is soms verstommend onnosel. Oor die jare heen het Henk Pelser sy hare en sy lyf verloor. Teen die tyd wat Gideon groot was, het almal sekerlik verkies om net te sien wat hulle verwag het en die res te ignoreer.

Haar gedagtes spring terug na die briewe wat haar inkrimineer. "Ek weet nie hoekom iemand dit aan my sal wil doen nie," kla sy toe Sanet weer binne hoorafstand is. "Ek het nog skaars hier aangekom. Ek is nie blind vir al die onheilighede wat op hierdie plek aangaan nie."

"Soos wat?" vra Sanet slu.

"Byvoorbeeld: Ek het die dominee se Bybel in my slaapkamer gekry toe ek ingetrek het. En—"

"Jy het die dominee se Bybel waar gekry?"

"In my slaapkamer. En ek dink nie dis omdat hy huisbesoek by oom Apie gedoen het nie."

"Ek het gehoor Suzette het soms die huise wat sy verkoop, gebruik om … jy weet, 'n ander soort kliënt te ontmoet."

"So, dink jy die dominee en Suzette …"

Sanet knik haar kop en lag. "Ek sal nie verbaas wees nie."

"Sowaar, dat hier nie nog meer moorde gepleeg word nie is 'n wonderwerk."

Die nuwe naels help, maar mevrou Smit se selfbejammering wil nie wyk nie. Die aand is onverwags koel. Sy steek die halsstarrige aga aan vir badwater, week lank in die louwarm water, was haar hare en verlang terug na die dae toe sy haarself onbeperk kon vertroetel. Sy draai 'n handdoek om haar nat hare en glip die kamerjas oor haar kaal lyf.

In die kombuis wil-wil die vuur in die aga net doodgaan en sy gooi nog kole op. Die naels was nie haar enigste swakheid vandag nie: Die dorp se ongegronde oordeel teen haar het daartoe gelei dat sy die beste bottel whisky by Tops langs die Spar gaan uitsoek het.

Nou gooi sy 'n stewige skeut in 'n glas. Sy vat 'n groot sluk. Toe sy omdraai, sien sy oom Apie by die tafel sit.

"Jy sal my nog 'n hartaanval gee," raas sy. "Het jy niks beters om te doen as om my so te pla nie?"

"Ek pla jou nie. Drink jou whisky."

"Gesondheid. Wel, dit help jou seker niks in hierdie stadium nie."

Sy oumanogies gluur haar aan. "Jy gooi te veel kole gelyk in die stoof. Dan smoor jy hom dood."

Sy maak die oonddeur oop. 'n Bol rook begroet haar en sy gaan aan die hoes.

Die vuur is dood.

"Krap van die kole uit. En dan luister jy vir my."

'n Paar minute later sak sy terug op haar stoel. Die water in die pype bo die ou stoof sit uit en maak 'n geluid wat klink na 'n sug van verligting.

"Sien jy nou?" sê oom Apie. "Dis hoe mens met hierdie stoof

werk. Ek gaan jou leer hoe om aanstekers te maak van 'n paar ou lappe wat jy in paraffien week. Of jy kan 'n rol tou in 'n ou skoenpolitoerblik sit en dit vol lampolie gooi. Mens maak 'n gat in die deksel en trek die tou so stuk-stuk uit en sny dit af, nes jy dit nodig kry. Dit werk goed. En as jy die kole afspoel en laat droog word voor jy dit wegpak, sal jou hande ook nie so vuil word nie."

Dit klink alles vir haar na 'n geweldige mors van tyd. Elektrisiteit is vinniger. Maar dit is Aronspoort en wat wil sy nou in elk geval heeldag lank doen? Sy sit terug in haar stoel. Die gloed van die stoof brand steeds op haar wange. Sy vee 'n sweetdruppel af en los 'n roetstreep oor haar wang. 'n Sluk uit haar glas en sy rol die whisky oor haar tong. As jy nou met spoke moet sit en praat …

Die whisky proe na welbehae. "Hoekom is die mense op die dorp so moedswillig?"

Oom Apie trek sy skouers op. "Hoe wil jy dan hê hulle moet wees?" vra hy. "Jy kan nie net hier instap en dink jy's familie nie."

"Ek sal nie omgee om familie te hê nie." Sy vat nog 'n sluk van die whisky. Trane brand skielik agter haar oë. Wat moet sy doen? Waar moet sy heen?

Die mense op die dorp gaan haar nooit aanvaar nie. Almal is nou vas oortuig sy is 'n moordenaar.

'n Motor stop voor in die straat. 'n Deur klap, die hekkie kraak en voetstappe knars oor die perskedoppe op die paadjie.

Nog voor sy die klop aan die deur hoor, het oom Apie verdwyn.

Tomas staan voor haar deur. In die flou gloed van die stoeplig bekyk hy haar op en af. "Ek raak geheg aan hierdie kamerjas van jou."

"Is dit nie bietjie laat in die aand vir huisbesoek nie?"

"Ek wou net kom kyk hoe dit met jou gaan. En ek bring nuus."

"Kom dan in. Ek sit in die kombuis."

Sy trek die pienk kamerjas effens stywer om haar buuste en stap vooruit. Die dae is nog warm, maar die nagte raak koel. "Die kombuis is … die stoof brand en dis lekker daar. Koffie?"

Haar halfleë whiskyglas staan eensaam op die kombuistafel. Hy wys 'n vinger daarna. "Dis nie goed om alleen te drink nie."

"Ek was nou nie heeltemal alleen nie."

"O ja?"

Sy skud haar kop en haal nog 'n glas uit die kas. Hy kyk waarderend na die bottel wat sy aandra. Koffie is vir eers vergete. Hy trek een van die swaar riempiestoele na die stoof se kant toe en gaan sit.

"Hulle het vir Henk gearresteer," sê hy dan.

"Sowaar?"

"Jy dra nie jou bril nie?" vra hy. "Hoe swak is jou oë nou eintlik?" Hy kyk hy na haar asof sy 'n pasiënt met 'n eksotiese simptoom is. "Jy weet, sonder daai bril en sonder daai vormlose klere wat jy so lief is om te dra—"

Sy stryk haar vingers deur haar hare, steeds klam, en voel skielik selfbewus. "Vertel my van Henk."

"Henk? O ja. Almal hier weet hy het 'n motief vir die moord. Verbrokkelde huwelik, jaloesie en so. Suzette was 'n handvol. Maar 'n arrestasie is nog nie 'n skuldigbevinding nie."

"Het hy 'n alibi?"

"Ja, hy sê so. Maar jy weet hoe die polisie werk. Hulle is onder groot druk om iemand aan te keer, terwyl die pers aandring. Die saak is nogal opspraakwekkend. 'n Moord op 'n rustige plattelandse dorpie soos hierdie. Waar is mense nog veilig?" Hy draai die glas teen die lig en beskou die ryk amberkleur van die ou whisky met waardering.

"Dis seker goeie nuus vir my as hulle begin vinger wys in 'n ander rigting. Die dorp se mense verwyt my," sê sy. Nou kyk hy werklik stip na haar. Sy begin krapperig voel in die warm kamerjas. "Tannie Annatjie se sjokolade. En die brief in Katarina se sak. Ek sê mos, dis nie ek wat daardie notas geskryf het nie. Maar ek weet ook nie wie my handskrif sal vervals om sulke boodskappe te skryf nie. Dink jy dit was dalk ook Henk Pelser?"

"Hoekom sou hy jou wou impliseer?"

"Hy't probeer om my dood te ry daardie dag voor jou spreekkamer."

"Nonsens. Dis maar net soos Henk ry. Jy was toevallig in sy pad."

Sy gee 'n snork. "Ek kan nie sê ek voel jammer vir die vent nie, maar dink jy regtig hy het dit gedoen?"

"Eggenote is dikwels skuldig as vrouens vermoor word. Jy lees mos ook die koerante."

En Henk is die tipe wat sy hand vir 'n vrou sal lig, dit kan sy glo.

"Die polisie moet sekerlik genoeg bewyse hê as hulle 'n arrestasie gemaak het. En as hy nie skuldig is nie, sal hy wel loskom," sê Tomas.

Vir 'n rukkie sit hulle al twee met hul eie gedagtes en speel.

"As dit waar is wat jy sê en iemand skryf moedswillig notas in jou naam om ander mense se lewens in gevaar te stel, is daar iemand baie siek wat hier op die dorp rondloop."

"Jy glo my?" Sy het ophou asemhaal.

Hy kyk haar stip in die oë. Sonder die beskerming van die bril, is sy weerloos. "Vir nou, ja. Totdat iemand jou amptelik skuldig bevind."

Sy glimlag smelt die koue beklemming in haar bors weg.

"Tomas." Sy wil hom vertel van tannie Annatjie. "Tannie Annatjie wou my iets sê. Sy …"

Maar Tomas luister nie. Sy gedagtes is steeds ver weg.

Goed so.

Dalk het die vroutjie haar net verbeel. En sy is 'n skinderbek. 'n Mens kan nie alles glo wat sy kwytraak nie. Dis miskien beter om te wag tot sy sterk genoeg is om self haar storie te vertel.

Hulle whiskyglase is nou albei leeg. "Koffie?"

Hy knik.

Sy maal bone en sit die pot op die warmste plaat van die ysterstoof. "Ek sien jy gebruik jou aga, dit lyk of jy weet wat jy doen? Oom Apie het ook altyd so 'n stadige vuurtjie gebrand, dag en nag. Wie het jou geleer?"

"Oom Apie."

Hy lag. "Ek het nie geweet jy het 'n sin vir humor nie."

Sy haal net haar skouers op. "Suzette het my nooit gesê die huis is nie werklik gemoderniseer nie. Om eerlik te wees, het ek haar nie daaroor gevra nie. Hier is elektriese lig, ja, maar nie 'n elektriese geiser nie en ook nie 'n stort nie, maar ek mis dit nie te veel nie. Ek het nog altyd van bad gehou.

"Hannelie het eers vir my 'n elektriese plaat geleen, maar ek moes dit teruggee. Hulle het dit nodig gehad vir die kermis. Ek het nie eens 'n mikrogolf nie."

"Van wat ek hoor, eet jy meestal by Kekkel-en-Kraai."

"Daai girlfriend van jou maak 'n goeie hoenderpastei, ja."

Die atmosfeer in die kombuis verander. Sy vroetel met die vuur in die stoof; wikkel die hefboom aan die kant om die as te laat deurval en stel die lugtoevoer na die skoorsteen.

"Sy is nie my girlfriend nie."

"O? En weet sy dit?" Sy staan op van waar sy langs die stoof gehurk het en haar kamerjas val effens oop. Sy sien hoe hy sluk en skielik weet sy nie of die skielike gloed op haar vel net van die hitte van die stoof af kom nie.

"Die stoof is werklik eintlik fantasties as mens eers leer om dit te laat werk. Ek kan dit stel, kyk hier, om meer hitte na die waterpype te laat gaan en dan bad ek heerlik warm. Wel, miskien volgende keer, want ek leer nog. En in die winter, wanneer dit kouer word, sal ek 'n groter vuur maak om die huis te verhit en … vir meer warm water. Die koffie gaan lank vat, weet jy, want die stoof is maar stadig. Ek het nie geweet jy gaan kom nie en ek het net 'n hand vol antrasiet wat brand en—"

Hy is skielik by haar en stuit haar gebabbel deur haar in sy arms te vat en haar behoorlik te soen.

Sy is oorbluf.

Alle redelike denke het tot stilstand gekom en dis bloot primitiewe reaksie wat oorneem. Die warm stoof agter haar, die whisky seker, en die kamerjas wat nie veel beskerming bied teen die werklikheid van 'n man se lyf nie.

Dan tree hy skielik agteruit. "Ek moet gaan," brom hy onduidelik. "Ek het vergeet. 'n Pasiënt." En sonder 'n beter verduideliking storm hy by die gang af en uit by die voordeur.

Die deur klap. Sy Land Cruiser trek weg.

Agter haar op die stoof begin die koffiepot borrel en die geur van vars koffie vul die lug.

"Onbeskof!" verbeel sy oom Apie se stem, maar hy is nêrens te sien nie. Sy is heeltemal alleen.

17

Mevrou Smit slaap sleg en word kwaad wakker.

Teen die oggend het die lam gevoel van die paar oomblikke in Tomas se arms weggesypel en is die behoefte om haar goed te vat en te loop sterk. Sy het nie na hierdie dorp toe gekom om so rondgeneuk te word nie. Wie dink al die mense van Aronspoort is hulle om haar te veroordeel? En wie dink daardie dokter is hy? Dalk lei hy aan 'n soort psigopatologie, 'n ongetemperde Casanova-kompleks, of is hy 'n soort Bloubaard wat net doodseker wil maak elke liewe vrou op die dorp is in sy mag?

Want sy is seker hulle almal is. Selfs mevrou Dominee kry so 'n skaapagtige uitdrukking in haar oë wanneer sy na haar dokter Tomas kyk. Almal kan dit sien.

En dan is daar Loretta, nie sy meisie nie, onthou sy met 'n warmte op die krop van haar maag, wat nietemin so besitlik en selftevrede optree. Werklik, die man is nie só aantreklik nie.

Sy probeer fout soek in haar onthou van hom. 'n Boepie? Nee. Seker elke Saterdag se tennis, maar die man het 'n lenige lyf, hard en ferm, sy kan hom nou nog teen haar voel. Wat is fout met haar? Sy is al maande lank kuis. Haar huwelik met Jerry was selibaat, minstens tussen die twee van hulle. Jerry het sy dinge gehad en ja, hy het eenkant toe gekyk as sy nou en dan Europa toe gegaan het vir "inkopies".

Solank sy net diskreet was.

Dit was geen gewone huwelik nie, maar sy was lief vir Jerry. Ter wille van hom het sy seks en liefde tot nou toe geskei. Dit was 'n goeie resep. Hoe sy dit in die toekoms gaan hanteer, weet sy nog nie. Maar om deurmekaar te raak met die dokter is vir seker 'n kortpad na ellende.

Sy kan sulke gedagtes nie bekostig nie. Haar oorlewing op hierdie dorp is voorwaardelik, dit besef sy. Hoeveel kanse gaan sy nog kry? As sy dit nie hier kan maak werk nie, wat gaan van haar word?

Sy is yskoud toe sy kombuis toe stap, haar pantoffels slof-slof aan haar voete. Die aga is morsdood. Sy gooi 'n paar stukke antrasiet in die stoof en steek dit aan met 'n bol kombuispapier wat sy in olyfolie doop, soos oom Apie haar gewys het. Sy sal later na die boeremark gaan en tou en lampolie gaan koop om een van sy kontrepsies aanmekaar te sit. Dit sal sekerlik beter werk.

Waar gaan sy 'n leë skoenpolitoerblik kry?

Sy het nou koffie nodig, maar sy besef dit gaan 'n tydjie vat voor die plaat warm genoeg is om die water te laat kook.

Geduld. Dis iets wat sy nog nooit gehad het nie.

Sy hou haar hande uit na die toenemende warmte van die stoof. Dis nog vroeg, maar sy kon nie langer in haar bed lê en rondrol nie.

Buite waar die eerste voëls van hulle laat hoor, is daar 'n smeersel lig in die ooste. 'n Laag mis lê oor die rivier in die sagte lig van die aankomende dag.

Stilweg word dit herfs. Hoe gaan die winter hier wees? Sy voel reeds tuis hier. Dit is nou haar plek dié. In vergelyking met die gevare wat aan die ander kant van die bergpas op haar wag, is 'n paar dorpenaars, met ongegronde wrewels, kinderspeletjies.

Sy sal hulle wys.

Maar wie is die persoon wat sulke dodelike briefies in haar naam skryf? Wie is die slang in hierdie paradys?

Die blou Gideonsbybel met haar aantekeninge is agter die broodblik op die kombuiskas ingedruk. Sy maak dit oop en lees. Niks maak meer sin nie. Dit voel vir haar of die vrou wat skaars meer as twee weke gelede in die dorp ingery het nou net 'n verlangse kennis is.

Die koffie borrel uiteindelik deur. Sy het 'n potjie met melk ook eenkant op die stoof gesit en gooi 'n ruim skoot warm melk in die amper gitswart brousel. Saligheid.

Die paar stukkies oop ruimte in die Gideonsbybel is reeds vol geskryf. Gratis eksemplare mors nie geld met onbedrukte papier nie. O ja, Suzette se dagboek is ook agter die broodblik ingedruk. Sy knip 'n leë bladsy agterin los. Daar is 'n pen in 'n lus van die filofax en sy trek dit uit. 'n Silwer pen wat goed in die hand voel. Die dagbeplanner lê voor haar, die laaste manifestasie van die dooie vrou.

"Praat met my," sê mevrou Smit vir die boek.

Maar wil sy werklik meer van hierdie vrou se lewe weet? Suzette is nie iemand met wie sy vriende sou kon gewees het nie. Suzette was oppervlakkig, slinks. Maar dalk het sy maar net probeer doen wat almal doen: 'n lewe lei, oorleef en soveel pret as moontlik hê terwyl jy nog kan.

En ja, natuurlik die lêers wat sy van Suzette se rekenaar gesteel het! Sy trek haar slimfoon nader en teken in by die diens wat haar dokumente iewers op die internet bêre. Verstommend hoe besig die plattelandse lewe haar hou. Dis al hoeveel dae sedert sy dit afgelaai het en met die begrafnis en die konfytkokery en tannie Annatjie se dinge het sy amper vergeet van haar nagtelike strooptog op Langeberg Eiendomme en Suzette se rekenaar.

Die wieletjie draai en 'n dokument maak oop. Sy sal werklik vir haar 'n skootrekenaar moet aanskaf. Die woorde op die klein skerm van haar foon lees moeilik. Dalk is dit tyd vir 'n leesbril?

Hier is 'n sublêer met e-poskorrespondensie, prokureursdokumente, omgewingsimpakstudies en 'n lang verslag van 'n mineraloog met die naam Bertus Brand.

Haar koffie word koud.

Suzette Pelser het nie omgegee om haar hande vuil te maak nie. Hoe ironies is dit nie. Van al die plekke in die wêreld waar sy kon kies om weg te kruip, loop sy haar hier weer in Ronald Spamer vas. Want Suzette se geheime aandeelhouer in haar besigheid is nog net so vol skelmstreke as wat jy van hom kan verwag.

Die son kom op.

Het Suzette geweet hoe gevaarlik Ron Spamer is? Dit is nie 'n man wat jy wil vertoorn nie. Sy naam hoort nou ook op haar lys van verdagtes. Maar hoekom sou Ron van die eiendomsagent ontslae wou raak? Die Kloof-projek kan 'n goudmyn wees. Wel, nie heeltemal 'n goudmyn nie.

Litium. Sy doen 'n vinnige internetsoektog na die waarde van hierdie mineraal. Kort-kort trek sy die skrif op die skerm groter met twee vingers om beter te kan lees. En dan pas die uitleg nie op die skerm nie en moet sy dit rondskuif.

Werklik tyd vir 'n regte rekenaar.

Die prys waarteen die plaas aan 'n sekere maatskappy verkoop is, is relatief laag. Dit vat haar nie lank om 'n e-pos te vind wat haar vermoede bevestig dat dié maatskappy ook aan Ronald Spamer behoort het nie. En sover sy weet, is niemand bewus van die mineralogieverslae netjies agter lêers met onopvallende name versteek wat op Suzette se rekenaar lê nie. Iets aan daardie verslae pla haar, maar dit ontwyk haar. Miskien is dit net omdat sy weet mens moet altyd op die uitkyk wees vir ekstra slinkshede en kinkels in enigiets waarby Ron Spamer betrokke is.

Wat gaan van die projek word noudat Suzette daarmee heen is? Ronald Spamer is nie 'n man wat dinge sommer net so laat staan nie.

Maar sy aandag op Aronspoort kan dinge vir haar warm maak.

En sy is nie lus om verder te vlug nie.

Veg of vlug. Sy is moeg vir albei.

Sy sug. Ondanks die vroeë uur, bel sy die mynbou-ingenieursfirma wat hul hoofkantoor in Johannesburg het.

'n Paar dae later kry sy 'n antwoord. Oral is daar deesdae burokrasie en sy moet 'n paar stories uitdink om die nodige inligting te bekom. Maar mense is in die algemeen goedgelowig.

Die regmaak van die huis hou haar intussen besig. 'n Mens verloor maklik tred met die tyd op die platteland, waar slegs die trae gang van die seisoene die reëlmatigheid van sonsopkoms en sononder verskuif.

Die grondpad wat sy vroeg een oggend vanaf die noordoostekant van die dorp neem, kronkel deur 'n verlate landskap. Die hange van die berge is rou hier, geskroei deur son en wind.

Omtrent dertig kilometer verder stop sy haar bakkie by 'n karavaan wat onder 'n plaat doringbome geparkeer is.

'n Roestende ou Land Rover staan langsaan geparkeer.

Sy vat 'n kans. Met 'n bietjie geluk en 'n slim plan, kan sy Ron Spamer se aandag dalk van haar nuwe dorp verskuif. Hy is nie die enigste een wat kan kul en knoei nie.

Vir 'n oomblik wonder sy of dit so slim was om heeltemal alleen hierheen te kom. Te laat nou. 'n Beweging by die karavaan trek haar aandag. Die geluid van 'n motor se enjin klief soos 'n sinjaal in die stilte. Natuurlik het die stofstreep van haar aankomende motor enige verrassing onmoontlik gemaak vir wie ook al hier woon.

Sy klim dus uit en klap die bakkie se deur toe. Tyd vir oop kaarte.

Sy herken hom dadelik en steek vir 'n oomblik in haar spore vas. Die groot man met die kakiehemp wat sy so duidelik deur haar verkyker sien stry het met mevrou Dominee op die parkeerterrein van die Spar.

Sy moet vinnig dink. "Meneer Brand?" Sy steek haar hand uit en dwing 'n glimlag op haar gesig. Die melktert wat sy instinktief by Kekkel-en-Kraai gaan koop het voor sy uit die dorp is, voel nou vir haar soos 'n reddingslyn. Sy wou dit later gaan opeet het, saam met nog 'n koppie koffie.

Maar nee, dit word 'n offerande. Sy draai terug, maak die bakkie se deur oop en duik in om die melktert te kry.

Toe sy omdraai, is hy reeds by haar. 'n Groot man, bruingebrand en duidelik sterk, al is hy oorgewig. Dis die kos wat mense hier rond eet. Skaaptjops, bier en melktert.

Deesdae probeer sy haar bes om in te pas. Die skilferkors van die gebak is bros, die vulsel dik en belowend. En kaneel! Wie was die goeie fee wat die eerste keer kaneel oor eiervla gestrooi het?

"Wie is jy?"

"Ek is mevrou Smit. Aangename kennis." Hy kyk na die melktert en sy kan sien dit neem die wind bietjie uit sy seile. "Ek kom in vrede."

"Wie het jou gestuur?"

Sy oorweeg haar antwoord goed. Onthou die onderonsie op die parkeerterrein. Wat is sy verhouding met Elsa?

"Elsa. Mevrou Dominee. Julle het blykbaar rusie gehad. Sy is spyt oor haar harde woorde."

Hy lyk onseker. "Daardie vrou druk haar lang neus oral in. Ek doen maar net my werk, en sy probeer vooruitgang keer. Hoekom stuur sy jou?"

"Sy wou self om verskoning kom vra. Maar sy is besig, jy weet. Sy is 'n belangrike vrou op die dorp."

Dit lyk of hy dit sluk, want hy draai om en stap vooruit na waar 'n kampstoel onder 'n boom staan. "Nou kom sit." Hy vou nog 'n kampstoel oop, sy houding al minder aggressief. Die grond is sand en klip en sy is bly oor haar gemaklike skoeisels. Elsa se hoë hakke, soos die skoene wat mevrou Smit die grootste deel van haar lewe gedra het, sou oor dié terrein gesukkel het.

Sy sit die melktert op 'n koelboks neer wat eenkant onder die boom staan en gaan sit. Hy skink vir haar koffie uit 'n warmfles en sy vat die emaljebeker dankbaar by hom. Die tyd wat dit vat om hierdie vredesoffer te drink sal haar kans gee om te praat. En dalk 'n paar antwoorde te kry.

"Die dorp se mense hou nie van wat ek hier doen nie," sê hy. "As jy my vra, dan reken ek ons doen hulle eintlik 'n guns." Die stilte van die plek strek dalk tot haar voordeel. Die lewe hier moet eensaam wees. Hy is lus vir gesels.

En mevrou Smit het haar huiswerk gedoen.

Bertus Brand is 'n geoloog, met 'n meestersgraad in mineralogie. Hy het voorheen vir 'n groot mynboukonglomeraat gewerk, maar daar was 'n insident by sy ou werkplek en, met afleggings en BEE, het hy sy eie paadjie begin loop.

"Ek het die verslae gesien wat jy vir Spamer gestuur het," waag sy.

'n Tikkie aggressie kom terug. "Daardie verslae is veronderstel om vertroulik te wees."

"Niks is vertroulik in hierdie lewe nie. Jy behoort dit te weet."

'n Mier pak 'n reis aan oor die sand in die rigting van die koelboks waar die melktert staan. Mevrou Smit hou hom dop en bereken die insek se kans op sukses. Een of ander tyd gaan daardie tert geëet word en 'n paar krummels gaan val. Dalk vind daardie mier dit eerste, voor sy kamerade triomfantelik daarmee kan wegloop. Maar die aard van die miere se samewerking is sodanig dat wie die krummel ook al buit, dit sal terugdra nes toe, vir die hele kolonie se beswil.

Mense, daarenteen, deel nie graag nie.

Haar speurwerk is egter ook gegrond op heelwat veronderstellings. Die Bybel in haar slaapkamer het haar laat raai dat die dominee en Suzette dalk kop in een mus was. Elsa het iets vermoed en dalk op meer skandes afgekom as blote owerspel. Sy het die gekonkel met Kloof ontdek en Bertus Brand daarmee gekonfronteer.

Wat sou sy nog doen om haar huwelik te red?

"Hoeveel het hy jou betaal?" Die bedrag was in een van die dokumente wat sy van Suzette se rekenaar afgelaai het. Dit was hoog. Maar skielik twyfel sy. Is dit hoër as markprys vir hierdie tipe diens? Sy dink so.

"Dink jy dis maklik om heeltyd in die veld te werk?"

Sy kyk om haar rond. 'n Roofvoël sweef hoog teen die berg se hang. "Ek kan aan slegter plekke dink om te leef."

Hy vryf sy skurwe hande saam. "Mens sou dink 'n klein dorpie sal bly wees oor al die werksgeleenthede wat die moontlikheid van 'n myn sal bring."

"Die mense hier hou van hul vrede."

"Aan die een kant van die dorp, ja. Maar aan die ander kant van die dorp kry die mense swaar."

Sy het die klein huisies gesien van die immer benadeeldes, wat maar net nie aan die gang kan kom in die nuwe Suid-Afrika nie. Hoeveel het die dorp werklik verander in die afgelope dekades?

Sy besluit om 'n klip in die bos te gooi. "Maar Ron Spamer is nie 'n goeie man nie. Hy stel nie belang in die voorspoed van die dorp en sy mense nie. Dit gaan alles maar net oor geld, jy weet tog?"

Hy skuifel ongemaklik in sy seilstoel. "Ek kan nie daarvoor help nie."

"Maar jy kán. Sonder jou verslae ..." Dis nou of nooit. "Hier is nie werklik litium in hierdie berge nie, nè?"

Die hotelontwikkeling is 'n rookskerm. Ron Spamer was net 'n middelman. Een van sy spookmaatskappye het Kloof gekoop, maar sy plan was om die grond weer teen 'n verspotte prys aan 'n mynmaatskappy te verkoop. Suzette sou 'n yslike kommissie verdien het. Maar Spamer verberg natuurlik een verkulsel agter 'n ander.

"As dit so is, as Ron Spamer jou ekstra betaal het om die verslae te kook of aan te dik, gaan die waarheid een of ander tyd uitkom en dan gaan hy jou voor 'n trein gooi. Dis hoe mense soos hy werk."

Haar woorde tref. "Jy verstaan nie ... dit was 'n klomp geld wat ek betaal is vir my werk."

"Maar nie genoeg vir jou om hier weg te kom nie?"

"Soos jy sê: Ronald Spamer is 'n moeilike man."

"Dalk kan ek jou help. As jy bereid is om jou verslag te hersien, dit feitelik korrek te maak ..."

Hy word rooi in sy gesig.

Sy vat 'n groot sluk koffie. Dis swart en bitter, onverwags goed. Die kafeïen word aangehelp deur 'n goeie skeut brandewyn, wat 'n ander vrou as mevrou Smit sekerlik sou laat stik het. "Die verslae is in hierdie stadium nog geheim. Suzette het nie kans gehad om die transaksie klaar te maak nie. Ek kan dit vervang. En niemand sal ooit weet wat in die oorspronklike gestaan het nie. Die dominee en sy vrou sal nie verder krap nie, glo my."

"Jy kan dit doen?"

Sy knik. As sy eenmaal in Langeberg Eiendomme se kantore kon inbreek, kan sy dit sekerlik weer doen.

"Wie is jy nou eintlik?"

"Net 'n dorpenaar. Dis ook vir my belangrik dat Aronspoort bly soos wat dit is en dat Ron Spamer sy besigheid op 'n ander plek gaan doen."

"Jy kan maklik praat. Hy het my reeds betaal."

"Nou gee die geld terug. En noem jou prys."

Hy dink diep en noem dan 'n bedrag wat die kampstoel effens onder haar sitvlak laat steier.

Wat sou Jerry gedoen het? En die weegskaal swaai gemaklik ten gunste van haar nuwe huis. "In goeie geloof sal ek nog tien present bysit," sê sy. "En as jy nie kans sien om met Spamer te onderhandel nie, kan jy weggaan na 'n plek waar selfs hy jou nie in die hande kan kry nie."

"Dan het jy 'n deal," sê Bertus Brand. Die roofvoël skree. Hy trek sy oë op skrefies en volg die vlug van die voël hoog teen die blou lug.

Sy maak haar handsak oop en skeur die agterblad van die Gideonsbybel uit. Sy skryf 'n e-posadres daarop. "Stuur die nuwe verslag na hierdie adres."

"En hoe betaal jy my?"

Sy duik weer in haar handsak in. "Hier en nou. 'n Deposito, minstens."

Toe sy haar hand weer te voorskyn bring, is daar vyf goue Krugerrande op die palm van haar hand. "Die res kan jy kry as ek die verslag het. Ek sal dit vir jou bring. As jy weer vir my koffie maak."

Hy huiwer vlugtig. "Moenie weer kom nie. Ek sal bankbesonderhede stuur."

Sy knik.

"Jy is 'n vreemde vrou, mevrou Smit."

"Jy kan so dink," antwoord sy. "Maar ek is eintlik maar net 'n doodgewone tannie."

Sy sluk die res van haar koffie met een sluk af en stap terug na haar bakkie.

Die melktert staan steeds op die koelboks waar sy dit neergesit het. Sy is spyt om dit agter te laat.

Dit is 'n goeie tert.

18

Litium. Daar is 'n wêreldwye tekort daaraan. Dis 'n belangrike komponent in die batterye van elektriese motors, slimfone en skootrekenaars. Die nuwe groen ekonomie het 'n groot litium-droogte en die tekort aan hierdie soort grondstowwe is beperkend op die wêreldekonomie. Die land se mynsektor sukkel ook.

Litium in die Langeberge kon dinge verander het.

Soos sy terugry dorp toe, slaan sy haar oë op na die droë rooi hange van die berge om haar. Kruip hier dalk tog minerale weg? Myne los littekens oral: op die landskap, op gemeenskappe. Maar dit bring ook welvaart. Sê nou maar hier steek wel waarheid in die verslae van Bertus Brand? Mense wat hulleself te koop aanbied, kan jy nooit vertrou nie. Want ondanks die speletjie wat hulle met mekaar speel, is sy steeds nie doodseker of die verslae totale versinsel is nie.

Dalk is hier wel litium in die Langeberge.

Maar sy het haar skuif gemaak in hierdie skaakspel, want sy soek nie vir Ron Spamer en sy gebroedsel hier nie. In hierdie geveg is sy aan dieselfde kant as mevrou Dominee. Vir 'n oomblik voel sy selfs 'n klein bietjie bewondering vir die vrou. Sê nou net Elsa is die een wat Suzette Pelser die doodhou toegedien het? Sy het genoeg rede gehad.

Of dalk haar man?

Die gedagte dat sy besig is om belangrike getuienis in 'n moordsaak op te foeter, kom vir die eerste keer by haar op. Dalk het sy nou drooggemaak. Op die kort termyn behoort haar motief te wees om van die moordondersoek ontslae raak. Die dorp se welvaart is dalk iets vir 'n ander dag.

Maar dis nou te laat vir omdraai. Toe sy voor haar huis stop, pieng haar foon reeds met 'n e-pos van Bertus Brand. Voor sy dit lees, besluit sy, kort sy eers 'n nuwe melktert.

Sy draai weer die aansitter van die bakkie en ry terug na Kekkel-en-Kraai.

Met die intrapslag keer Maggie haar voor. "Het jy gehoor?" vra sy met 'n triomfantlike glinstering in haar oë. "Onse dokter is dalk een van die dae nie meer 'n vry man nie."

"Wat bedoel jy?"

"Dis Loretta. Sy en die dokter het vanaand 'n groot date, by daardie deftige restaurant op Barrydale en ons reken hy gaan die groot vraag uiteindelik vra."

Op haar hak swaai mevrou Smit om en storm by die winkel uit.

Al haar lus om die dorp te red, het skielik verdamp. Mans is oraloor dieselfde. Sy jaag die paar blokke terug, te vinnig, en skarrel by haar huis in. Smyt die bakkie se sleutels op die kis in die gang.

Net 'n paar aande gelede, net hier in haar kombuis, het die man haar in sy arms geneem en …

Nie sy girlfriend nie – se voet!

Sy wil nie verder daaraan dink nie. Sy is 'n sot. Ná alles wat met haar gebeur het, ná die gemors wat Jerry agtergelaat het en die aanslae op haar lewe … die dooie vrou in Corfu … is sy 'n voortvlugtende. Sy is nie die heldin in 'n maanskynromanse nie.

Kyk hoe lyk sy deesdae. Maar die kwessie was uit die staanspoor of Tomas deur haar vermomming sou kon sien. Hy het haar nog nooit hanteer soos die oorgewig tannie wat sy geword het nie.

En sy het geval daarvoor.

Hoe stupid kan jy wees? Hy en Loretta verdien mekaar. Wat haar betref, kan hulle elke Saterdag met hul lang lenige bene gaan tennis speel en klomp simpel babas maak om die bevolking van hierdie stomme dorp aan te vul en te red van plattelandse verval.

Sy wens hulle voorspoed toe.

Tennis! O ja, Tomas het haar genooi om tennis te gaan speel, tweeuur vanmiddag by die klub. Sy kyk na die horlosie wat teen die kombuismuur hang. Dis 'n plastiekgedoente wat deel is van die paar goedjies van oom Apie wat oorgebly het, maar sy het die vlieëmis van sy gesig afgevee en nuwe batterye ingesit. Hy hou tyd. En dit is reeds twintig minute voor twee.

Sy is lus om eenvoudig net nie op te daag nie, maar die versoeking om paaie te kruis met die verraderlike dokter is te groot.

Sy sal hom wys.

Tien minute later storm sy by die huis uit en spring in haar bakkie. Sy is geklee in 'n sportbra, 'n los T-hemp, 'n sweetpakbroek en tekkies. Waar is haar vervlakste maskara?

Maar mevrou Smit besit nie eens meer maskara nie.

Die tennisklub is, soos alles op die dorp, net 'n paar blokke weg. Daar staan reeds 'n ry karre geparkeer, maar volgens haar ondervinding van die stadslewe, sou sy dit nou nie juis as 'n verkeersknoop gradeer nie.

Nietemin is dit duidelik die plek waar al die Aronspoorters op 'n Saterdagmiddag uithang.

Sy parkeer haar bakkie aan die oorkant van die breë straat en dink vir die eerste keer daaraan dat jy seker 'n tennisraket nodig het om tennis te speel. Maar Tomas het mos gesê hy sal vir haar een leen?

'n Motor stop agter haar, Tomas se Land Cruiser.

Loretta spring aan die passasierskant uit, in 'n superkort wit rokkie met 'n pienk strook oor die heupe. Die gladde vel van haar bene is bruingebrand (soos 'n Sondaghoender, dink mevrou Smit nydig) en daar is pienk tosseltjies aan die agterkante van haar spierwit tennissokkies. Haar tekkies is ook wit. Sy dra 'n wit pet en 'n oorgroot sonbril.

Mevrou Smit voel hoe misnoeë haar van haar voete af opvul en haar hart verdrink.

"Jy het gekom." Tomas se stem ruk haar uit haar verstarring. "Ek kry vir jou die ekstra raket in my sluitkas in die klub."

Loretta beskou mevrou Smit met ’n fyn glimlaggie om haar pienk geverfde lippe. “En ek het vir jou ’n rompie wat jy kan leen. Toemaar, dit het ’n rek om die middel. Dit sal vir jou pas.”

Siedend stap die mevrou oor die straat agter hulle aan. Sy is lus en verkas. Aan die ander kant …

Toe sy uit die kleedkamer kom, staan hulle vir haar en wag. ’n Dubbelspel is gereël en sy speel saam met Dominee. Hy grinnik vir haar soos ’n ou wolf en loer stilletjies na haar bene onder Loretta se rompie. Sy kort ’n bietjie son, maar ondanks daardie ekstra agt kilogram het sy steeds béne. Jare gelede het sy laserbehandeling ontvang en daar is nie ’n haartjie in sig nie. Miskien was sy nog al die jare te maer. Die gewig wat sy aangesit het, is nie sonder vorm nie. Die vet het goed geoefende spiere as ’n raamwerk gehad om mee te werk.

Vet, het sy besluit toe sy haarself in die lang spieël van die dames se kleedkamer beskou het, is nie noodwendig altyd onvleiend nie. Wulps. Dis hoe sy besluit het sy in Loretta se kort rompie lyk. Veglustig. Dis hoe sy voel.

Meneer Dominee beter ’n bal kan slaan.

Loretta giggel en hang aan Tomas se arm toe hulle na die baan toe stap. Hou so aan, juffertjie, dink mevrou Smit, en jy kry ’n tennisbal reg tussen jou oë.

O ja, sy weet nie veel van tennis nie. “Ek weet nie veel van tennis nie,” sê sy hardop.

“Moenie bekommerd wees nie,” sê Dominee. “Ek sal jou leer.” Hy kyk heeltemal te vriendelik na haar en weer voel mevrou Smit amper jammer vir Elsa. Sy is so ’n droë ou stok, geen man sal aan haar wil vat nie. Nie eens hierdie jagse ou dominee nie. En Suzette was ’n mooi vrou. Die dominee is nie onaantreklik nie, moet sy erken.

Ten spyte van sy grys hare het hy nog die bou van ’n jong man, met net ’n effense boepie. Hy pas homself duidelik mooi op. Tennis help sekerlik en sy naels is netjies gemanikuur. Maar hy is ’n dominee! En wat van mevrou Dominee? Of was sy dalk die rede vir Suzette se lustigheid?

Daar is immers iets soos wraakseks.

Tomas slaan eerste af en vang haar heeltemal onkant. Die bal trek links van haar verby.

"Wakker slaap," raas Dominee gemoedelik.

"Vyftien-stroop!" skree Loretta.

Die volgende bal wat na haar kant toe kom, slaan sy suiwer oor die net. Haar spiere begin onthou. Sy was nogal atleties op skool en het darem as tiener vlugbal op die strand gespeel.

Haar jeug was wild. Ná haar pa se dood het alles uitmekaargeval. Maar mevrou Smit het ball sense, sy is gebore daarmee. Haar hand-oog-koördinasie is foutloos en haar spiere se geheue is verskerp deur al die jare se pilates, zumba-klasse, kick-boxing en toe later die vuilvegkuns waarin sy haarself verdiep het toe Jerry se empire al hoe groter en donkerder geword het.

'n Vrou moet na haarself kan kyk en party vroue nog meer as ander.

Nou, ná maande se onaktiwiteit, skree haar litte van vreugde om weer losgelaat te word. Maar daar is ook 'n swaarheid in haar voete waarvoor sy moet oppas: Sy is onfiks en maak nie saak wat die kyk in die dominee se oë sê nie, ietwat oorgewig.

Sy is egter nie iemand wat haar al ooit aan waarskuwings gesteur het nie, nie eens haar eie nie.

Ongeduldig wag sy dat die bal weer na haar kant toe kom en moker dit met soveel krag oor die net dat Loretta met 'n klein gilletjie uit die pad moet spring.

Tomas gluur sy spanmaat aan en mevrou Smit kry lekker tot in die naels van haar kleintoontjies.

Hulle wen die eerste pot met gemak en sy glimlag breed vir die dominee.

Tomas frons.

Die dominee dien volgende en slaan die bal netjies in die dienblok voor Tomas se voete. Dié slaan die bal hard in mevrou Smit se rigting. Sy stuur dit sekuur terug na hom. Heen en weer, heen en weer, terwyl hulle soos twee veghane mekaar begluur.

"Komaan," kla Loretta. "Los die bal bietjie vir my!"

En om haar tevrede te stel, stuur mevrou Smit nog 'n moordhou in haar rigting.

Punt vir hulle.

'n Groepie mense begin langs die baan saamdrom om na die spel te kyk.

Die balle vlieg. Tomas is 'n goeie tennisspeler en Loretta begin seker besef dat dit nie goed genoeg is om net mooi te lyk nie. Sy haal uit. Dominee kry skaars kans om saam te speel, want mevrou Smit is oraloor. Wat sy kort in tegniek, haal sy in deur krag en entoesiasme.

Maar sy maak foute. Om te dien is nie maklik nie en hulle verloor die eerste stel.

Sy verstaan nie mooi hoe die puntetellery in tennis werk nie en voel lus om te stry. Nee, eerder haar onkunde vir haarself hou en spéél.

Te gereeld verval die wedstryd in 'n geheen-en-weerdery tussen haar en die dokter, terwyl die ander twee net moet koes om uit die pad te bly. Naderhand staan hulle in die hoekies van die baan rond soos twee wat op 'n stasie vir 'n trein wag.

Dryfhou, valhou, vlughou!

Mevrou Smit verloor haar konsentrasie met hierdie laaste hou, of was dit aspris? Die bal trek met 'n sierlike boog hoog deur die lug.

Loretta lek haar lippe af. Die dominee trippel net kant toe, reg vir 'n valhou. Hy lek ook sy lippe af.

Maar Loretta, gretig om 'n mokerhou in te kry, struikel oor haar eie voete.

Sy syg grond toe soos 'n gordyn wat val. En lê en kreun, haar enkel slap onder haar ingevou.

"Ag, twak." Mevrou Smit kap haar raket vies in die wind.

Tomas is dadelik by om die beseerde te ondersoek en Loretta maak duidelik die meeste daarvan. Sy kon net so wel 'n sokkerspeler gewees het. Sowat van aansit!

Iemand bring ys.

Die wedstryd loop ten einde.

"Wel," sê die dominee, sy gesig effens pers van die opwinding en oefening, "ek dink ons het 'n goeie kans gehad om hulle in te haal."

"Wat bedoel jy, hulle in te haal? Ons was sekerlik met gemak aan die wen?"

Hy skud sy kop. "Hulle het die eerste stel gewen. Ons darem die tweede, want jy speel soos 'n tierwyfie, mevrou Smit." Hy kyk haar weer bewonderend aan, met oë wat sukkel om tussen haar buuste en haar bene te kies.

"Maar ons het te veel foute in hierdie stel gemaak. Drie balle uit in 'n ry. Dokter Tomas het jou opgesom. Hy weet hoe om te speel sodat jy die bal te hard slaan. Hulle is reeds drie potte voor, en in hierdie pot was die telling reeds veertig–stroop. Ons sou sukkel om dit in te haal."

Mevrou Smit maak 'n minagtende geluid. "Dis 'n stupid manier om punte te tel."

"Jy weet, ons maak 'n goeie span. As jy wil, sal ek jou bietjie afrig. Veral met die afslaan."

Maar mevrou Smit hoor skaars wat hy sê. Haar oog is op Tomas, wat Loretta nou aflei van die baan asof sy van porselein gemaak is. Sy leun met bykans haar volle gewig teen hom, haar kop op sy skouer, die beseerde enkel reeds toegedraai in 'n helderblou rekverband.

Die dominee herhaal sy aanbod tot sy hom hoor en sy besluit dis dalk nie so 'n slegte plan om haar deur die dominee te laat "afrig" nie. Sy kan meer oor hom uitvis, en selfs al kom sy niks te wete nie sal sy minstens daarin slaag om Elsa te irriteer.

"Woensdagmiddag dan," grynslag hy vir haar soos 'n regte ou wolf met perfek gepoleerde tande toe hy saam met haar tot by haar bakkie oorkant die straat loop.

"Ek gaan jou vat vir x-strale op Robertson," hoor sy Tomas se stem agter haar. Hy help Loretta in sy Land Cruiser, gooi 'n laaste onleesbare kyk in haar rigting voor hy agter die stuurwiel inskuif en wegtrek.

Wel, dink mevrou Smit, Robertson se x-straaleenheid is heelwat minder romanties as die ete in die deftige restaurant wat hulle vir vanaand beplan het.

Sy grinnik tevrede.

"Naand, mevrou Smit."

Konstabel Pieterse stop sy vangwa langs haar bakkie net toe sy by haar werf wil indraai.

Sy rol haar ruit ook af en gluur hom aan. "Wat soek jy?"

"Ek is maar net op patrollie, mevrou. Is alles wel?"

Sy is natgesweet en kry warm. Haar keel voel soos die Karoo. Die dorpenaars het die gewoonte om ná tennis by die klub rond te hang om eers weer te hidreer, maar sy het reguit van die baan af na haar bakkie gestap, haar kop vol muisneste. En vir die dorpenaars sien sy nog nie aldag kans nie.

"Ek is dood van die dors," kla sy.

"Nie dalk bietjie brandewyn byderhand nie?" Hy lag haar sowaar uit. "Sê my, mevrou, wat het jy vroeër daai eerste oggend hier op die dorp kom maak?"

Die verkeersboete. As sy werklik skuldig was, kon dit haar lelik uitgevang het. "Julle het mos nou die moordenaar," sê sy vir hom. "Wat neuk julle nog?"

Die jong konstabel kyk haar net vraend aan. Wat sou hy dink? Glo hy dat Henk Pelser sy vrou vermoor het? Verdink hy haar steeds?

"Ek het geen motief gehad om Suzette Pelser te vermoor nie," sê sy. "Ek het die huis gekoop, fair en square. Sy het my gedruk vir te veel geld, ja, en haar kommissie was veels te hoog. Maar ek het geen rede gehad om haar oor die kop te slaan nie."

Konstabel Pieterse knik. "Maar dan kan u my maar sekerlik sê hoekom u twee maal daardie dag na Aronspoort toe gekom het?"

Sy sug. "Dis eenvoudig. Die eerste keer het ek net tot amper hier gery, toe draai ek weer om. Ek het iets vergeet, sien. En die tweede keer, snaaks genoeg, het ek nog vinniger gery, maar toe het niemand my gevang nie."

Konstabel Pieterse kyk haar aan. "Jy't iets vergeet?" Die "u" het skielik weggeval.

Sy knik.

"En toe draai jy weer al die pad om, terug Kaap toe?"

Sy knik weer.

Hy lag, skud sy kop en trek weg.

Hy reken sekerlik sy is 'n onnosele middeljarige vrou, kop saf van hormoononttrekking. Maar nou ja, hy is nie ver van verkeerd nie. Dis immers waar.

Sy moes werklik daardie oggend terugdraai Kaap toe omdat sy iets vergeet het.

…

Lank het sy nie 'n huis gehad nie. Die glaspaleis waarin sy en Jerry gebly het, die laaste jare voor sy dood, was soos 'n hotel. Daar was 'n uitsig oor Tafelbaai wat haar eintlik nooit aangestaan het nie.

Te veel westeson.

Haar pa het geglo 'n huis moet noord kyk en hy was reg.

Net die beste het Jerry tevrede gestel: die meubels, die twee verhitte swembaddens, een binnehuis, die tuin en die personeel. Sy kan nie onthou dat sy ooit 'n enkele keuse in daardie huis gemaak het nie. Alles was geskenke vir sy mooi jong vrou, deur Jerry self uitgekies.

Hy het goeie smaak gehad en omdat hy Jerry was, het sy hom toegelaat om dit te doen. Haar werk was om haarself te laat inpas in sy lewe, soos een van die uitspattige meubelstukke. Sy het ure lank geoefen in die gimnasium onder die huis. Sy het inkopies gedoen, meestal oor die internet, want sy was nog nooit gaande oor winkels en inkopiesentrums nie.

Die boeremark hier op Aronspoort is 'n ander saak: nog nooit het mevrou Smit 'n winkel so geniet nie. Verbeel jou: grawe, rolle tou, miergif en Wellingtons als op dieselfde rak.

Betowerend.

Ná Jerry se dood het sy die kammaland wat hy rondom sy vrou opgebou het, sien wegsmelt soos ys op 'n warm plaat. Sy vennote, manne soos Ronald Spamer, het toegesak op Jerry se koninkryk soos honger haaie. Sy moes padgee.

Jerry het geweet wat gaan gebeur en hy het haar voorberei. Kanker is genadeloos, maar dit gee jou tyd. Met sy dood was die koffers leeg. Die prokureurs wat dit vir haar kom verduidelik het, die dag ná sy begrafnis ('n treurige gedoente, waar al die roubeklaers mekaar agterdogtig aangegluur het), het gedink dit sou haar skok.

Maar sy het van beter geweet. Daar was ander bankrekeninge, versteek in belastingvestings soos Jersey en Switserland. Daar was kubergeld en aandele oorsee. Sy het gesnuif en haar neus se punt delikaat met 'n deurweekte snesie afgevee.

Haar hart was seer oor haar man, maar sy lyding oor die laaste weke van sy lewe het haar sy heengaan laat verwelkom. Nou het die aasvoëls begin saampak.

Sy moes wegkom.

Jerry het self reëlings vir haar ontsnapping getref. Soms het sy gedink dat hy sy dood as die laaste groot spel gespeel het, met haar as die koningin op die skaakbord. Haar skuiwe was vir haar opgestel: 'n plekkie op Cyprus, 'n bankrekening daar, 'n vlugkaartjie.

Haar tas was gepak.

Maar sy was slimmer. Dis nie dat sy hom nie vertrou het nie. Jerry was vir haar altyd 'n ope boek en, ondanks alles, was sy hart sag vir haar. Die siekte het hom week gemaak en die mense om hom was almal jakkalse.

Daar was niemand wat sy kon vertrou nie. Nie eens vir Jerry nie, want hy het op sy jakkalse staatgemaak.

Die bankrekeninge wat hy vir haar oopgemaak het, het sy stelselmatig weer leeggemaak. Die elektroniese syfers het sy in harde werklikhede soos goue muntstukke en diamante verander. Groot, pragtige, foutlose stene. En daarvoor het sy haar eie jakkalse gebruik.

Intussen het sy haar eie reëlings met Erasmus getref. Drie dae ná die begrafnis het sy haar paspoort op 'n vliegtuig na Cyprus gesit saam met die vrou wat Erasmus gekies het omdat sy na genoeg aan haar gelyk het. Elana. Sy was een van daardie Oos-Europese danseresse wat in elk geval op soek was na 'n kaartjie huis toe. Met die swaar sonbril wat sy begin dra het die weke voor haar man se dood, kon haar dubbelganger maklik wegkom.

Alle blonde vroue in stywe klere lyk mos min of meer dieselfde. Niemand kyk regtig na hulle gesigte nie.

Sy skud haar skouers asof sy so van die spook van haar dubbelganger ontslae kan raak. Sy het die vrou gewaarsku …

Eers toe sy verby Robertson ry, op pad na Aronspoort, het sy weer van Jerry se laaste geskenk aan haar onthou: die papierstrokie in haar beursie. "Onthou die hond," het hy vir haar gesê.

Dit is 'n swart porseleinhondjie wat hy om een of ander sentimentele rede altyd in sy studeerkamer aangehou het. 'n Lelike, nee, aaklige namaaksel van 'n Engelse boerboel (wat bietjie na Jerry gelyk het, onthou sy met deernis) met 'n neus waarvan 'n stukkie iewers afgestamp het gedurende die verloop van hul lang huwelik.

Sy het omgedraai en teruggejaag om die simpel hond te gaan

haal. In die bakkie voor die pandjieswinkel in Voortrekkerstraat in Parow het sy 'n duimnael onder die rubberseël aan die onderkant van die beeld ingeglip en dit oopgetrek. Die binnekant van die hond se lyf, amper so groot soos 'n skoenboks, was propvol tweehonderdrandnote.

Liewe Jerry.

Toe vat sy weer van voor af die pad terug Aronspoort toe. Wat het dit saakgemaak dat sy eers die middag daar aangekom het, in plaas van die oggend?

Haar tyd was haar eie, het sy gedink.

Nou loop sy af in die lang gang van die huis wat eens aan oom Apie behoort het. Dis Saterdagmiddag en die son trek skewe skaduwees teen die vergeelde muurpapier. Die houtvloer kraak regoor die ingang na die sitkamer. Jerry se porseleinhond sit vir haar en wag op die trousseaukis, eenkant teen die muur van die breë gang, daar waar mevrou Dominee die melktert neergesit het daardie selfde Donderdagoggend toe sy verstar gestaan en kyk het na die lyk op haar kombuisvloer. Die porseleinhond is al wat sy van haar vorige lewe oorgehou het. Sy het die kontant intussen elders gebêre om plek te maak vir die Glock wat sy verskuif het van die wegsteekplek onder die rusbank.

Die gang is meer sentraal.

Sy vryf oor die wit merk op die beeldjie se neus. Daar is iets pateties aan die brak se houding: sy ore teruggetrek teen sy kop en die ogies bultend. Miskien moet sy eendag só 'n hond kry, 'n regte een. Hier is baie plek vir honde op die werf, hy sal gelukkig wees hier.

Miskien nie só 'n logge affêre nie. Eerder iets wat minder na Jerry lyk, soos 'n spanjoel of 'n poedeltjie soos Elsa se Britney. Hulle is oulik.

Voetstappe. 'n Geblaas van asem, nog voor sy iemand hoor klop. Sy draai om.

Die voordeur agter haar staan nog oop.

Margaret Fourie, diereliefhebber, staan voor haar deur, 'n stekelrige bondel onder die arm.

19

Die vorige keer toe sy haar gesien het, in haar kombuis met die geweer eenkant in die hoek staangemaak, het sy nie opgelet hoe wild Margaret Fourie lyk nie. Die deurmekaar hare, die wenkbroue wat net effens te hoog lig. Die rustelose bewegings van haar hande en voete. Margaret Fourie is 'n senubol en vandag is sy in 'n nog erger toestand.

"Kan ek haar neersit?" vra sy van waar sy op die drumpel van die voordeur tot stilstand gekom het. "Dis nie lekker om haar vas te hou nie. Haar penne is skerp."

Margaret voeg daad by die woord. Hester skarrel steun-steun, met ritselende penne, vorentoe oor die houtvloer in die rigting van die kombuis.

Mevrou Smit spring gou opsy.

Sy is sprakeloos. Wat sê jy wanneer iemand skielik 'n ystervark in jou huis kom neersit?

"Hulle het Henk laat gaan, het jy gehoor?"

Mevrou Smit skud haar kop.

"Blykbaar nie genoeg bewyse nie en sy alibi is glo waterdig. Hy het by sy broer in die Kaap gekuier toe sy vrou vermoor is. Daar is ook kringtelevisiebeeld en bankbewyse dat hy geld getrek het by 'n ATM in die middestad, ongeveer dieselfde tyd as die aanval op sy vrou.

"Ek is seker nou volgende op hulle lys."

"Hoekom jý?" Mevrou Smit se gedagtes is nog besig met die ystervark in haar huis.

"Ek het genoeg rede gehad om daardie Delila te vermoor."

"So, het jy?"

Margaret Fourie se wenkbroue skiet nog hoër, so hoog dat dit amper raak aan die plek op haar skedel waar die windverwaaide hare begin groei. "Nee, ek het nie. Maar ék het geen alibi nie en almal weet hoe ek oor die feeks voel."

Mevrou Smit knik. Maar om een of ander rede kan sy haar nie indink dat hierdie vrou in oom Apie se huis sal instap en Suzette Pelser oor die kop sal slaan nie – wild soos wat sy ook al op die oog af lyk. 'n Impuls-misdaad? Miskien. Maar die vrou is 'n diereliefhebber. Sy maak ystervarke groot. Sekerlik het sy 'n klein hartjie.

Tensy sy gek is.

"Kom, ek maak vir ons tee." Sy is buitendien dors ná die tennis. En sweterig.

Sy dra steeds Loretta se tennisrompie, maar Margaret Fourie is nie een wat haar aan 'n ander vrou se klere steur nie.

In die kombuis het Hester haar onder die tafel tuisgemaak.

"Gee vir haar melk," stel Margaret voor. En omdat mevrou Smit nie weet hoe anders om gasvrou vir 'n ystervark te speel nie, maak sy gedienstig 'n kasdeur oop en haal 'n geblomde porseleinbakkie uit. Een sonder maat. Sy haal die glasbottel met vars melk uit wat 'n buurvrou, wat sy nog nie ontmoet het nie, vroegoggend voor haar deur gelos het met 'n nota daarby: *Welkom op Aronspoort.*

Dit het omtrent twee weke gevat om die offerande te verdien, maar nou ja. Die melk waarop 'n dik laag room dryf, is seker ongepasteuriseerd. Sy gooi die bakkie halfvol en skuif dit onder die kombuistafel in.

Hester se toonnaels klik op die vloer en sy maak natterige geluidjies soos sy drink.

Vat Margaret haar altyd oral met haar saam?

Sy moes dit hardop gevra het, want Margaret antwoord: "Nee. Maar as die polisie my kom haal, wat sal van haar word? Kyk net wat het met haar ma gebeur. Die plaaswerkers hier rond eet ystervarke."

"Is dit nie bietjie rassisties om so iets te sê nie?"

"Rassisties? Nee. Dis bloot kultuur. En sleg vir die ystervarke."

Mevrou Smit moet saamstem. Hester is onaardig, maar sy wil haar ook nie graag in 'n pot sien nie. "Maar wat laat jou dink dat jy gearresteer gaan word?"

"Ek sê mos: Hulle het Henk laat gaan en ek is volgende aan die beurt."

Mevrou Smit kry 'n plan. "Het jy miskien raad om bloedvlekke uit 'n vloer soos dié uit te kry?"

Margaret Fourie frons. "Bloedvlekke?" vra sy, haar wenkbroue weer bo tussen die los haartjies op haar voorkop.

"Ja. Kyk daar, reg onder jou voete. Dis waar Suzette se kop gelê het."

Margaret Fourie gee 'n sprong en 'n gil.

Mevrou Smit tel die blou Gideonsbybel van die kas langs die stoof af, maak dit oop en trek 'n naam dood.

"Wat doen jy?" vra Margaret, nuuskierig.

"Ek probeer vasstel wie 'n vrou in my kombuis vermoor het. Soms is dit bloot 'n proses van eliminasie. Daardie donker vlek onder jou voete – wie weet wat daar gebeur het? Oom Apie het dalk 'n bottel met Worcestersous laat val, of dalk iets van ligter kleur wat met verloop van tyd donkerder geword het. Maar Suzette se bloed was dit nie, want sy het dié kant van die tafel gelê."

Mevrou Smit beduie na waar haar eie voete op die vloer rus. "Hier was 'n moerse bloedkol, maar ek het dit met soutwater geskrop tot dit heeltemal verdwyn het. Soutwater werk goed vir bloed."

"Hoe weet jy dit?"

Mevrou Smit probeer onthou hoe sy aan dié kennis gekom het. Dis verbasend wat 'n vrou alles kan leer as jy met een van die grootste skurke in die Kaap getroud was.

Sy trek haar skouers op.

Die ketel kook.

"Jy moet nog steeds na Hester kyk. Sy hou van jou."

Mevrou Smit kyk onthuts na die bondel penne wat styf langs haar kom staan het waar sy besig is om lepels rooibostee in 'n pot te meet. Sy begin al hoe meer van rooibos hou.

Hester steun luid.

"Ek kan nie 'n ystervark hier aanhou nie." Mevrou Smit probeer haar been wegtrek, maar die ystervarkie kom net nader.

"En waarom nie? Hier is oorgenoeg plek. Jy kan nie so vroualleen hier bly nie. 'n Ystervark is goeie geselskap en boonop is hulle goeie waghonde."

Mevrou Smit gaan aan die lag. "Komaan, wil jy nou vir my sê sy kan blaf?"

"Nee, maar sy het 'n manier om in die nag moedswillig onder jou voete te beland."

Mevrou Smit grinnik. Asof Hester weet sy is die onderwerp van bespotting, gaan soek sy lêplek onder die tafel en draai haar rug op hulle.

'n Deuntjie begin speel iewers, veraf, en Margaret Fourie steek haar hand in haar boesem en bring 'n outydse soort selfoon te voorskyn. "Margaret Fourie … ja … ek is tans op die dorp … Hoekom? … Dis nie nodig nie, ek sal self kom. Goed. Ek's daar oor tien minute."

"Die polisie?" vra mevrou Smit, want die uitdrukking op Margaret se gesig is strak. Sy weet nou wel Margaret is onskuldig, maar haar reaksie op die kombuisvloer sal nou nie juis as sterk getuienis tel nie.

Margaret knik. "Hester?"

Mevrou Smit sug. "Nou goed dan. Maar net vir 'n rukkie."

Dit raak al hoe belangriker dat mevrou Smit die moordenaar van Suzette Pelser vang.

Hester ratel haar penne, asof sy saamstem.

Die ystervark kan nie hier by haar bly nie. Hoe kyk 'n mens na 'n ystervark?

Margaret het vir haar 'n wortel gevoer, daardie dag toe sy by haar was in haar plaashuis bo teen die berg. Sy maak die agterdeur oop en stap uit na die tuin. Die ystervark volg haar. Agter die dam is 'n afgekampte stuk grond waar oom Apie groente gekweek het. Daar was genoeg reën dat alles nog groen en ruig is, maar dis 'n deurmekaar gemors met 'n stuk verlepte groen skadunet wat oor 'n stellasie van teerpale getrek is. Baie onaantreklik. Sy het nog nie eens begin dink hoe om die tuin onder hande te neem nie en het nog skaars aandag daaraan gegee.

Nou merk sy skielik die groot donkergroen bome vol vruggies wat sy nie ken nie. Neute dalk? Die bome is in netjiese rye geplant en vorm 'n boord wat tot by die rivier afloop. Hier is 'n blok olyfbome en 'n ry perskebome, ook aan die huis se kant van die boord, met 'n tapyt vrot perskes op die oorgroeide kweek. Die voëls maak 'n heerlike gemors daarvan, om nie eens van die vyeboom langs die huis te praat nie.

Eers, die groentetuin.

Mevrou Smit stoot die hekkie oop en Hester beur tussen haar bene deur. Die ystervark verdwyn tussen 'n warboel tamaties in en begin snuffel en grawe in die sagte bruin grond. Die heining om die groentetuin is dalk nie so 'n slegte idee nie, besluit mevrou Smit, met snuffelaars soos dié in die omtrek. Sy het 'n vermoede 'n ystervark of twee sal sommer gou-gou die hele tuin opruim.

Hester is nog 'n jong ystervark – skaars gespeen, volgens Margaret. Dié dat sy so lief is vir melk. Maar nou kry sy 'n perske wat onder die tamatiebos ingerol het. Sy hou die vrug tussen haar voorpootjies vas en steun van lekkerkry terwyl sy daaraan knaag.

Mevrou Smit gaan sit plat op 'n kolletjie kweek, tussen 'n bedding oorgroeide spinasie en 'n komposhoop, om haar nuwe pleegkind beter te kan sien.

Hester se kop en pote is bedek met sagte swart pels. Sy het 'n kuif van fyn wit penne wat skuins oor haar voorkop val, heel windmakerig. Van agter haar nek af raak hierdie penne langer en hard, om 'n stekelrige romp te vorm wat tans glad oor haar rug lê.

In die wildtuin het sy al gesien hoe enige vinnige beweging daardie penne kan laat regop staan, soos 'n waaier, of 'n pou op hitte. Ystervarke maak 'n ratelgeluid met die korter hol penne op hulle sterte. Nog 'n afskrikmiddel.

Die kort ratelpenne steek onder die langer rugpenne uit soos Loretta se tennisbroekie wanneer sy aspris laag buk om 'n bal op te tel. Die gedagte laat haar grinnik en sy knipoog vir Hester. Die ystervark se blink bruin ogies kyk haar vir 'n oomblik stip aan.

Hester se kieste is vol perske gestop. Die lang, welige wit snorbaarde weerskante van haar stomp snoet begin weer roer soos sy kou.

"Jy is eintlik maar net 'n groot rot in 'n stekelrok, nie waar nie?" Maar Hester steur haar nie aan die opmerking nie. Sy draai die perske behendig om om by die sagte vleis aan die ander kant van die pit uit te kom. Haar voorpote is stewig, gebou om te grawe.

"Hmf," sê mevrou Smit. Sy staan op en stof stukkies bas van haar boude af.

Sy kyk om haar rond. Die groentetuin is verwaarloos, maar hier is potensiaal. Oom Apie het besproeiing vanaf die dam langsaan aangelê. Water is nie skaars nie. Maar 'n vinnige inspeksie wys haar dat die stopkraan toegedraai is en die groente waarskynlik net met die reën moes klaarkom.

Hoe lank gelede is oom Apie oorlede? Sy moet onthou om hom te vra wanneer sy hom weer sien.

Die gedagte laat haar grinnik.

Sy draai die stopkraan oop en rye blink druppels spat oral uit die aarde, stik, en verander in mildelike sproei.

Hester proes, maar hou aan vroetel met haar perske. Mevrou Smit draai die stopkraan eers weer toe. Wie wil nou 'n nat ystervark in die kombuis hê?

Sy doen inspeksie.

Kry 'n mandjie op 'n klomp omgekeerde kratte en begin oes. Tamaties, soetrissies. 'n Snoeiskêr hang aan 'n spyker op een van die teerpale en sy knip twee blinkpers eiervrugte af.

Hoe lank bly sy al hier? Die wond op haar skouer het al genees en so baie het sedertdien gebeur. Sy het nog nie eens tyd gehad om haar nuwe werf te verken nie.

Hierdie groentetuin kort net 'n bietjie skoonmaak.

Skoffel, onthou sy die woord skielik. Mevrou Smit het nog nooit geskoffel nie. Maar sy is seker sy kan. In die hoek van die groentetuin is 'n klein houtskuur, eerder 'n wendy-huis, en dis sekerlik waar oom Apie sy grawe en skoffels en goed gebêre het.

Die perskepitpaadjie tussen die rye kool (wat al saad geskiet het) en 'n onbekende blaregemors, halfdood, kraak onder haar tennistekkies toe sy oorstap. Daar is 'n skuifslot aan die deur, maar dit is nie gesluit nie. Vir 'n oomblik gly 'n rilling by haar ruggraat af. Daar is 'n voetspoor in die modder langs die deur.

Dit lyk vars, maar wat weet sy van voetspore af?

Die nota by die leidam. EK HOU MY OOG OP JOU.

Iemand is reeds hier vermoor en nog twee mense is dood vandat sy op die dorp aangekom het. Oom Bos en Katarina. En tannie Annatjie, amper! Oom Bos was dalk haar skuld, maar die ander twee … sy is bly toe Hester al protesterend aangewaggel kom. Haar perske is seker op.

Wil sy ook sien wat in die houthuisie is?

Die son is nou onder en skielik is dit skemer. Sy klap die deur toe en skuif die slot gou terug. Waar kom die skielike gevoel van onheil vandaan? Haar senuwees is heeltemal op hol.

Môre is nog 'n dag.

Sy stap terug huis toe, haar rug regop.

Hester waggel protesterend agterna, haar stekelrige hart sekerlik in twee geskeur. Die tuin is haar nuutgevonde paradys. Ystervarke is nagdiere, nie waar nie? Maar Hester is nog 'n baba en toe mevrou Smit buk om 'n hand onder haar magie in te steek en haar versigtig optel, protesteer sy nie.

In die kombuis sluit mevrou Smit die deur agter haar. Sy sit die mandjie op die kombuistafel neer en vir die eerste keer trek sy die stowwerige bruin gordyne toe, dig oor die groot vensters wat oor die werf en die rivier en die nuwe donker van die aankomende nag uitkyk.

Hester snuffel om haar voete. Sy spoel die grond van 'n groot wortel af en bied dit aan as soenoffer.

Die ystervark vergewe haar alles.

Sy het vuur in die aga gemaak en die pype vir badwater oopgedraai. Dit was 'n lang dag. Die hele botteltjie stortseep wat nog van haar verblyf in die dorp se hotel af kom, het net so in die stomende water beland en sy het vir haar 'n groot glas wyn ingegooi. 'n Waterglas, want wynglase het sy nog nie.

Hester het haar kom uitstrek langs Loretta se tennisrompie wat sy net daar in die hoek van die badkamer afgeskil en laat lê het. Met 'n salige sug sak sy weg in die warm waterweelde. 'n Kers brand op die rand van die bad vir atmosfeer.

Donker bekruip die res van die huis.

Dit is wat sy die meeste gemis het daardie maande in die wildtuin: 'n bad soos hierdie.

Haar selfoon, die een vir besigheid, lui in die kombuis. Sy skrik.

Die dokter se spreekkamer. Sy het vir Hannelie haar nommer gegee sodat hulle haar kan laat weet hoe dit met tannie Annatjie gaan. Sy spring uit die bad.

Sy is net betyds by die foon.

"Hallo?"

"Mevrou ... Smit?"

Tomas se stem. Haar hele nat lyf voel skielik warm. "Uh-hu," kreun sy en hoop dit klink meer verleidelik as belaglik. Sy stap oor na die gordyn en trek dit op 'n skreef oop sodat maanlig die donkerte uit die kombuis verdryf.

Sy drup 'n poel water oor die plek waar Suzette se bloed so vrylik gevloei het.

"Ek wou net laat weet ..."

Vir wat stotter die man so?

"Tannie Annatjie?"

"Steeds in 'n koma. Ek is bevrees dat sy dalk ook 'n ligte beroerte gehad het, wat ek eers weens haar hipoglukemiese koma misgekyk het. Ek het gereël dat sy oorgeplaas word na die groot hospitaal op Worcester. Die ambulans het haar reeds kom haal."

"En nou?"

"Sy sal 'n breinskandering kry en dan sal ons maar moet sien. Sy is nou in die spesialiste se hande."

Sy kyk na die donker plassie water wat om haar voete vorm. Genade, tannie Annatjie! Die geheim van wat in hierdie kombuis gebeur het, is dalk vir altyd in daardie verkrummelende ou brein opgesluit. Hulle moet haar red.

"Ek is seker hulle sal alles doen wat hulle kan. Jy weet, ironies genoeg, het die koma haar brein ook beskerm toe dit gebeur het. Dalk. Ek hoop so, maar neurologie is nie my veld nie. Ek probeer seker net positief bly. Dalk het die hipoglukemie die selle juis kwesbaarder gemaak. Ek weet nie. Ek is deesdae maar net 'n plattelandse dokter."

Sy verstaan skielik. Tomas blameer homself.

"Nonsens, Tomas Barnard. Jy is 'n uitstekende dokter. Almal weet dit. So goed dat jy eintlik glad nie in hierdie armpit van die aarde hoort nie. So goed dat ... jy weet, die hele dorp aanbid jou, nè? En dis nie net oor jou mooi blou oë nie. Jy het die wond op my skouer beter as enige plastiese chirurg toegewerk. Jy was daar toe tannie Annatjie jou nodig gehad het. Sonder jou was sy dood!"

Sy druk haar linkerskouer onder haar neus in, nader aan die telefoon, asof sy hom wil wys hoe netjies die wond toegegroei het. In die dowwe lig wat deur die venster val, maak die wond 'n silwer naat oor die gladde vel van haar skouer. Die steke moes seker al uitgekom het, maar sy het 'n besoek aan sy spreekkamer vermy.

"Jy het gesê ek het mooi blou oë?"

"Is dit al wat jy gehoor het?"

"Dankie," sê hy. "Dit help dat jy so dink."

"Oor jou oë, of dat jy 'n goeie dokter is?"

"Beide." Hy sug. "Dis maklik om perspektief te verloor as jy in my skoene is."

"Perspektief is moeilik vanuit enige paar skoene."

Wag tot sy hom dalk eendag meer kan vertel van al haar skoene. Maar, met 'n sinkende gevoel in haar binneste, weet sy dat daardie dag nooit sal kom nie. Haar skoene het al te vreemde draaie geloop. Haar pad vorentoe is 'n enkel ry spore. Dit is hoe dit is.

"Kry jy koud?" vra sy stem in haar oor. "Klink of jou tande klapper."

"Wel," sê sy. "Ek was in die bad."

"In die bad?" Hy lag. "Al weer! En nou? Waar is jy nou?"

"In my kombuis. Sonder klere. O ja, ek het 'n ystervark."

Sy stap in die donker gang af terug badkamer toe, foon en al, met Hester snorkend en protesterend op haar hakke. Sy kry 'n groot handdoek en draai dit om haar lyf. Sy druk haar voete in haar wollerige pantoffels. Dit alles terwyl sy hom vertel van Margaret Fourie en haar vreemde versoek. Sy stap terug, deur die donker gang, na die hitte van die stoof in die kombuis.

"As jy my vra, wou sy net van die dier ontslae raak. Margaret is berug daarvoor. Sy tel rondloperhonde en -katte op en laai hulle dan af by mense wat sy vir hulle uitkies. Soort van 'n matchmaker vir troeteldiere. Dis hoe Elsa haar miniatuurpoedel gekry en ek 'n groot gemmerkat ryker geword het. Sy naam is Rocky. Ons kom eintlik heel goed oor die weg."

"Maar dié een is 'n ystervark, Tomas. 'n Ystervark!"

"Klink vir my na 'n goeie match vir jou."

Hy lag haar sowaar uit.

"Ek sou jou nou nie eintlik as 'n kat-man beskou het nie."

"Maar dan het jy nog nie vir Rocky ontmoet nie. En in elk geval, wat is fout met katte? Leeus is die konings van die oerwoud."

"Leeus bly nie in oerwoude nie." 'n Paar maande in die wildtuin het haar slim gemaak. Leeus is verruklike diere, maar hulle verkies die oop veld.

"Ek kweek ook rose. Wys net, jy moet 'n man nie op sy baadjie takseer nie."

"Dis tyd dat jy die steke uit my skouer haal."

"Wel, ek werk soms na-ure ..."

Skielik onthou sy van die afspraak wat hy vanaand gehad het. "Loretta! Jy sou haar na 'n deftige restaurant toe geneem het vanaand. Die dorp se mense is vas oortuig jy sou—"

"Ek sou wat?" Sy stem is skielik stug.

"Wel, jy weet ... hoe gaan dit met haar voet?" vra sy, haar stem so soet en onskuldig moontlik.

"Niks ernstigs nie. Net 'n ligament in haar enkel. Waar het jy so leer tennis speel?"

"Ek kan nie eintlik tennis speel nie—"

"Dit kon ek wel sien. Maar met 'n bietjie afrigting sal jy goed wees. Al daai aggressie."

"Mevrou Dominee se dominee het aangebied om my touwys te maak."

"Fred? Pasop vir hom. Hy is heeltemal te vatterig."

"Jy weet hy het dalk iets met Suzette aangehad?"

"Nee. Waar kom jy daaraan?"

Sy het haar nou op die vloer tuisgemaak, rug teen die kombuiskas, net na genoeg aan die stoof se mildelike hitte. Sy vertel hom van die Bybel wat sy in die slaapkamer gekry het en die notas in Suzette se dagboek. En, o ja, dat sy die dagboek het en hoe sy dit gekry het. Maar sy vertel hom nie van haar inbraak in Langeberg Eiendomme se kantore nie. Hy is nou wel 'n dokter, maar die hippokratiese eed het sekerlik sy beperkinge. Iewers moet jy die streep trek.

"Jy dink nie jy moet daardie dagboek dalk vir die polisie gee nie?" vra hy.

"Dalk. Maar dan gee hulle my moeilikheid omdat ek dit so lank gehou het. En jy mag hulle niks sê van wat ek jou vertel nie. Daar is mos iets soos konfidensialiteit tussen dokter en pasiënt, nie waar nie?"

Hy sug weer.

Vir Hester het sy 'n appel uit die vrugtebak op die tafel gehaal en die ystervark neurie asof sy 'n deuntjie sing.

"My ystervark kan sing."

"Waarvan praat jy?" vra Tomas.

"Luister!" Sy hou die telefoon uit na Hester. "Hoor jy?"

"Ek hoop sowaar dis die ystervark wat so maak en nie jy nie."

"Sy eet 'n appel. Sy sing wanneer sy gelukkig is."

"Die vrou met die singende ystervark. Wat sou jy sê is sy: mezzo-soprano of alto?"

"Eerder contralto." Aan weerskante van die verbinding gaan hulle aan die giggel.

"So jy hou van opera?"

Hou sy van opera? Nie regtig nie. Maar opera was een van Jerry se ongewone passies. Jerry was so 'n komplekse man. Gesofistikeerd, onder sy rowwe uiterlike. Hy het van die wetenskap en filosofie ook gehou en gedurig met die vreemdste stories vorendag gekom. Diotima se leer, Schrödinger se kat. Haar keel voel skielik dik.

"Jy wou my iets sê. Iets belangriks?"

Sy sukkel om haar gedagtes terug op hok te kry. "Iets oor tannie Annatjie?" por Tomas se stem in haar oor.

"Ja. Sy dink sy weet wie die moordenaar is."

"Wat?"

"By die kermis. Sy het my gesê dat sy weet wie die moordenaar is. Sy het blykbaar daardie oggend met Britney by die rivier gaan stap."

"Wie is Britney?"

"Elsa se mikroskopiese poedel. Die een wat sy klaarblyklik by Margaret gekry het, soos jy netnou vertel het."

Stilte.

"Tannie Annatjie het daardie dag onder jou huis verbygestap?" vra hy dan.

"Net so. En?"

"Jy weet, mens kan tot in jou kombuis sien wanneer jy by die draai staan waar die wilgeboom omgeval het. Dink jy regtig tannie Annatjie het iets gesien? Hoekom het sy dan niks gesê nie?"

"Sy het blykbaar vir Elsa vertel, maar dié wou haar nie glo nie. Sy wou jou ook vertel, maar het nie daarby uitgekom nie en sy het my probeer vertel kort voor haar … toeval. En ek dink sy het daarvan gehou om die hele dorp te sien rondskarrel. Jy weet hoe tannie Annatjie is."

Vir 'n paar sekondes sê Tomas niks nie. "Ja, ek weet hoe sy is. Maar moord? Hoekom sou sy nie dadelik polisie toe gaan nie?"

"Miskien was sy nie doodseker nie. Hoe goed is tannie Annatjie se oë?"

"Wel, sy ly al jare lank aan diabetes. Een van die organe wat maklik aangetas word, is die oë. Maar sy het nog nooit gekla nie."

"Sou sy?"

"Tien teen een nie. Tannie Annatjie is een van daardie ou skool wat glo aan vasbyt en deurdruk. Sy dra bril, natuurlik. Mens kan haar optometris kontak en vra."

"Die polisie sal dit sekerlik doen, as sy ooit met haar storie vorendag kom."

"En as die saak uiteindelik in die hof beland het, sou die verdediging vir seker 'n bohaai oor haar ouderdom en haar sig gemaak het. Om nie van haar neiging tot praatjies te praat nie. Daarvoor is daar baie getuies."

"Maar selfs as sy nie 'n betroubare getuie is nie, sal sy ons kan sê wie die verdagte is en dan sal ons weet waar om te soek om ordentlike bewyse te kry."

"Ons? Wie's jou ons?"

"Wel, die polisie, natuurlik."

Hester se penne ratel en skiet orent.

"Ek hoop nie jy kry dit in jou kop om self die moordenaar te probeer aankeer nie. Onthou, Suzette is nie sy enigste slagoffer nie. Iemand het tannie Annatjie met opset probeer indoen. Én vir Katarina. Dit lyk nou wel na selfdood, maar as jy nie daardie nota geskryf het nie, wie het? Tessa, jy moet versigtig wees."

Sy registreer nie dat hy haar nuwe voornaam gebruik het nie. Of dat hy skielik besorg is en haar nie meer van moord en onmin verdink nie. Ondanks die vuur in die aga, het sy yskoud geword. Haar hele wese fokus skielik op die skrefie groentetuin wat sy deur die gleuf kan sien waar sy die gordyn weggetrek het.

Iemand is daar buite. Sy is nie alleen nie.

"Hallo, is jy nog daar?" Tomas se stem aan die ander kant van die verbinding.

"Sjt," waarsku sy saggies. "Hier's iemand."

"Wat sê jy? Praat harder."

Haar keel het toegetrek. "Hier is iemand in my agterplaas." Sy praat steeds so sag dat hy dalk nie kan hoor wat sy sê nie. Sy trek die handdoek stywer om haar lyf vas.

Langs haar ratel Hester weer haar penne. Ystervarke kan nie goed sien nie, het Margaret gesê, maar hul gehoor is uitstekend.

Sy beweeg versigtig. Buite skyn die maan. Al lig in die huis is die kers wat sy in die badkamer aangesteek het. Die donker is nou haar vriend. Die alarmstelsel sou sy eers aktiveer wanneer sy in die bed klim. Nutteloos. Daar is 'n paniekknoppie by die voordeur en die agterdeur en langs haar bed. Sy kan dit druk, maar dan gaan wie ook al daar buite is, weghol. Sy wil eers weet wie dit is en wat hy soek. Dalk is dit 'n vrou? Maar nee. Vrouens sluip nie so in die donker rond nie.

"Praat met my," sê sy sag vir Tomas.

"Wat gaan aan?"

Die man daar buite staan nou net agter die venster. Sy kan sy buitelyn vaagweg teen die gordyn uitmaak. Kan hy hoor wat sy sê?

"Hier's iemand hier buite," fluister sy weer en praat dan harder: "Ek dink daaraan om 'n span te kry om die perskebome te kom snoei."

Hy weet nog nie sy het hom gesien nie.

"Wat? Ek kan jou nie lekker hoor nie. Wat praat jy nou van perskebome?" vra hy. "Die somer is klaar verby. Perskebome snoei jy in die lente."

Sy antwoord hom nie, al haar aandag nou op die sluiper daar buite.

"En die leivore moet skoongemaak word. Hier is baie werk om te doen." Sy probeer haar stem normaal hou. "Dink jy jy kan kom help?"

"Wel … natuurlik. Maar ek is 'n dokter, onthou. Ek weet nie veel van bome snoei en leivore en so nie. Ek kan—"

"Nou," sê sy hard, haar gesig steeds teen die ruit. "Kom sommer dadelik."

"Dis tienuur op 'n Saterdagaand. Ek kom graag, maar nie om bome te snoei nie."

"Kom haal dan my steke uit. En hier is 'n spinnekop." Haar hart bons in haar keel. "Ek—"

"Jy's bang vir spinnekoppe?"

"Doodbang. Jy's op pad? Fantasties. Maar bly op die foon. Dan kan jy hoor as … die spinnekop my dalk byt."

Paniek oorval haar.

Die deure is gesluit. Die slotte is vervang.

Wie is daar buite? Sy stap met lang treë die donker gang af. Haar voet stamp teen die kis voor sy dit sien. Sy swets. Sy laat haar hand oor die koue porseleinkop van Jerry se hondjie gly. Sy tel dit op en druk haar nael by die soom tussen die rubber en die porselein in, trek dit los. Die pakkie binne-in glip maklik in haar hand: swaar, los toegedraai in 'n vadoek.

Sy vou dit oop en haal die pistool uit. Die Glock 26 is 'n subkompakte 9x19 mm-pistool, kleiner as die meer bekende Glock 19. Dit is semi-outomaties en kan tien rondtes afvuur voor jou slagoffer sy oë kan uitvee.

"Wat gaan aan? Is dit 'n bootie call?"

Sy is skielik woedend. Wie dink hierdie dokter is hy? Wat dink hy is sý? Maar sy staan nou in die gang in die middel van die huis. Die mure is dik en sy is nie meer bang dat wie ook al daar buite is haar kan hoor nie. Die gewig van die pistool in haar hand gee haar ook nuwe moed.

"Regtig? Moet ek op jou skree? Hier is iemand hier buite, onnosel. Hy hou my dop. Bly verdomp waar jy is. Ek wou hom net laat dink ..." Sy druk haar selfoon tussen haar ken en haar skouer vas en span die Glock sodat die eerste koeël met 'n geoliede klik in die loop inglip.

"Wat was dit?" vra Tomas. "Wat was daardie geluid?"

"'n Hus met lang ore," sê mevrou Smit. "Ek moet nou gaan. Totsiens."

Sy verbreek die verbinding.

Eers gooi sy 'n trui oor haar kop en trek 'n sweetpakbroek sommer oor haar kaal boude. Sy druk haar voete terug in die wollerige pantoffels en tel die pistool weer op. Sy beduie na Hester om stil te wees, asof die dier haar sal verstaan, en sluip na die voordeur toe. Sy draai die sleutel in die nuwe slot, geruisloos, en stoot die deur oop. Hester skuur tussen haar bene verby en draf vooruit, af by die stoeptrappe. Haar skaduwee smelt weg in die skadu's van die roosbome in die voortuin.

Mevrou Smit, met haar swaarder lyf, moet meer versigtig wees. Die perskepitte op die paadjie sal kraak wanneer sy daarop trap. Sy gaan links om, tot op die rand van die voorstoep, en swaai dan haar bene oor die stoepmuur.

Sy land op die sagte gras langs die kant van die huis.

In die maanlig sien sy Hester koers kies in die rigting van die groentetuin. Die aand is stil, 'n hemel verlig deur 'n duisend sterre en die silwer skyf van die amper volmaan wat verrys in die ooste. 'n Motor ry in Kortstraat. 'n Uil roep. Daar is paddas by die rivier.

Haar hart klop in haar ore.

Sy verwens haarself dat sy die linkerkant van die huis gekies het en nie eerder regs gegaan het waar daar meer skadu's is nie. Maar nou is dit te laat.

'n Gil. Gedemp, maar onwillekeurig. Soos iemand wat in die donker teen iets vasgeloop het. Nog geluide: 'n kreun en 'n sagte geswets. Vinnige voetstappe.

Sy maak haar lyf klein teen die muur. Motorligte swiep skielik oor die blare van die vyeboom langs haar. Die geluid van 'n enjin kom nader en stop voor haar huis.

Tomas se Land Cruiser.

Deksels!

Sy storm om die hoek van haar huis en wens sy het 'n flits by haar gehad. Daar is 'n beweging agter by die skadunet van die groentetuin, maar die donkerte van die perskeboord sluk die indringer in. Van daar af is dit maklik om die rivierpad te vat, ongesiens.

Die motordeur klap en Tomas kom met 'n geknars van 'n trop buffels oor die voetpad aangestap. Hy spring die stoeptrappe met een haal op en dawer aan haar voordeur.

Is dit nou hoe jy iemand help om 'n sluiper te vang? Vies druk sy die pistool in die rek van haar broek onder die groot los trui en stap terug om die huis.

"Die voordeur is oop."

Tomas wip soos hy skrik toe sy agter hom praat. "Is jy gek, vroumens?"

In die donker op die stoep kan sy nie sy gesigsuitdrukking peil nie. "Jy praat deurmekaar, van spinnekoppe en bome wat gesnoei moet word en dan sê jy iemand hou jou dop? Vir wat loop jy dan alleen hier buite rond?"

"Hier was iemand in my erf," sê sy. "Hy het my afgeloer."

"Afgeloer?"

"Ek sê mos so. Maar ek dink … ek beter gaan kyk of Hester orraait is."

Sy stoot die voordeur oop en sit die ganglig aan. Die lig breek die spel van die maanlignag en Jerry se leë porseleinhondjie kyk haar verwytend aan vanaf die kis langs die muur.

"Laat ek voor loop." Tomas stap by haar verby. Agter sy rug druk sy die pistool terug in sy wegsteekplek en seël die rubberdeksel weer vinnig oor die onderkant van die hondjie.

"Sit," sê sy vir hom en stap deur kombuis toe. Die huis ruik na die laventel van die kers wat in die badkamer brand en haar badseep.

Tomas het in die kombuis vasgesteek. "Die agterplaas," beduie sy en soek na 'n flits in die kombuiskas. "Die ou het reeds padgegee rivier se kant toe, maar Hester ..."

"Wie's Hester?"

"My ystervark."

"Natuurlik."

Hulle kry vir Hester in die groentetuin, besig om te smul aan 'n tamatie wat sy tussen haar voorpootjies rondrol. "Wat is daardie geluid?" vra Tomas.

"Sy neurie. As sy tevrede is."

"Sy sing?"

"Ek het mos so gesê. Contralto."

Tomas buk en tel 'n paar los penne op wat langs haar lê. Dit lyk of daar 'n skermutseling was en Hester definitief nie tweede gekom het nie.

"Kyk!" Daar is groot voetspore in die nat grond. Definitief dié van 'n man. Sy lig met die flits in die rigting van die huis. Hy het modder tot teen die kombuisvenster getrap.

"Margaret het gesê sy is 'n goeie waghond." Mevrou Smit vind die situasie skielik snaaks.

"Jy sal beter sekuriteit moet kry," brom Tomas. Nog 'n motor kom aangery en stop voor in die straat. Die hekkie kraak.

"Dis Pieterse," sê Tomas.

"Die polisie-ou?" vra mevrou Smit.

"Ek was bekommerd oor jou."

Sy lag hom uit. "En jy reken Pieterse kan jou help om 'n boef te vang?"

"Wel ..."

Sy skakel die flits af en stap terug kombuis toe. Sy gaan maak die voordeur oop. "'n Vals alarm, konstabel," sê sy.

"Hier was wel iemand—" begin Tomas.

"Ag nee wat, ek het my net verbeel."

"Maar—"

"Die polisie het sekerlik belangriker werk om te doen, nie waar nie, dokter Barnard? Dankie vir julle al twee se sorgsaamheid, maar alles hier is onder beheer."

Sy bondel beide mans by die voordeur uit en klap dit agter hulle toe.

Hy het die polisie geroep, verbeel jou.

Met 'n halwe oor luister sy na die protesterende stemme op die voorstoep, dan gee hulle moed op en ry weg.

Mevrou Smit is bly oor die blou lig op Pieterse se bakkie. Wie ook al haar besoeker in die groentetuin was, sal sekerlik nie vanaand weer terugkom nie.

Sy gaan lok Hester met 'n appel terug kombuis toe, aktiveer die alarm, trek haar klere uit en kruip in die bed. Maandag sal sy Klein Karoo Sekuriteit bel om een van daardie ligte met bewegingsensors by haar agterdeur te kom installeer.

Sommer 'n paar aan weerskante van die huis ook. En 'n katdeurtjie vir Hester sodat sy kan kom en gaan soos sy wil. Dalk eerder een vir 'n mediumgrootte hond.

Hester groei nog.

20

Sondae op Aronspoort gaan nooit met haar akkordeer nie, vrees mevrou Smit. Dis maar net haar derde Sondag op die dorp en sy weet reeds dat hierdie tydgleuf haar achilleshiel gaan wees.

'n Swaar stilte hang oor die breë strate. Selfs die son is lui en 'n trae wind sonder spesifieke rigting skuifel 'n paar droë blare heen en weer oor die teer. Geen honde blaf op 'n Sondag op Aronspoort nie. Hulle weet van beter.

Sy rol haar moue op, pak die blêrkassie wat saam met haar trek gekom het uit en draai die volume oop. Goeie, outydse rockmusiek. Soort van, want dit is nie te goed nie en nie te oud nie. Mevrou Smit, in al haar permutasies, is nie musikaal nie en haar smaak verval meestal in geluide met ritme. Maar dit help haar werk en skakel haar gedagtes af sodat sy kan konsentreer op eenvoudiger take. Soos om die sitkamer van sy ou, gevlekte muurpapier te stroop.

Sy het 'n serp om haar hare gebind en het 'n los T-hemp aan oor 'n kortbroek wat sy in dieselfde afdelingswinkel as die meeste van haar ander klere gekoop het. Haar voete is kaal. Sy het al die gereedskap wat sy nodig het in oom Apie se skuurtjie gevind.

Op die helder Sondagoggend het alle voorspooksels verdwyn.

Maar dalk het die man wat haar gisteraand dopgehou het al meer as een keer hier geskuil? Die voetspore lyk vir haar baie nes die stewelspoor wat sy vroeër daar gesien het. Dis moontlik.

Sy sal 'n slot vir die skuurtjie koop, net môre. Maar nou is sy toegerus met 'n breë, plat skraper en ander naamlose dinge wat lyk of dit kan help om van muurpapier ontslae te raak. Ook 'n besem en 'n skoppie, want vroeg in die projek reeds is dit 'n heerlike gemors. Daar is 'n kol agter die staanlamp in die hoek waar die muurpapier klam en amper vrot is, stellig 'n waterprobleem. Sy sal iemand moet kry om die vensterrame te seël en miskien ook die dak. Wat weet sy van waterlekke af?

Maar vandag pla dit haar nie. Sy het werk om te doen.

Dit amuseer haar vir amper tien minute voor dit haar begin irriteer.

Haar maag grom.

Hester lê vas aan die slaap op die drumpel tussen die sitkamer en die gang, haar agterbeentjies agter haar uitgestrek en haar maag plat op die vloer. Haar penne rus glad oor haar rug; sy is heeltemal ontspanne. Die paar penne wat sy verloor het in gisteraand se skermutseling met die afloerder skeel haar min.

Skielik spring daardie penne op aandag.

Mevrou Smit kyk deur die venster en sien die tamatierooi Fiat 500 wat voor in die straat tot stilstand gekom het. Die perskepitte knars. 'n Klop aan die deur.

Wat soek Farini hier? Sy skarrel terug na haar slaapkamer toe, op soek na die goueraambril met die dik glase. Haar hare is deurmekaar genoeg. Hoe versigtig moet sy wees? Dalk sal hy weggaan as sy tjoepstil bly en maak asof sy nie hier is nie.

"Mevrou Smit, ek weet jy's hier." Dario Farini klop weer.

Sy sug.

Verslaggewers kan vrypostig wees. As sy nie nou met hom praat nie, sal hy haar wel iewers anders voorlê. Op 'n dorp soos Aronspoort is daar verbasend min wegkruipplek.

Sy maak die voordeur net op 'n skrefie oop.

"Wat?" Sy frons verskriklik.

"Ek is Dario Farini van die—"

"Ek weet wie jy is. Wat wil jy hê?"

"Ek het gehoop ons kan 'n bietjie gesels. Oor die moord op Suzette Pelser. Dit het in hierdie huis gebeur, nie waar nie?" Hy kyk op na die stoepdak en dan na die pilare van die stoep en oor sy skouer na die voortuin, waar oom Apie se wit rose langs die paadjie blom.

'n Moordhuis?

Sy voel skielik besitlik oor haar nuwe blyplek. Wat weet hy? Wat weet hy van die koel water in die sinkdam agter die huis, die plek waar die houtvloer in die gang kraak wanneer sy kombuis toe loop? En die stoof wat so perfek sorg vir hitte in die huis en die diep ysterbad in die badkamer?

"Dis veel meer as net 'n plek waar iets slegs gebeur het, vir 'n paar sekondes lank."

"Maar die lyk het 'n ruk hier gelê, nie waar nie? En u het dit gevind? Dit moes tog 'n skok gewees het?"

Vrae het 'n manier om antwoorde uit te lok. 'n Goeie joernalis soos hy behoort dit te weet. As jy genoeg vrae aan die begin van 'n onderhoud kan inkry, kry jy jou prooi aan die praat.

"Ek is besig," probeer sy nog wal gooi. "Die plek het aandag nodig en die muurpapier in die sitkamer gaan nie vanself afdop nie."

Sy draai om en begin in die gang afstap, kombuis se kant toe.

Hy stoot die voordeur oop en volg haar. "My ouma gebruik 'n mengsel van skottelgoedseep, Stasoft en louwarm water om muurpapier mee af te trek. Sommige soorte papier trek ook makliker af met 'n bietjie asyn."

"Hmf," sê mevrou Smit en voel skielik selfbewus oor die kortbroek wat sy dra en haar kaal voete. 'n Vrou is die ouderdom wat sy verdien. Nog 'n sêding van Coco Chanel wat sy onthou.

Die verslaggewer is min of meer dieselfde ouderdom as sy, kla 'n stemmetjie in haar agterkop. Maar met baie minder myle op, ondanks die effense swaarheid om sy middel. Dit is boonop veel makliker om ouer te lyk as wat jy werklik is. Eintlik 'n slim versinsel: Maak jy of jy ouer is, dink mense jy lyk jonk en wonder hoe jy dit regkry. En jy kan dit vir baie lank aanhou doen, sonder veel moeite.

Sy proes vir haar eie grappie.

"Het ek iets snaaks gesê?" vra Farini.

"Wag vir my in die kombuis. Oppas vir die ystervark."

In haar kamer haal sy die los bruin broek met die rek om die middel uit die kas en trek haar Birkenstocks aan, die keer darem sonder kouse. 'n Blik in die spieël aan die binnekant van die kasdeur verseker haar dat sy werklik onaantreklik lyk.

Met meer selfvertroue stap sy terug kombuis toe.

Farini het hom op die agterstoep tuisgemaak en is besig om 'n sigaret op te steek.

"Gee jy om?"

"Rook mense nog?" Sy ignoreer die pyp wat steeds in die asbak op die stoeptafeltjie lê. Noudat sy oom Apie beter leer ken, kan sy haar nie sover kry om daardie pyp aan te steek nie. Maar sy hou daarvan om dit hier te hê. Soms bring sy dit saans binnetoe en sit dit op die kombuistafel neer. Dit laat haar minder alleen voel.

"Sprezzatura," mompel Farini.

"Wat sê jy?"

"Sprezzatura," sê hy weer, dié keer harder. "Dis een van daardie Italiaanse woorde wat gereeld rondgegooi word. In die modewêreld gebruik hulle dit vir daardie tipe look wat moedswillig slordig is."

"Ek weet nie waarvan jy praat nie," sê sy ergerlik.

Farini bekyk haar van kop tot tone, soos net mans met Mediterreense bloed in hul are kan. "Jy bly alleen hier?" vra hy dan.

"Nee. Ek het 'n spook en 'n ystervark vir geselskap."

Hester, wat saam met haar kamer toe gegaan het, kom lui-lui deur die kombuis gestap en verdwyn in die rigting van die groentetuin. Farini se wenkbroue skiet omhoog. "Is hy mak?" vra hy.

"Dis 'n sy. Haar naam is Hester."

"Waar kom die ystervark vandaan? Jy's tog nog nie lank hier op die dorp nie?"

"Sy's in pleegsorg," verduidelik mevrou Smit.

Die sigaretrook ontstig haar. Eenmaal 'n roker, altyd 'n roker, sê hulle mos. Maar sy moet vasklou aan haar nuwe beeld.

"Vertel my van die dag toe jy ... die oorledene hier in die huis gekry het. Dit moes 'n skok gewees het?"

"Ja, dit is altyd 'n skok om 'n lyk op jou kombuisvloer te kry. Het jy enige beter vrae?"

Farini leun effens vorentoe in sy stoel. "Die polisie beskou jou nog as 'n verdagte. Jy was blykbaar vroeër die oggend op die dorp?"

"Ek was nie. Ek het net tot amper by die dorp gery, maar moes toe omdraai. Ek het iets vergeet."

"Jy was dus glad nie hier in die huis rondom die tyd wat mevrou Pelser vermoor is nie?"

"Nee. Beslis nie. Die arme vrou het die hele dag lank …" Sy dink nou eers behoorlik daaraan. Suzette Pelser het tot die volgende oggend op die kombuisvloer bly lê met haar kop in 'n plas van haar eie bloed. Het sy dadelik gesterf? As dit nie vir Jerry se hondjie was nie en as Pieterse haar nie gevang en opgesluit het nie, kon sy haar dalk nog gered het?

Of nee, sou sý dalk self die slagoffer gewees het?

Noudat sy daardie dag se gebeure in oënskou neem, besef sy dat tannie Annatjie sekerlik nie die daad self aanskou het nie. Dan sou sy dadelik alarm gemaak het. Maar sy moes iemand hier gesien het, saam met Suzette. En agterna besef het dat dit daardie persoon was wat Suzette in alle waarskynlikheid vermoor het.

As tannie Annatjie net uit haar koma kan kom, sal hulle moontlik meer weet.

Die moordenaar het reeds 'n aanslag op die ou tantetjie se lewe gemaak. Hy (of sy) weet dat sy iets gesien het.

Tomas beter seker maak dat sy niks verder daar in die hospitaal oorkom nie.

"Ek het werklik niks om vir jou te sê nie," sê sy vir die joernalis.

Farini blaas 'n stroom rook skuins op in die blou lug. Dan leun hy effens vorentoe in sy stoel. "Drie mense is dood die afgelope tyd en die moeder van die dominee se vrou lê in 'n koma in die hospitaal. Mense sê al die dinge het begin gebeur net vandat jy hier aangekom het."

Mevrou Smit leun terug in haar stoel, haar oë op skrefies agter die glas van haar bril. Hopelik het die sonlig die glase reeds donker genoeg gemaak om Farini se skerp oë te fnuik.

Sy tel tot tien. Sy tel tot twintig.

Die man is 'n verslaggewer. Dis sy werk om haar uit te lok. Maar hoe speel sy hierdie kaart? Hy weet sekerlik van haar humeur – die dorpenaars moes hom vertel het. Haar humeur het haar in die tronksel laat slaap daardie eerste aand. Haar vurigheid het Loretta haar romantiese afspraak met die dokter gekos en sy hoop háár enkel pyn nog.

Haar terapeut het gesê dat sy aan 'n soort chroniese posttraumatiese stresversteuring lei, maar sy glo nie sulke twak nie. Sy is bloot warmbloedig.

O, die rusies wat sy en Jerry darem partykeer gehad het.

Maar nie almal hou van 'n moerige vrou nie. Dit is dalk beter om vriendeliker met die verslaggewer te wees.

Sy hou haar stem kalm en gelykmatig toe sy weer begin praat: "Jy weet, dis eintlik 'n heel interessante dorp. Baie dinge gebeur. Hier is 'n trop bobbejane, die dorpsmense noem hulle die Van der Merwes, wat elke middag afkom om in die lusernland daar oorkant die rivier te kom wei. Die dorpenaars los vir hulle 'n paar pampoene en selfs mandjies vrugte. Dan bly hulle uit die boorde en tuine, dis 'n soort ooreenkoms. En een van die dae, die derde week in April, word hier 'n oesfees gehou. Tradisioneel moet die burgemeester se vrou dan op 'n wit perd in Langstraat afry. Ek kan nie wag om dit te sien nie, want sy is vet, hoor."

Stilte.

Farini glimlag geduldig, asof hy haar praatjies geniet, maar lewer nie kommentaar nie.

"Hoekom is jy hier?" vra mevrou Smit dan.

"Omdat dit so 'n interessante dorp is, natuurlik. Jy sê dit dan self."

"Nee, ek bedoel, hiér. Hier by my. Wat soek jy?"

"Inligting, soos enige joernalis."

"En wat dink jy weet ek? Alles wat ek kan sê oor die lyk in my kombuis staan in my polisieverklaring."

"En wat laat jou dink hulle deel verdagtes se verklarings met 'n joernalis soos ek? Maar nee, om 'n dooie vrou in jou kombuis te kry is een ding, maar die redes daaragter … Sien, daar is sprake van minerale wat hier in die berge gevind is. En die verkoop van mynregte en grond. Maar toe ek gaan soek na die geoloog wat hier agter in Donkerkloof rondsnuffel, is jou naam weer genoem."

"My naam?"

"Mevrou Smit. En iets van melktert. Hy was besig om op te pak. Hy sê jy weet hoekom hy padgee."

"Ek weet niks nie. Hoe sal ek nou? Ek is skaars 'n paar weke op die dorp."

"Intelligente mense kan heelwat leer in 'n week of wat. Soos wie watter grond wil koop, om watter rede ook al, en wie eintlik wie se pa is."

Mevrou Smit bloos. Oom Bos se dood laat haar steeds diep ongemaklik voel. Daardie klont in sy aar het sekerlik jare gelê en wag vir 'n kans om oop te bars of toe te stop, watter een van die twee ook al gebeur het, maar nogtans.

"Jy volg my spoor," sê sy.

"En ander. Joernalistiek behels heelwat speurwerk. Het jy geweet dat die plaas genaamd Kloof eens aan Erik Holm behoort het?"

"Die akteur?"

Farini lyk verward. "Nee, 'n radio-omroeper, toentertyd. Hy het gewerk vir Zeeser in die oorlogsjare. Ek praat van die Tweede Wêreldoorlog, natuurlik."

Mevrou Smit lyk verward. "Zeeser?"

"Zeeser was 'n Duitse kortgolfradiostasie wat propaganda uitgesaai het. Erik Holm, wat toentertyd aan 'n doktorsgraad in geologie in Duitsland gewerk het, voor die oorlog nog, was 'n Nazisimpatiseerder. En hy het 'n plaas hier gehad."

"O." Mevrou Smit voel 'n gaap aankom.

"Daar is van die historici wat sê dat die wêreld vandag 'n ander plek kon gewees het as Hitler hom meer aan Suid-Afrika gesteur het. Storie is dat hy blykbaar uitgebars het van die lag toe hy hoor ons het by die Geallieerdes aangesluit en ook oorlog teen Duitsland verklaar."

"So 'n lummel." Sy sê dit droogweg, sarkasties. Hitler se gat.

"Ja. Hy het gereken ons het te min manne, wat dalk waar was, maar sonder die Suid-Afrikaanse bydrae sou die Geallieerdes nie hond haaraf in Noord-Afrika gemaak het nie. En die seeroete om die Kaap—"

"Hoekom stel jy so belang in daardie geskiedenis?"

"My pa was een van die Italiaanse krygsgevangenes wat na Suid-Afrika gestuur is."

"Sowaar?" Sy frons. Wat het dit te doen met die gebeure hier op Aronspoort?

"Nie veel nie," antwoord Farini, want mevrou Smit se gedagtes kook gedurig oor op haar tong. "Maar ek het grootgeword met 'n bewustheid van geskiedenis en hoe gebeure rondom die Tweede Wêreldoorlog ons gemeenskappe van vandag gevorm het. Dis dalk hoekom ek 'n joernalis geword het. My belangstelling in die stories agter die storie. En ek hou my oë altyd oop vir berigte van daardie aard, dalk sal ek eendag 'n boek skryf. Die invloed van propaganda in Smuts en Hertzog se tyd."

Mevrou Smit se aandag dwaal reeds.

"Maar daar loop 'n storie rond dat Goebbels 'n klein fortuin na Suid-Afrika gestuur het om Duitse propaganda hier te ondersteun. En dat daardie geld nooit gebruik was waarvoor dit bestem was nie."

Nou lag sy lekker. "Tender fraud. Dit is in ons bloed."

Farini knik, 'n glimlag ook op sy breë, aantreklike gesig. Sy bekyk hom deegliker. Sy vel is die soel olyfkleur van suidelike Europa. Sy hare, net 'n tikkie te lank, is dik en blink, gitswart en krullerig.

Sy hou van mans met krullerige hare. En, noudat sy mooi kyk, hy is nie eintlik oorgewig nie. Net groot van bou.

Miskien is sy eensaam hier op Aronspoort. Want sy begin die joernalis se geselskap meer en meer geniet. Wanneer laas het sy die kans gehad om net sommer te sit en gesels.

"So, wie het vir jou hierdie stories vertel? Die goud, Goebbels en so aan?"

"Die posmeester," sê Farini.

"Daardie posmeester is ... creepy en weird."

Daar is 'n vraagteken in sy donker oë.

Hoekom het mense van Mediterreense afkoms sulke elastiese velle? Hulle kry nie plooie wanneer hulle oud word soos gewone mense nie. Nee, dis asof hulle met olyfolie in hul bloed gebore word en dit hulle bestand teen wind en weer maak.

Hul gesigte raak net meer uitdrukkingsvol.

"Wat bedoel jy met weird?" vra Farini verder uit. "Hy is wel effens ... vasgevang in 'n ander tyd. Met sy safaripak en sy comb-over. En hy hou blykbaar 'n krokodil as troeteldier aan."

"'n Krokodil? Nee!" Mevrou Smit giggel. Farini laat haar soos 'n bakvissie van dertien optree. "Dit kan tog nie wees nie. Maar hy het aan my boud gevat. Sommer net so toe ek verby hom loop."

"Nog 'n teken van sy misplaastheid. Mans kon voorheen daarmee wegkom. En mens kan jammer voel vir die man, met al sy probleme. Sy ma bly nog by hom, of hy by haar, ek is nie seker hoe dit werk nie. En hy is blykbaar … kom ons sê maar daar's nie lood in sy potlood nie."

"Impotent? Hoe weet jy dit?"

"Wel, die dokter het dit genoem. Nie direk nie; dit het soort van uitgeglip." Farini lyk verleë, asof hy effens skaam voel oor sy talent om mense aan die praat te kry.

"Uitgeglip? Tomas?" Sy kan nie dink dat Tomas so iets heeltemal onprofessioneels sou kon kwytraak nie, veral nie teenoor 'n joernalis nie.

"Wel, jy moet verstaan, ek is baie goed in my werk," sê Farini en rol sy skouers verskonend.

"Wat bedoel jy? So goed dat jy 'n dokter kan oortuig om pasiëntvertroulikheid te verbreek?"

"Moenie dokter Barnard kwalik neem nie. Hy het werklik nie beheer daaroor gehad nie. Ek het hom in 'n moeilike posisie geplaas."

"Hoe so?"

"Ek het hom by die hotel raakgeloop Vrydag. Ons het 'n bier gedrink, maar ek was hom 'n paar drankies voor. Toe dring hy aan om my by my gastehuis te gaan aflaai. Ek het onlangs geskuif van die hotel af na Maggie se gastehuis, sien, want … kom ons sê maar dis 'n beter plek vir 'n joernalis om te bly.

"Wel, die dokter wou nie gehad het ek moes bestuur nie, selfs al is alles maar net om die volgende hoek. En op die bestuursitplek van sy voertuig lê daar toe 'n pakkie … medisyne. Jy weet. Ek spot hom toe daaroor, maar hy sê dis vir 'n pasiënt wat dit by sy huis sal optel wanneer hy sy rondtes doen. Nou ja, dis maklik. Die enigste mens wat rondtes doen op hierdie dorp, behalwe miskien die dokter en daardie jagse dominee van julle, is die posman."

Tomas het dus nie net geskinder oor een van sy pasiënte se probleme nie. Farini het sy goeie joernalistieke neus gebruik om afleidings te maak en uit te vind van die posmeester se probleem.

"Wel, potlood of nie, hy probeer definitief met my flankeer."

Farini kyk haar berekenend aan.

Wat sou hy dink?

Skielik het sy genoeg gehad van haar eie valsheid. Dit maak haar vervlaks onsigbaar.

Sy het nog altyd 'n smaak vir Mediterreense mans gehad …

Gevaarlike gedagtes, mevrou Smit. Dan onthou sy die rigting van die gesprek voor die posmeester se probleem hulle aandag heeltemal weggelei het.

"So, posmeester Gys het jou vertel van goud in die Kloof?"

"Dis sekerlik net een van daardie urban legends, het ek gedink. Maar sy storie klop. Erik Holm was heel waarskynlik 'n verraaier, minstens 'n manteldraaier.

"Hy het wel toentertyd die plaas, Kloof, besit en hy het definitief sterk bande met die Nazi's behou ná sy terugkeer uit Duitsland. Daar is bronne wat bevestig dat hy nog voor Churchill oorlog in September 1939 verklaar het, geld waarskynlik in die vorm van goud, van Goebbels gekry het om die Afrikanersentiment te beïnvloed. Maar dit het nie gewerk nie.

"Smuts het die koalisieparlement van daardie tyd oortuig om teen Hertzog se neutrale stand te stem en die Suid-Afrikaanse Unie het kort daarna hul kragte by dié van die Britte gegooi. Suid-Afrika se oorlogsverklaring teen die Nazi's het net drie dae later gekom, op 6 September 1939. Churchill het mos in die Europese arena ingespring op 3 September …"

Mevrou Smit onderdruk nog 'n gaap.

"… en van Goebbels se goud is nooit weer iets gehoor nie. Maar dis nie al nie," sê Farini en skuif effens vorentoe op sy stoel. "Volgens julle posmeester het iemand daardie goud reeds gevind."

"Wat? Wie?"

"Oom Bos se seun, Gideon."

Gideon.

"Jy sien, ek dink die jong Gideon steek iets weg. Niks te doen met die treurige geskiedenis van sy ouers nie en niks te doen met Suzette Pelser nie. Ja, dis maklik om al die skindernuus op die dorp te kry," sê hy toe sy haar wenkbroue lig.

"Die posmeester sê hy en sy maters het gereeld die berge ingevaar, soos die seuns hierlangs blykbaar doen, om sommer net bietjie uit te kom, bobbejane skrik te maak of dagga te rook. Ek weet nie. Ek het in die stad grootgeword. Maar een van hulle stokperdjies was om die spelonke in die Agterberg te verken."

"Spelonke?"

"Grotte. Ja. Hier is baie. Vol vlermuismis en ook warmwaterbronne. Kloof het hoeka so 'n stel grotte."

"En Goebbels se goud was daar versteek?"

Farini knik. "Gys beweer die jong Gideon se besigheid is befonds deur goeie ou Nazi-goud."

"Gys is mal. Dis alles net te fantasties om waar te wees. Iemand het vir my gesê ..." Maar nee, niemand het werklik iets gesê nie. Dit is sy wat gedink het Suzette het vir Gideon die geld gegee om sy besigheid te finansier. Noudat sy mooi dink, waar sou Suzette in elk geval soveel geld in die hande kon gekry het?

Haar skeisaak met Henk was nog nie afgehandel nie. Suzette het nou wel haar eie geld verdien uit Langeberg Eiendomme, maar sekerlik nie soveel dat sy die goeie fee kon speel nie. En Gideon was net 'n speelding vir haar. Of dalk nie?

As dit waar is dat Gideon en sy makkers letterlik op 'n pot goud afgekom het, het sy daarvan geweet?

"Hoe werk dit as jy 'n pot goud iewers in 'n grot kry? Is dit joune?"

"Vir seker nie. Die grondeienaar het 'n aanspraak en alhoewel die reg in hierdie land nie baie duidelik is oor skatte wat in die binneland gevind word nie, sal die belastingman sekerlik ook 'n deel van die waarde opeis, indien die regering nie nog meer konfiskeer nie. Daar is die beginsel van occupatio wat geld in die geval van skeepswrakke, waar die fondse as goedere wat deur hul eienaar versaak is, beskou kan word, maar ek weet nie of dit sal geld vir iets soos Goebbels se goud nie. Holm se nasate het sekerlik 'n aanspraak, maar dit hang af of hul gierigheid groter is as hul skaamte. Hul voorouer was immers 'n Nazi-simpatiseerder en wie weet waar die goud oorspronklik vandaan kom?"

"So, jou teorie is dat Gideon 'n versteekte pot goud in 'n grot in Kloof gevind het en so sy besigheid begin het?"

"Nee, dis nie my teorie nie. Dis sommer 'n urban legend."

Mevrou Smit dink diep. Dalk steek daar meer agter Gideon se weglopery as net 'n onbehoorlike verhouding met 'n ouer vrou. Hy het hom ook weer gou uit die voete gemaak ná sy ouers se begrafnis. Daar is dalk goeie rede waarom hy nie lus is vir al die vrae wat moontlik gevra kan word as hy te lank op die dorp rondhang nie.

Hoekom vertel Farini haar dit alles?

Sonder om mooi te dink wat sy doen, steek sy haar hand uit na Farini se sigaretpakkie wat tussen hulle op die stoeptafeltjie lê. Sy skud een uit en sit dit in haar mond met 'n geoefende beweging. Sy tel die sigaretaansteker op en …

Hester se penne spring orent nog voor die klop aan die deur kom.

Mevrou Smit haal die sigaret uit haar mond en sit dit op die tafeltjie neer. "Ek rook nie eintlik nie," sê sy, onverwags verleë.

Iemand klop weer en sy staan op om te gaan kyk wie dit is.

Dis Tomas.

"Is jy besig?"

"Ja. Ek …" Sy beduie in die rigting van die gemors in die sitkamer. "Maar—"

"Maak vir my koffie." Hy stap sommer in die gang af. In die kombuis steek hy vas, want Farini het opgestaan van sy plek op die stoep en staan nou die vierkant van die agterdeur amper vol met sy groot lyf.

Hester se koppie druk tussen sy bene deur, ook nuuskierig om te sien wat gebeur.

Die twee mans deel 'n kyk, die ene uitdaging.

"Koffie, julle twee?" vra mevrou Smit, haar stem stroopsoet. Sy het vroeg vanoggend al 'n pot koffie groot genoeg vir 'n afdeling van 'n weermag gebrou en die aga hou dit warm. Sy is besig om verlief te raak op hierdie stoof.

"Dit sal lekker wees, dankie," sê Farini.

"Jy neem dit mos met twee suiker en baie melk, warm." Sy raai lekker. Die atmosfeer in die kombuis het verander. Tomas was geskok om die joernalis hier te kry, klaarblyklik so tuis in haar huis. Die uitdrukking op sy gesig spoor haar aan om aspris te wees.

Hy is sowaar jaloers, sy sweer.

"En jy, dokter Barnard? Hoe neem jy jou koffie?" vra sy, asof botter nie in haar mond kan smelt nie.

Dit sal hom leer. As hy koffie wil hê, kan hy dit by Loretta gaan soek.

"So, wat presies soek jy steeds op die dorp, Farini?" Tomas kyk afkeurend na Hester, maar mevrou Smit vermoed dat sy wrewel niks met die ystervark te doen het nie.

"Hier is oorgenoeg om 'n joernalis besig te hou, glo my," antwoord Farini en neem sy koppie koffie uit mevrou Smit se hande met 'n spesiale glimlag vir haar, asof hy dit duidelik wil maak dat hy nie net van werk praat nie.

"Daar is sekerlik meer moord en doodslag op ander plekke in die land? Meer belangrike kwessies in die politiek en die ekonomie?"

Farini knik. "Maar mense is voos gelees daaraan." Hy roer sy koffie om die twee lepels suiker mooi op te los, die spoor van 'n glimlag.

Aanvanklik was mevrou Smit versigtig vir Farini. Sy rondkrappery hier kan net moeilikheid beteken. Maar sy het die gesels met hom geniet en nou skuif haar nuwe waardering vir hom nog een merkie op, want hy val geredelik by haar speletjie met die dokter in.

Hulle sê mos die Italianers is sensitief.

"So, wie dink jy is ons moordenaar?" vra Tomas.

"My geld is op mevrou Smit." Farini se oë trek op skrefies van lekkerkry. Hy vat 'n versigtige sluk van die koffie. Dis warm en dalk heeltemal te soet na sy smaak.

"Sy kom op die dorp aan en die poppe begin dans. Hoekom is die liggaam in haar kombuis? Hoekom arresteer die polisie haar dadelik? Sy slaap 'n aand in die polisiesel en gewoonlik is dit mos 'n plek spesiaal gereserveer vir boewe?" Hy spot en flankeer gelyktydig met haar en geniet dit duidelik om dit so onder die dokter se neus te vryf. "En kort daarna sterf nog 'n inwoner van die dorp – in haar teenwoordigheid. Het iemand 'n lykskouing op Bertrand Vermeulen gedoen?"

"Oom Bos?" vra Tomas.

"Oom Bos, ja!"

Tomas skud sy kop.

Farini wys 'n beskuldigende vinger na die dokter. "En hoekom nie?"

"Maar dit was heeltemal natuurlike oorsake." Tomas raak so effens rooi in sy gesig.

"Dalk. Dalk nie. Hoe sal ons nou ooit weet? En dieselfde dag sterf sy vrou in die Kloof. Opgehang. Dis maklik om selfdood na te boots. Daar is stories rondom die seun, Gideon, ook—"

"Maar dis als bloot spekulasie. Van wanneer af steur 'n goeie joernalis, as jy wel een is, hom aan 'n kleindorpse geskinder?"

Tomas dink natuurlik Farini praat van die gerug, wat sy self begin het, dat Gideon Henk Pelser se seun is en dat Katarina toentertyd vir oom Bos verneuk het. En Farini dink sekerlik aan Goebbels se skat wat Gideon klaarblyklik op Kloof gevind het.

Mevrou Smit geniet die onderonsie. Die twee mans gedra hulle soos twee kapokhaantjies en dít in haar kombuis.

Dan onthou sy die briewe wat haar skuldig laat lyk aan Katarina se selfdood en tannie Annatjie se voortdurende koma. Minder snaaks. Daarvan weet Farini hopelik niks nie.

En van die geologiese verslae, vervals of nie, wat Kloof se verkoop soveel meer verdag maak? Sy is dalk die enigste een wat al die stukkies van die legkaart onder oë gehad het. Maar een stukkie, die sleutel wat al die ander amper onbenullig maak, lê omgedraai op die tafel.

Wat het tannie Annatjie gesien? Of liewer, wié het sy gesien, daardie Donderdag toe sy met mevrou Dominee se brakkie langs die rivier gaan stap het?

"Hoe gaan dit met tannie Annatjie?"

"Nog onveranderd," antwoord Tomas somber.

"Tannie Annatjie?" vra Farini.

"Sy is op Worcester in die hospitaal. Diabetiese koma, aanvanklik, maar gekompliseer deur 'n beroerte."

"Ernstig?"

Tomas knik stram.

"Mevrou Smit hier was dalk aandadig aan haar toestand."

"Hoe so?" vra Farini nuuskierig.

"Sy het vir tannie Annatjie sjokolade gestuur. Suikerlose sjokolade, maar—"

"Hoe durf jy?" Sy is reg om hom te bespring en sy oë net daar uit te krap. "Jy weet goed daardie sjokolade het nié van my af gekom nie en die kaartjie is nié deur my geskryf nie!"

"Jy sê so, maar dit is jou woord teen … die forensiese ekspert wat die polisie sekerlik sal gebruik. Saam met die briefie wat in Katarina se besit gevind is. Farini, jy is dalk reg. Wat weet ons werklik van mevrou Smit af?"

"Uit! Uit my huis uit, al twee van julle. Hoe durf julle my hier in my eie kombuis sit en beskuldig van … moord!" Haar hart klop oorverdowend in haar ore, sy sien sowaar rooi. Haar speletjie het lelik geboemerang. Dit sal haar leer om gemaklik te raak met twee egoïstiese, bombastiese vreksels. Veral die dokter.

Farini het haar net geterg, maar Tomas!

Verraad.

Hester skarrel uit haar pad toe sy haar stoel heftig agteruit stoot en die twee mans, druipstert en effens verskrik, amper fisiek uit die kombuis bondel. Af met die gang, uit met die deur … sy klap die voordeur driftig toe, amper op die dokter se hak.

Hester ratel haar penne. Sy volg mevrou Smit terug na die sonnige kombuis, waar sy die twee koppies koffie, steeds warm en halfgedrink, in die drein uitgooi voor sy by die kombuistafel gaan sit en in warm woedende trane uitbars.

21

Maandag hou sy haar verwoed besig met die muurpapier en teen die aand is die sitkamer se mure skoongeskrop. Woede is goeie brandstof.

Dinsdagoggend word sy met nuwe vasberadenheid wakker. Sy het hiernatoe gekom om vir haar 'n nuwe lewe te skep. Sy gaan haar nie laat afsit deur onprofessionele bliksemse dokters nie.

Sy staan op en loop kaalvoet kombuis toe.

Hester steek haar koppie deur die nuwe flappie in die agterdeur. Die jong ystervark het gou geleer hoe om te kom en te gaan. Sy was eers bang Hester loop weg, maar Margaret het gesê dat ystervarke territoriaal is en sy het daarop staatgemaak toe sy die deurflap laat insit het. Miskien het een deel van haar effens gehoop Hester gee pad, terug na haar familie iewers in die veld. Sy is immers 'n wilde dier.

Maar sy steun van plesier toe sy mevrou Smit gewaar. Sy het haar sekerlik trommeldik gevreet in die groentetuin in die loop van die nag, maar storm nader toe mevrou Smit vir haar 'n piering melk op die kombuisvloer neersit.

Nou neurie sy van geluk.

Sy was verbaas oor die dier se klaarblyklike intelligensie. Ystervarke is mos nie veel meer as groot, gepantserde rotte nie. Oor haar eerste koppie koffie van die dag soek sy na meer inligting oor ystervarke op die internet. Op Wikipedia leer sy dat die Afrika-ystervark heelwat van Amerikaanse ystervarke verskil en hulle penne langer en woester is. *Hystrix cristata* is hul Latynse naam. Is dit dalk die oorsprong van Hester se noemnaam? Margaret is behep met die Latynse name van al die paddatjies.

Anders as wat baie mense dink, kan ystervarke nie hul penne uitskiet nie, maar is hulle tog gedugte wapens. Wanneer hulle bedreig word, rys hulle penne orent sodat hulle groter te lyk. Hulle stamp hulle voete, ratel die korter stertpenne en bestorm hul vyand stertkant-skerpkant eerste.

Ystervarke kan swem en hulle hou by een maat hul hele lewe lank.

Sy voel sommer weer tranerig.

Die aga het deur die nag doodgegaan. Wat sal oom Apie sê? Sy maak die linkerkantste boonste deurtjie oop en skud die hefboom om die as te laat deurval na onder. Die vuuryster. Oom Apie het gesê (of was dit tannie Annatjie wat haar vertel het, die dag toe almal die huis help uitpak het?) dat daar altyd 'n swaar stuk yster was wat hy gebruik het om halsstarrige kole fyn te druk sodat hulle deur die rooster kon val, die maat van 'n swaar ysterskoppie met 'n koperknop aan die punt van die handvatsel wat sy langs die stoof gevind het. Oom Apie het die paar blykbaar self laat maak, jare gelede, toe daar nog 'n ystersmid op die dorp was.

Maar sy kon die vuuryster nêrens kry nie. Dit is seker weggesmyt toe hulle die huis ontruim het. Sy kan nou sien hoekom so 'n instrument handig kan wees om met die stoof te werk. Haar lyf roep na koffie, maar regte koffie, nie kits nie. En vir regte koffie het jy vuur nodig in hierdie huis. Sy gebruik 'n broodmes om 'n stuk harde kool uit die boonste oond te krap en maak dan sorgvuldig 'n nuwe vuurtjie met die gewaste antrasiet wat sy in 'n krat langs die stoof hou. Daar was 'n koper konfoor daarvoor, het sy ook gehoor, maar dit is sekerlik ook 'n waardevolle item deur die dogters gebuit.

Haar gedagtes dwaal onwillekeurig terug na die ongedrinkte koppies koffie wat sy Sondagoggend vir Farini en daardie verraaier van 'n dokter gemaak het. En hoekom sal enige van die twee mansmense in haar belangstel? Sy is nou mevrou Smit, 'n doodgewone tannie.

Tannie se voet! Sy het miskien haar van en voorkoms suksesvol verander, maar aan dierlike magnetisme kan jy minder doen.

Beskeie is mevrou Smit nie juis nie.

Die steke in haar skouer moet uit, onthou sy. Terwyl sy wag vir die vuur in die stoof om goed te vat, gaan haal sy 'n naelknipper in haar kamer. By die lig van die oggendson wat deur die breë kombuisvensters stroom en met 'n ongemaklike krink van die nek, haal sy self die steke uit.

Iemand klop aan die deur. 'n Maer seun, skaars oud genoeg om nie in die skool te wees nie, staan op haar drumpel, amper heeltemal verskuil agter 'n enorme bos rooi rose. "Dis vir tannie," sê hy en maak homself uit die voete.

"Wag," keer sy. "Staan net daar."

Sy sit die bos rose langs Jerry se hond op die kis in die gang neer (nie sonder dat 'n doring die sagte vleis aan die binnekant van haar voorarm geniepsig haak nie) en gaan soek haar beursie. 'n Tienrandnoot. Sy stop dit in die oorblufte seun se hand en maak die voordeur styf agter haar toe. Suinig was sy nog nooit nie, maar as hy haar nie "tannie" genoem het nie, het sy hom dalk meer gegee.

Die rose is mooi. Sy tel die sterk, stekelrige stingels versigtig op. Dit ruik verruklik. Doudruppels is tussen die donkerrooi blare van die knoppe vasgevang. Dis tuinrose, nie winkelrose nie. Daar is nie 'n kaartjie by nie, maar dit is onnodig.

Tomas het mos gesê hy kweek rose, dat sy hom nie op sy baadjie moet takseer nie ... en sy hét. Sy het gedink hy is sjarmant, aantreklik en die dorp se vangs. Intussen het hy net met haar geflankeer, sommer vir die grap of dalk net vir oefening, terwyl hy eintlik met die mooiste meisie op die dorp, 'n tertbakker nogal, uitgaan en met haar gaan trou.

Hy gaan haar sekerlik agter haar rug aanhou verneuk, want dis wat mans soos hy doen. En dan stuur hy vir haar hierdie rose nadat hy haar so gruwelik en onnodig verraai het deur vir Farini stories oor haar in haar eie kombuis te vertel.

Farini sou alles sekerlik in elk geval uitgevis het as Tomas hom nie vertel het nie. Nogtans, wat het hom besiel?

Maar hy voel duidelik skuldig. Sy druk haar gesig in die heerlikheid van die geurige blomme en gee dan 'n skielike gil. 'n By! Haar wang brand soos vuur. Sy storm na haar kamer en kyk in die spieël. Ja, in die middel van haar linkerwang is 'n kwaai rooi kolletjie waar dit soos vuur brand. Sy grawe rond in die laai waar sy haar gesigsrome hou en vind 'n ooghaartangetjie. Die by se angel, in die middel van die brandende kol, pluk sy vinnig en behendig uit.

Haar gesig begin reeds swel.

In die kombuis begin die koffie deur die pot borrel.

Daar is niks soos 'n skeef geswelde gesig om 'n ydel vrou by die huis te hou nie.

"Jou posbus is nat," sê Gys van Wyk van agter die voordeur wat sy net op 'n skrefie oopgemaak het. "Dit het gisteraand gereën."

Sy druk haar hand deur die gleuf in die deuropening. "Gee sommer vir my die pos aan."

Dis 'n bondel koeverte.

"Die meeste daarvan is nog vir oom Apie," sê Gys. "Maar ek het nie geweet wat om daarmee te maak nie. Dalk weet jy?"

Sy is haastig om van hom ontslae te raak. "Ek sal 'n plan maak. Ek dink ek het die adres van sy dogter op die verkoopskontrak van die huis, of iewers."

"Skryf net die nuwe adres op en pos dit weer. Of ek kan dit kom haal?"

Sy hou niks van die toon in sy stem nie. Oorvriendelik.

"Van wanneer af doen posmeesters huisbesoek?"

"Dis Aronspoort dié, Tessa, en—"

"Wat het jy gesê?" Die deur se skrefie gaan groter oop en sy gluur hom aan met 'n bloedbelope oog.

"Ek sê: dis Aronspoort dié, en die mense—"

"Nee. Wat het jy my genoem?"

"Tessa? Dis tog jou naam?"

"Waar kom jy daaraan?"

"Wel, Hannelie, van dokter Tomas se kantoor—"

"Ek het nooit vir haar gesê wat my naam is nie."

"Wel, dokter Tomas het haar gesê. Ek het dit self gehoor. Ek was toevallig daar. In die spreekkamer, jy weet. Hy het uitgekom, wit jas en al, en vir haar gesê sy moet vir jou 'n kaart oopmaak. Mevrou Tessa Smit, het hy gesê. Met oom Apie se huis se adres. Van Riebeeckstraat, nommer 3."

Mevrou Dominee het eers haar voornaam uitgesnuffel en nou Tomas ook.

Maar hier is baie ander beter bewaarde geheime. Soos wie Gideon Vermeulen se pa eintlik is, en die goud wat hy in die grot in Kloof gekry het. Dit kan tog nie waar wees nie? Die litium in Kloof se klip kon dalk meer werd wees as skimme van Nazi-goud, maar dié is waarskynlik ook 'n versinsel.

"Wat is fout met jou gesig?" onderbreek Gys haar gedagtestroom. "Jy lyk asof ... Genade, moet jy nie dokter toe gaan nie?"

"Ek makeer niks. En 'n dokter is die laaste ding wat ek nodig het. Dankie vir die pos." Sy klap die deur in sy gesig toe.

Toe staan sy en luister of sy sy voetstappe kan hoor soos hy oor die perskepitpaadjie wegstap, maar sy hoor eers niks nie. Eers ná 'n volle minuut draai hy weg van haar voordeur.

Daar is iets heel koddigs aan hierdie posmeester wat persoonlik pos by haar huis kom aflewer. En is haar posbus werklik nat?

Nog iets wat sy op haar lysie herstelwerk moet sit. Die huis gaan haar besig hou tot sy lepel in die dak steek, soos tannie Annatjie sou sê. Die gedagte aan tannie Annatjie laat haar glad nie beter voel nie. Hopelik hou sy háár lepel vir eers uit die dak.

Sy sug en draai terug na die sitkamer om die laaste flarde afgeskeurde muurpapier van die vloer af op te vee.

"Koe-koe!" skree 'n stem en Hester skarrel in die rigting van die voordeur.

Gister was hier 'n stroom gaste by haar huis: Margaret het weer kom inloer en mevrou Dominee het kom rondsnuffel. Die buurman oorkant die pad, 'n onmerkwaardige man wie se gesig of naam sy reeds nie kan onthou nie, het oorgestap met 'n baksel beskuit wat sy vrou gebak het. Sy vrou is 'n invalide, het hy gesê, maar sy kan in die kombuis rondbeweeg in haar rolstoel. Mevrou Smit het geen belangstelling getoon nie, maar vir die man koffie gegee en vir

Hester ’n appel. “Ek hoop jy hou jou ystervark in jou eie tuin,” het hy geteem, “want ystervarke is ’n pes.”

Goeie buurmanskap is nie altyd maklik nie.

Sanet is by die voordeur,

“Wat gaan aan met jou gesig?”

“Bysteek,” brom mevrou Smit.

Sanet rek haar oë. “Ek het ’n room in my salon wat dalk kan help. Sal ek dit gou vir jou gaan haal?”

Mevrou Smit skud haar kop. “Los maar. Dit sal wel sak oor ’n dag of twee. Mooi lyk word oorskat.”

“As jy so sê,” sê Sanet. “Ek het materiaalmonsters gebring.” Sy beduie na die monsterboeke in haar arms, ’n stapel so hoog dat hulle haar klein postuur amper verdwerg.

’n Verstommende feit van kleindorpse lewe is dat die meeste mense hier meer as een werk het. Sy het gehoor dat Elsa, byvoorbeeld, ’n hondeboetiek-diens aanbied. Vir skenkings aan liefdadigheid, natuurlik. Bart, die werktuigkundige, boer met verskeie soorte skorsies en Hannelie, Tomas se ontvangsdame en slaafse volgeling, teel en verkoop hoenders wat glo die beste eiers lê.

Sanet se belangstelling in kleurskemas is ’n natuurlike uitvloeisel van haar belangstelling in die verskillende kleure naelpolitoer en as sy die dorp se vroue kan mooimaak, kan sy sekerlik dieselfde doen in ’n sitkamer of ’n kombuis.

Mevrou Smit maak ’n groot pot tee (Sanet drink nie koffie nie) en hulle gaan sit op die agterstoep. “Ek het gedink om alles vir jou te doen in verskillende skakerings van grys. Dis baie ‘in’ deesdae. Miskien met ’n paar helder aksente, in geel of donker oranje—”

Mevrou Smit frons. “Ek dink nie oom Apie sal daarvan hou nie. Eerder gewone kleure, vir lewende mense.”

Wat praat sy tog? Maar grys? Nee.

“Ek hou van dieprooi en smaraggroen. Meer dramatiese kleure. En ek sal graag die gees van die plek—” Weer haak haar gedagtes vas. Oom Apie is die gees van die plek. Wil sy hom regtig hier hou? Tyd dat hy aanskuif. “En donkerpers. Ek hou van jou idee van oranje, hoor. Iets met warmte.”

Sanet begin ’n paar materiaalmonsters bymekaar sit. Die resultaat is 'n broeikas van onstuimige kleure.

"Ditsem. Miskien meer van daardie donkergroen. In fluweel?"

"Hmm. Ons kan daai ou stoele in die sitkamer daarmee oortrek."

Die groen fluweel laat haar droom van oggendson wat deur die syvensters val en houtvloere wat weer glim nadat hulle afgeskuur en gepoleer is. Met 'n paar sagte kussings in dié helder kleure.

Die oggend glip met gemak verby. Nog tee word gedrink, 'n pak soetkoekies uit Loretta se winkel sneuwel en planne word gemaak.

Sanet het nie net 'n goeie oog vir kleur en tekstuur nie, sy is ook taktvol. Sy aanvaar mevrou Smit se wildste besluite met 'n skud van haar delikate skouers, maar neem haar dan met 'n ompad terug na 'n meer gematigde voorstel. Soos enige dorpenaar ken sy alles en almal en binne ure het sy die nodige arbeid oor haar selfoon bespreek om die werk te kom doen.

"Los nou die gekarring aan die muurpapier in die res van die huis. Bart sal dit alles kom doen en die nuwe papier plak. Sy werkswinkel is besig, so hy werk ná ure daaraan, en sy tarief is redelik. Ek bestel die nuwe papier uit die Kaap, dit kan so 'n week of twee vat om afgelewer te word, maar ek moet in elk geval een of ander tyd afry om voorraad vir die salon te gaan koop. Ek reël dit so dat ek sommer alles vir jou huis ook kan oplaai met een slag. Die meubels se stoffering laat ons doen by 'n maatskappy hier op die dorp. Hulle het die hotel opgeknap en is altyd gretig vir nuwe werk."

"Watter maatskappy?" vra mevrou Smit, want sy het nog geen stoffeerbesigheid op die dorp gemerk nie.

"O, die begrafnisondernemer. Hulle doen ook stoffeerwerk."

"Natuurlik," sê mevrou Smit.

"Jy weet, dit was nie die eerste moord op ons dorp nie."

"Waarvan praat jy?"

"Twee jaar gelede. 'n Meisie wat van Bredasdorp af oorgeplaas is na die poskantoor hier. Hulle het haar lyk in 'n leivoor gekry, aan die bopunt van Kortstraat."

Mevrou Smit onthou, maar ken nie die detail nie. "Hoe is sy vermoor?"

"Oor die kop geslaan en, jy weet, hulle reken daar is met haar gepeuter."

Mevrou Smit se oë rek. "Gepeuter? Jy bedoel sy's verkrag?" Liewe vader, sulke dinge gebeur elke dag. Hoekom is die wêreldwyse Sanet dan so omsigtig met die woord?

Sanet skud haar kop. "Nee, nie verkrag nie. Maar ... dit was vreemd. Die koerante was vol daarvan. Het jy nie gelees nie?"

"Nee, ek het nie." Twee jaar gelede is Jerry met sy siekte gediagnoseer. Sy het haar toe nie veel aan koerante gesteur nie.

"Haar onderklere was verwyder. Die polisie het dit nooit gekry nie."

"Dalk het sy dit nooit aangehad nie?"

Sanet skud haar kop. "Mens werk nie heeldag lank in Aronspoort se poskantoor sonder jou panties nie."

"So, sy was op pad huis toe toe dit gebeur het?"

"Ja. Sy het in Maggie se gastehuis gewoon. 'n Soort van 'n tydelike oplossing, tot sy haar eie plek kon vind. Maggie het agterna gesê dat die meisie ... Genade, ek kan nie eens meer haar naam onthou nie, sy was ook nie meer so jonk dat mens haar 'n meisie kon noem nie, maar sy was aantreklik, op 'n manier. Sy was eenkeer by my salon om naelpolitoer te koop, 'n mooi tangerine wat goed by haar donker hare gepas het. Maar wat was haar naam nou weer? Iets heel gewoon, soos Anel of Anet of ... Nee, Anita! Sy was Anita Arendse."

Mevrou Smit frons ongeduldig, gretig dat Sanet by die storie se punt moet uitkom.

"In elk geval. Maggie het gesê dat die meisie elke aand kort ná vyf terug was by die gastehuis en haar aandete daar geëet het. Maar dié aand het sy gebel en gesê sy moet laat werk. Iets oor die posmeester wat wou hê sy moes nuwe etikette maak vir die sorteerhokkies. Asof werk in die poskantoor mens so besig kan hou.

"En agterna het Gys dit alles ontken. Hy het gesê dat sy gewone tyd daar weg is. En die volgende oggend kry hulle haar lyk in die leivoor, nog met dieselfde klere waarmee sy gaan werk het, maar sonder ..."

"Haar onderklere. Dus het die meisie iewers gaan kafoefel met iemand en dinge het skeefgeloop. Geweld teen vroue. Dit gebeur oraloor."

Maar tog?

Suzette, Anita, kan daar 'n verband wees? Onwaarskynlik. Die meisie se moordenaar kon van enige plek afgekom het. Dalk 'n mansvriend van Bredasdorp? Ook nie verbasend dat die polisie oënskynlik nie kon vorder met die saak nie. Geskat aan Pieterse se talente kan jy nie veel van hulle verwag nie. En die saak was duidelik nie belangrik genoeg om iemand van Anderson se kaliber te regverdig nie.

Selfs in die dood is daar diskriminasie.

"Iemand van Aronspoort se tuindienste sal volgende week die houtvloere kom afskuur en vernis en sommer die vensterrame en hortjies ook. Oor 'n maand van nou af sal oom Apie sy huis nie meer herken nie."

Sy moet hom waarsku. Dalk sal dit hom oortuig om aan te beweeg. Die huis is nou hare.

"En moenie oor die tuin bekommer nie. Die tuindienste kan dit ook uitsorteer en 'n kwotasie gee vir instandhouding terwyl hulle hier is."

En wat van haar? Sy onthou hoe die dorp se vroue ingespring het om haar trek uit te pak. Waarmee gaan sy haar besig hou as haar hele huis so vir haar uitgesorteer word?

O ja, die blou Gideonsbybel lê vir haar en wag in die kombuis.

"Mevrou Smit!" Konstabel Pieterse kyk verbaas op van die tydskrif waardeur hy skaamteloos staan en blaai. 'n Kort ry mense het buite die polisiekantoor gestaan en wag, klaarblyklik vir toegang tot die verkeersdepartement.

In die aanklagkantoor is daar niemand nie.

"Het iemand jou uiteindelik aangerand?" vra Pieterse en beskou haar aandagtig.

Sy haal diep asem. "Bysteek. En hoekom sal iemand my nou wil aanrand?"

"Nee, ek sê maar net ..."

"Ek het vir jou dié gebring. Noem dit maar losiesgeld vir my eerste nag hier op Aronspoort se spesiale gastehuis." Sy beduie in die rigting van die sel en stoot die pak koeksisters met Kekkel-en-Kraai se kenmerkende vet bruin hen met die rooi bek en die geel kam op die etiket aan die toutjie wat die sak styf toeknoop. "Loretta se resep", staan daarop gedruk, en mevrou Smit wonder vir 'n oomblik of sy haar nie iewers kan aangee oor die aanspraak nie. Koeksisterresepte is tog volksbesit en enige eienaarskap daarvan is 'n vorm van plagiaat.

Wys net die vlak van die vrou se sedes.

"Jy weet, ek mag nie geskenke van die publiek aanvaar nie?" sê Pieterse en skeur die sak oop. Hy druk 'n vet koeksister sommer heel in sy mond en kry dit nog reg om die stroop van sy vingers af te lek.

"Die publiek is dankbaar vir die wet en orde wat julle handhaaf," huigel sy ná een moord, 'n klaarblyklike selfdood en 'n poging tot moord. En dit is nie die eerste keer dat skandes soos dit hierdie dorp tref nie.

"Ek hoor Suzette Pelser het nie panties gedra nie."

Pieterse verstik amper in sy koeksister. Sy gesig word donkerpers, maar dit is moeilik om te raai of dit verleentheid of asemnood is.

Sy laat hom vir 'n paar oomblikke in vrede stik en proes.

"Hoe't ... hoe het jy geweet?"

"Hoe het jý geweet?"

Nou is daar regtig te veel bloed in die arme man se gesig. Hy stoot die koeksisters versigtig 'n paar sentimeter van hom weg, asof dit die enigste rede vir sy ongemak is.

"Dit was in die forensiese verslag," keer hy. Sy oë flikker oor haar gesig, skielik vol wantroue. "Maar dit was nie in die koerante nie. Om die waarheid te sê, ek weet van niks nie. Dis vertroulike inligting. Polisiesake." Hy slaan sy kakebeen met 'n hoorbare klik, asof hy 'n slot oor sy mond wil sluit.

"Toemaar, almal op die dorp ken Suzette se stories. Ek het niks by jou gehoor nie. Net geraai. Sien, daar was mos twee jaar gelede ook 'n moord hier, hoor ek. Ook 'n meisie sonder onderklere."

Pieterse lyk verbaas. "Waarvan praat jy?"

"Anita Arendse." Die uitdrukking op sy gesig verander nie. "Beteken die naam vir jou niks nie? Hoe lank is jy al hier?"

"Net sedert verlede September," sê Pieterse. "Maar ek weet van die moord op Anita Arendse. Die koerante was mos vol daarvan."

"Die plaaslike koerante, dalk," brom mevrou Smit. "In die stad het ek niks daarvan gehoor nie."

"Dis omdat mense daar elke dag vermoor word." Pieterse klink in sy skik dat hy nie deel van daardie Sodom en Gomorra is nie.

"Miskien so. Maar het Anderson en sy manne niks daaroor gesê dat albei vroue sonder hul onderklere aangetref is nie? Dis tog 'n ooglopende ooreenkoms."

Pieterse lyk oorbluf. Mevrou Smit kan die ratte agter sy oë sien draai, hoewel dit nie baie vinnig gebeur nie. Die arme man gaan sekerlik die res van sy lewe 'n konstabel bly, en sy stoot die sak koeksisters weer in sy rigting.

Die onmiddellike bevrediging van suiker is hom darem beskore.

"As jy my nie wil glo nie, gaan kyk self. Die Arendse-meisie se lêer is seker iewers in hierdie kantoor. Jy weet, daai manne met die hoë range is nie noodwendig slim nie. As ek jy was, sou ek oppas dat Anderson nie al die roem vat wanneer hy die saak oplos nie."

Sy gee hom 'n laaste glimlag en draai op haar hak om. Sy stap uit.

Haar taak hier is volbring. Sy weet wat sy wou weet. Suzette Pelser het op haar kombuisvloer lê en bloei sonder haar noodsaaklikste stukkie onderklere. Die vrou is nie verkrag nie, dit het die koerantberigte bevestig. En dit is sekerlik moontlik dat 'n vrou soos sy, wat sekerlik die naam Su-slet verdien het, dalk daardie dag verkies het om nie haar tyd te mors met kleiner kledingstukke nie.

Alles dui daarop dat haar teenwoordigheid in oom Apie se huis met haar werk niks te doen gehad het nie.

Mevrou Smit is bly sy het van die matras ontslae geraak wat op die ou koperkatel was. Wie weet wat alles daar aangegaan het? Met die dominee se Bybel in die slaapkamer, nogal.

Twee dooie vroue sonder onderklere, op dieselfde dorp?

Sy steek in haar spore vas. Sy is in Kortstraat, reg voor die Spar. 'n Huisvrou stoot 'n trollie vol kruideniersware oor die sypaadjie.

"Verskoon my, is u hiervandaan?" vra mevrou Smit haar. "Is u 'n inwoner van hierdie dorp?"

Die vrou knik, effe geïrriteerd. Maar mevrou Smit, met haar los hemp en goueraambril, lyk heel onskuldig.

"Kan ek u help?" vra sy effens stram. "Die inligtingskantoor vir toeriste is onder in Langstraat, om die hoek en drie blokke af."

"Ek wil net weet. Dra u 'n onderbroekie?"

Die vrou snak hoorbaar na haar asem en stoot dan haar trollie woedend weg.

"Ek neem aan dis 'n ja!" roep mevrou Smit haar agterna.

Vroue op hierdie dorp dra dus gewoonlik onderklere, afgelei uit hierdie stukkie navorsing.

Hoekom dan twee vermoorde vroue sonder broekies?

22

"Los dit sommer voor die deur."

"Maar die wind waai. En hier is stof."

"Ek gaan nie nou die deur oopmaak nie."

"Het jy dan nie klere aan nie?"

"Natuurlik het ek. Sit die verdomde pos net op die matjie neer."

"Ek kan wag."

"Ek gaan nie die deur oopmaak nie. Ek is besig. Het jy nie werk om te doen nie?"

Stilte.

Uiteindelik hoor mevrou Smit sy voetstappe op die paadjie kners. Sy is nou vas oortuig Gys van Wyk is 'n moordenaar. Dit is hý wat haar afgeloer het nou die aand, daarvan is sy ook oortuig. Sy het die voetspoor in die modder gekry: 'n geriffelde stewel soos wat die posmeester dra. Sy het dit vasgestel ná 'n vinnige ondersoek by 'n modderpoel op die sypaadjie gister toe hy haar pos ook voordeur toe gebring het omdat haar posbus kwansuis nat was. Maklike speurwerk.

Maar dit is nie genoeg bewyse nie. Sy kou ingedagte aan haar onderlip. Dan gaan soek sy haar selfoon en bel die dokter se spreekkamer.

"Hallo Hannelie, dis Elsie Lategan van die apteek. Ja, ek is nuut hier. Ek los net af. Ek is op soek na meneer Van Wyk se huisadres.

Ek het 'n aflewering vir hom. Nee, ons rekenaarstelsel is van lyn af. Wat? Medisyne, natuurlik. Vir sy ma? Ja. Nee, ek weet niks daarvan nie. Kyk, gaan jy my help of nie?"

Hannelie gee oor.

Rembrandtstraat 14, krabbel mevrou Smit op die eerste en naaste stuk papier wat sy kan vind: die agterblad van die Gideonsbybel wat steeds op die tafel op die agterstoep lê.

Blitsig gaan trek sy haar dorpsklere aan: die vaalbruin romp, haar getroue Birkenstocks en 'n los geblomde hemp. Sy sit haar goueraambril op. Die son skyn helder buite, die glase sal gou donker raak. Maar sy sit eers sonroom op haar gesig, hals en voorarms en spuit 'n tikkie Chanel in die lug sodat sy deur die geurige wolk kan stap.

Dan vat sy haar groot pienk handsak, gee 'n piesang met skil en al vir Hester en verlaat haar huis deur die agterdeur.

Sy loop deur die boord af na die rivier en kies die voetpad. Dalk hou Gys nog die straat voor haar huis dop. Maar vanoggend is sý die een wat die dophouwerk doen.

Dis 'n stewige stappie na die ander punt van die dorp waar die posmeester woon. Die huise is kleiner hier en staan nader aan mekaar. Kinders speel in die straat en skop 'n bal in haar rigting. Sy ignoreer hulle en kyk kort-kort om om seker te maak dat Gys haar nie agtervolg nie.

Dis elfuur in die oggend en die posmeester behoort geen rede te hê om hier rond te wees nie. Hy lewer net self pos af aan die ander kant van die dorp, die sogenaamde bodorp. Hierdie buurt laat hy oor aan Janneman, die ou met die drie kinders by sy eie vrou en die ekstra weglê-een. Dit het sy alles by Sanet gehoor.

Dit is die nasionale sport van hierdie dorp: skinder. Eleanor Roosevelt het mos gesê: "Great minds discuss ideas. Average minds discuss events. Small minds discuss people."

Dalk is die posmeester se ma ook 'n kletskous. As sy 'n geselsie met haar kan aanknoop, kan sy dalk meer leer oor haar seun se doen en late.

Rembrandtstraat loop skuins teen die voet van die berg op, aan die noordekant van die dorp. Die uitsig is eintlik baie mooi hiervandaan. Maar dan, moet sy erken, is hier nie 'n plek op hierdie dorp waar die uitsig nie mooi is nie. En die manier wat die lig val ...

Dis 'n wonder meer kunstenaars het hulle nog nie hier kom tuismaak nie. Die meeste huise het netjiese posbusse met 'n straatnommer. Sy tel die nommers af: gelyke nommers aan die linkerkant van die straat. Maar die posmeester se huis het nie 'n posbus nie. Sekerlik onnodig.

Die huis lyk somber en leweloos. Die gordyne is toegetrek en dit is asof 'n stoflaag van iewers uit die buitenste ruimte spesifiek hierdie plek gekies het. Die tuin is onversorg. Lang gras stoei met onkruid en 'n paar vaalgrys struike, 'n variëteit wat gewild was omtrent vier dekades gelede, leun traag teen 'n geroeste ogiesdraadheining. Die voorhekkie hang skeef aan sy skarnier en skuur op die sementpaadjie toe sy dit oopstoot.

'n Gordyn roer agter haar rug, maar haar aandag is vorentoe gefokus. Die huis toon geen teken van lewe nie. Nie eens 'n stoep nie. As sy al ooit 'n plek gesien het waar jy kan verwag dat 'n moordenaar die deur gaan oopmaak as jy sou klop, dan is dit dié een.

Wat sal sy sê soek sy hier? Dat sy verdwaal is? Dat sy 'n posstuk soek wat Gys nog nie afgelewer het nie?

Maar niemand maak die deur oop toe sy klop nie. Die vrou kuier dalk iewers, of dalk het sy inkopies gaan doen.

Mevrou Smit besluit om bietjie rond te kyk.

In die agterplaas tref sy 'n verrassing aan. Hier is die gras kort gesnoei. Gesnoei is die regte woord, want die werk is nie met 'n grassnyer gedoen nie. Nee, dit lyk eerder of iemand die wilde groei met 'n panga of 'n sekel getem het. Nietemin is daar 'n oop spasie rondom 'n modderige visdam reg in die middel van die erf, met 'n houtbankie langsaan – die enigste voorwerp op die werf wat effens verwelkomend lyk.

In haar verbeelding sien sy die benerige posman daar sit, met die yl hare oor sy bles gekam, sy safaripak en sy muwwerige asem. Die prentjie pas. Sy het die plek gevind waarheen Gys van Wyk kom wanneer hy wil ontspan. Dis 'n groot visdam, met sement gevoer. Waterlelies bedek die oppervlak en iets roer die blare van onder die dieptes van die poel. Goudvisse? Koi's?

Dan sien sy die vorm wat op die oorkantste sementwal lê en bak in die son. 'n Krokodil! Of dalk net 'n baie groot likkewaan? Sy gril tot in haar tone. Iemand het mos gesê die posmeester het 'n troetelkrokodil. Wie was dit nou weer? Farini. Sy het gedink dis sommer 'n storie wat hy uitgedink het om haar te laat lag.

Instinktief soek haar oë na 'n wapen en dan sien sy die yster wat teen die kant van die bankie staangemaak is. Sy tel dit op. Dis dieselfde swart gietyster waarvan die skoppie in haar kombuis gemaak is, met 'n koperknop vir 'n handvatsel.

Wat soek oom Apie se vuuryster hier?

Sy hoor 'n geluid agter haar, maar toe sy omdraai, breek die hemel skielik oop en val op haar neer.

Sy tuimel af in 'n diep, donker put.

Kap-kap. Kap-kap.

Deur die vloer vibreer dit tot in haar skedel.

Verblindende pyn.

Kap, kap, kap.

Ligstrale steek haar retinas soos naalde. Sy maak haar oë versigtig verder oop. Haar hele lyf skree van pyn, maar haar spiere ignoreer die boodskap om te beweeg. Dit is ondraaglik warm. Drogbeelde wasem deur haar gedagtes, asof sy op die bodem van 'n warm moeras lê en opkyk, deur riete en paddaslyk, na die son en vryheid iewers ver bo haar, ver buite haar bereik.

Want sy weet nou dat haar hande stewig agter haar rug vasgepen is. Vasgebind, in alle waarskynlikheid. En sy kan ook nie haar voete beweeg nie.

Kap, kap, kap.

Die lig op haar retinas neem vorm aan. Tekstuur, klank en lig teken 'n nuwe werklikheid. Sy lê op taaierige oranje linoleum. Haar wang sit vas aan die vloer waarop gedrukte patrone aangevul word deur jare se neerslag van stof.

Sy is in 'n kombuis.

Hier is 'n stoof: 'n wit Defy met vier aangepakte plate en 'n oond. Onder die stoof loop 'n spinnekop tussen die opgegaarde vullis. Groen gordyne is dig toegetrek voor 'n venster en die lig wat daardeur val, verleen aan die atmosfeer die kwaliteit van diep water.

Maar dit is die vrou wat langs die kombuistafel staan wat onmiddellik haar aandag verg. 'n Maer ou vrou in 'n geblomde kamerjas wat staan en kap aan 'n hoenderkarkas met 'n groot slagtersbyl. 'n Sigaret hang uit een hoek van haar verrimpelde mond.

Skielik, net daar, groter as haar vrees of haar versugting na vryheid of selfs die pyn in haar kop, word mevrou Smit oorval deur die lus vir rook.

En saam daarmee kom blinde woede. Maar haar mond is styf toegebind.

Haar gesteun laat die ou vrou ophou kap. Sy kyk af na waar mevrou Smit deels onder die tafel op die vloer lê. "Sjarrap." Sy skraap die stukkie rou vleis in 'n plastiekkom. "Walter soek kos."

Die vrou maak die agterdeur oop. Verblindende lig, en 'n sifdeur klap. Daar is die agterplaas met die bankie langs die dam. 'n Stuk hoenderkarkas trek deur die lug. Tande klap.

Die geluid word vir ewig in haar brein vasgelê.

Die vuuryster op die bankie daar buite. Natuurlik is dit die wapen waarmee Suzette vermoor is.

Natuurlik.

Die ou vrou?

"Jy dink my Gysie het daai slet vermoor?"

Mevrou Smit het haar oë toegeknyp om beter te probeer dink, tussen die wasems van pyn en ongemak en onwelkome gewaarwordinge wat deur haar vloei. Nou staan die ou vrou se afgeleefde pantoffels reg voor haar neus. Haar enkels is seningrig en word deur spatare gekarteer. En die beenhare! Ruig en dig, soos 'n man s'n.

Naarheid brand agter in mevrou Smit se keel.

"Hmm-umm," ontken sy heftig en probeer haar kop skud. Die pyn flits wit agter haar oë.

"Vir wat kom sluip jy hier rond? Jy wil my Gys in die moeilikheid bring, wil jy nie? Ek ken jou tipe. Altyd moeilikheid."

Die vrou praat vinnig, onbeheersd. 'n Stuk sigaretas val tot voor mevrou Smit se gesig. Sy wil nies, maar probeer dit met alle mag onderdruk. Selfs 'n nies gaan te veel pyn veroorsaak.

Sy het nooit geweet sy kan so 'n sissie wees nie.

Die sifdeur klap weer. Hierdie keer het die vrou die agterdeur toegetrek. Stilte sif soos stof oor die huis. Die gekap in haar kop hou aan. Sy probeer haar vingers roer en sowaar, sy kan. Altans, sy dink hulle beweeg. Met die punte van haar vingers voel sy 'n muur agter haar, maar alles is skielik onwerklik. Die gevoel dat sy in 'n poel diep water ingegooi is, vasgebind soos 'n speenvark op pad na die mark, is oorweldigend. Bo en onder is sinneloos, alle waarnemings is onwerklik. Sy ruik iets suurs. Die vloer? Die nadraai van die ou vrou se teenwoordigheid?

Ondanks die bedompige hitte in die huis, oorval yskoue vrees haar. Gaan sy, soos die hoenderkarkas, ook onder die val van die slagtersbyl beland en krokodilkos word?

Walter. Die krokodil se naam is Walter.

Sy voel iets warms tussen haar bene. Sy het haar so effentjies natgemaak.

'n Nuwe pyn sluit hom aan by die kakofonie van haar ongemak. Haar heup voel asof dit uit sy potjie loskom. Hoe kon alles, haar hele lewe, so verskriklik skeefgeloop het? Haar kinderdae: 'n waas van skewe herinneringe. Haar pa, dood toe sy klein was en haar ma wat kort daarna ... sy kan haar gesig nie eens meer duidelik onthou nie. Net die reuk van jasmyn. Dit was iets wat haar nog altyd aan haar ma laat dink het. Dit moes haar parfuum gewees het. As kind was sy altyd halsstarrig. Selfs voor haar ma die pad gevat het. Sy was nog altyd haar eie baas, verantwoordelik vir haar eie welsyn.

Nie dat sy goeie werk daarvan gemaak het nie. Tot Jerry gekom het en alles vir haar reggetrek het.

Flits haar hele lewe dan nou by haar verby? Dan beteken dit sy gee haar oor aan haar lot. Aan die dood.

Nee, dit sal sy nie toelaat nie.

Beter om haar denke toe te spits op die hier en die nou: op die taai vloer onder haar wang, die tafelpoot met die spinnerak in die hoek van die blad bo haar kop. Die muur agter haar rug. Walter wat aan rou hoenders kners in die modderige visdam daar buite. Die pakkie sigarette op die tafel bo haar kop.

Dit moet daar wees. Die ou vrou moes dit neergesit het.

Of dalk het sy dit saam met haar gevat toe sy uitgegaan het. Die pakkie sigarette is skielik vir haar belangrik.

Waar is die vrou nou heen? Dalk het sy iemand gaan roep. Iemand om haar te help om finaal van mevrou Smit ontslae te raak.

Die gedagte ruk deur haar kop. Die oorweldigende aanslag van pyn en ongemak breek soos 'n dop en laat haar met verblindende helderheid.

Hiér moet sy uitkom.

Waarmee is haar hande en haar voete vasgebind? Sy skop haar bene reguit en maneuvreer met moeite haar lyf sodat haar bene voor haar uitstrek. Haar enkels is vasgebind met iets wat soos geskeurde lap lyk. 'n Ou laken, miskien, of 'n kussingsloop, want sy kan 'n verbleikte blommotief op die verslete linne herken. Dieselfde materiaal is waarskynlik gebruik om haar hande vas te bind.

Maar sy kan roer. Sy wurm haarself onder die tafel uit en draai op haar rug. Sy kom orent. 'n Hele nuwe perspektief van die klein kombuisie van Rembrandtstraat 14.

O. In die hoek van die vertrek leun 'n jaggeweer met 'n teleskoop, sommer net so neergesit asof dit 'n speelding is. 'n Posmeester met 'n jaggeweer en 'n krokodil? Die man is werklik siek. Iemand het op haar geskiet die dag bo teen die berg, op pad na Margaret se plaashuis toe.

Gys van Wyk? Hoekom?

Haar oë soek verder deur die vertrek. Die pakkie sigarette lê op die tafel, skaars 'n halwe meter van haar neus af.

Iets amper soos vreugde ontvlam, 'n lig aan die einde van die tonnel. As sy kan loskom, gaan sy een van daardie sigarette rook.

Vir seker.

Die ou vrou kan enige oomblik terug wees.

Sy kom orent, wankelrig.

Sy onderuk die pyn in haar kop. Die wil om te lewe – dis 'n oerinstink. Alles om haar is skielik helder: die gevoel van haar klere teen haar lyf, die intense reuk van ou sigaretrook en gekookte kos. Die skemer in die kombuis is nou soos 'n helder verligte verhoog. Die stoof, die kombuiskaste met hul deure waarvan die verf plekplek afskilfer, alles staan reg om vir ewig in haar geheue vasgevang te word as die agtergrond van 'n nagmerrie.

Ás sy oorleef.

Want die ou vrou het sekerlik vir Gys gaan roep en wanneer hulle terugkom …

Die agterdeur is toe, hopelik nie gesluit nie. Sy draai haar om en kry die handvatsel beet. Dit buig af. Sy klem dit in 'n glibberige greep en spring vorentoe.

Duisel.

Sy verloor haar balans en val swaar, onstuitbaar, vorentoe. Haar voorkop tref die rand van die tafel en alles ontplof weereens in swart.

"Maar dit was nie ek nie, Ma!"

Haar oë voel toegeswel en haar ooglede is vasgeplak asof iets taais daaroor geloop het. Bloed?

As sy 'n geluid maak, is sy dood. Sy is in elk geval dood … dalk reeds, maar nee, dood kan nie so ongemaklik wees nie. Die reuk van haar eie urine is nou sterk in haar neus.

Iemand praat, 'n vrou, maar sagter, onhoorbaar, dreigend. Sy sukkel om die woorde te hoor. "… jy was agter hierdie vrou aan, ek weet dit."

"Dit was net 'n speletjie, Ma. Sy was so hoogmoedig. Wou nie twee keer na my kyk nie. Wie dink sy is sy? Sy kom op hierdie dorp aan en maak asof dit hare is. Ek het haar net bietjie dopgehou …"

Die nota in die hut by die leidam. EK HOU MY OOG OP JOU.

Maar hy het haar voorgekeer op pad na die dam, daardie middag. En hy het haar probeer uitvra. Was dit 'n speletjie of 'n toets? As sy inskikliker was, sou daar dalk 'n ander boodskap vir haar by die hut gewag het.

"En daai Pelser-vroumens?"

"Ek sê vir jou toe ek daar kom, was sy klaar dood. Ek wou … ek het … maar ek was te laat. Ek kon nie …"

"Ek het die nuwe stuk onderklere in jou laai gekry, seun. Jy moenie dink jy kan goed vir my wegsteek nie."

Nou kan sy die vrou duideliker hoor praat. Miskien het sy nader beweeg?

"En hierdie een? Wat maak ons nou met haar?"

"Ek weet nie hoekom Ma jou neus altyd so in my sake steek nie.

As Ma my net uitlos om my lewe te lei soos ek wil!"

"Wat gaan van jou word sonder my, seun? Wat? Hè? Hierdie vrou het hier kom rondsnuffel en jy dra goed na ons huis aan wat jou skuldig sal laat lyk. Aan moord. Ek weet mos jy ..."

"Moenie huil nie, Ma. Ek sê mos dit was nie ek nie. Ek het daardie vrou nie vermoor nie."

"En wie gaan jou glo, hè? Daardie yster by Walter ... ek het die bloed daaraan gesien. Die polisie soek die moordwapen. Wil jy nou vir my sê jy het dit nie gedoen nie?"

"Ek lieg nie, Ma. Ek praat die waarheid. Ek het ... ek wou gaan kyk ... ek het geweet die vrou was in oom Apie se huis, daardie dag. Ek het gedink sy is alleen. Die voordeur was oop. Ek wou haar sommer net skrikmaak. Verras. Maar toe lê sy daar. In die kombuis."

Die ou vrou maak 'n geluid. Die geluid van 'n moedelose ma wat graag sou wou glo wat sy hoor, maar van beter weet.

"Die vuuryster was daar, langs haar op die vloer. Ek het dit opgetel, sonder om te dink, en toe dadelik besef hoe dit gaan lyk. My vingerafdrukke. En toe maak ek my uit die voete. Niemand het my gesien nie, ek sweer."

"En die onderklere?"

Swaar asemhaling, g'n antwoord.

"Daar was sleutels ook, onder daai broekie. Watse sleutels is dit?"

"Oom Apie se huis se sleutels. Dit was by Suzette. Maar al die slotte is nou verander."

"So, jy het hierdie vrou ook verpes. Wat het jy nog gedoen, Gys? Uit daarmee!"

"Niks nie, Ma. Net 'n paar briefies geskryf met haar naam by, net om die wêreld bietjie moeiliker te maak vir hierdie mevrou Smit. Sy dink sy is beter as ons."

"En die dominee se ma?"

Gys antwoord eers nie. Dan sê hy: "Ek het haar hoor sê, vir mevrou Smit, dat sy iemand gesien inloop het in oom Apie se huis daardie dag."

Die ou vrou sug. "Jy is so 'n teleurstelling, Gysbert. Jy was tog 'n skrander seun op skool. Maar as jou pa net sy plig as man gedoen het, het dinge dalk beter vir ons uitgedraai. Nou moet ek weer jou gemors vir jou opruim."

"My gemors? Dis Ma wat die vrou oor die kop geslaan het. Wat gaan ons nou met haar maak?" Gys se stem is huilerig soos dié van 'n klein seuntjie.

"Walter. Ons kan haar opkap en stuk vir stuk vir Walter voer."

"Nee." Elke sel in mevrou Smit se liggaam protesteer, maar haar senuweestelsel het ophou werk. Gelukkig het hulle haar kreungeluid nie gehoor nie.

"Is sy dood?"

"Ek dink so."

"Maar Ma."

"Sjarrap, Gys! Daar is iemand by die voordeur. Sleep haar weg en gooi haar in die houtkis op die agterstoep. Ek gaan oopmaak. Niks het hier gebeur nie, hoor."

Hardhandig word sy aan haar voete weggetrek. Haar kop stamp weer teen iets. Sy word opgetel en holderstebolder in 'n klein spasie ingebondel. Alles is nou donker. Haar gesig druk ongemaklik teen 'n voorwerp en haar knieë is teen haar bors opgetrek sodat asemhaal moeilik is.

Die band het van haar mond afgeglip.

Mevrou Smit maak al haar krag bymekaar en skree, terwyl sy so hard moontlik haar bene probeer reguit skop. Die resultaat is teleurstellend. Warm trane stroom uit haar oë. Dis alles tevergeefs. Sy beur en kreun, maar die donker wande om haar bly onbeweeglik.

Sy stort haar hele wese in die hopelose protes. Beur en skree. Die geluid is hard in haar eie kop, maar sy weet nie hoe ver dit trek nie. Is hier iemand wat haar hoor? Sy gee nie om nie. Só gaan sy nie heengaan nie. Dan moet hulle haar eerder hier uithaal en ordentlik van kant maak. Sy wil haar moordenaars sien. Sy wil hulle in die oë kyk wanneer sy sterf. Die blinde woede laat haar aanhou skree en woel.

Uiteindelik hou sy op, te uitgeput. Haar asem kom rukkerig, hortend.

Sy versmoor.

23

"Sy is wakker, maar sy wil met niemand praat nie."

"Die arme vrou. Wat 'n verskriklike ervaring om so in 'n kis toegesluit te word. Sy het redelike ernstige hoofbeserings ook."

"Ek hoor sy het haarself natgemaak." Die meisie giggel.

"Wel, ek sou ook," sê die ander stem, ook vroulik. "Maar sy was gelukkig om van daardie perverts te ontsnap, hoor. Ek hoor daar was 'n krokodil in die agterplaas."

"Wat gaan van hom word?"

"Die krokodil? Ek weet nie. Dit was blykbaar 'n jong een, nie te groot nie, maar nogtans. Die dierebeskerming het hom glo weggevat. Seker dieretuin toe, of iets."

"Arme ding."

Mevrou Smit draai haar kop weg van die stemme. Die katoenoortreksel van die kussing teen haar wang ruik na waspoeier. Sy slaap.

Sy hou nie van hospitale nie. Nie te lank gelede nie was sy ook in een.

Sy probeer onthou. Haar skouer. Toe was sy ook bewusteloos, want sy het haar kop teen die rand van die muurtjie waarop die sementdam gebou is, gekap. Maar dié kamer lyk onbekend en die venster is te hoog om na buite te kan sien.

Iemand het haar oor die kop geslaan en toe het sy geval. Hoeveel houe kan jou brein vat?

"Die brein is vatbaarder vir besering as daar nie kans is vir herstel tussen al die aanslae nie."

Sy moes dit hardop gevra het, want dis Tomas wat haar antwoord. Hier is hy, aan die voetenent van haar bed.

Nog soveel vrae.

Haar kop pyn. Kap, kap, kap. Sy onthou die hoenderkarkas wat oopkloof onder die aanslag van die slagtersbyl in die vrou se hande. Versigtig roer sy al haar vingers en tone ... voel of alles nog daar is.

Sy is naar. Beur op.

Net betyds gryp Tomas 'n bakkie van haar bedkassie af.

"Ek is jammer, Tessa," hoor sy hom sê. "Oor alles wat met jou gebeur het."

Sy trek 'n snesie uit die doos op die bedkassie en vee haar mond af. Is hier dan geen verpleegsters in hierdie plek nie?

Tomas sit die bakkie op die tafel by die onderpunt van die bed neer en gooi vir haar water in 'n glas.

"A, dokter Barnard, is dit nie?" vra iemand, skaars ouer as 'n seun, met 'n stetoskoop om sy nek van die deur se kant af. Hy steek 'n hand uit na Tomas, ignoreer haar. "Ben van der Merwe. Neurochirurg. Mevrou Smit is my pasiënt."

Sy is hierdie kind se pasiënt? Geen wonder sy voel soos hondebol nie. Sy leun terug teen die kussings en luister na die gesprek.

"U sal my dalk nie onthou nie, maar u was 'n konsultant in Tygerberg-hospitaal toe ek 'n student daar was. Ek was eenkeer in die teater toe u—"

"Ek doen nie eintlik meer chirurgie nie," sê Tomas, effens kortaf. "Deesdae is ek net 'n gewone plattelandse dokter. Vertel my eerder wat mevrou Smit se diagnose is?"

Die doktertjie lyk bietjie bekaf. "Klinies 'n konkussie, maar die MR-skandering is basies normaal. Effense breinswelling, daarom die braking. Sy behoort gou beter te voel. Ons hou haar vir neuro-observasie, nog 'n dag of twee. Sy het 'n paar steke temporaal. Dit moes 'n redelike harde hou gewees het, maar geen fraktuur nie. Haar hemoglobien is bietjie laag. Bloedverlies. Die swelling aan die linkerkant van haar gesig kan ons nie verklaar nie."

"Bysteek," mompel sy, maar die twee mans steur hulle nie aan haar nie.

"Ek hoor Suzette Pelser se moordenaar is vasgetrek?" vra die dokter-seun.

"Inderdaad. Danksy julle goeie sorg hier op Worcester."

Worcester. Sy lê in die hospitaal op die naaste groot dorp. Dié dat sy die kamer nie herken nie.

"Die verklaring wat tannie Annatjie, mevrou De Bruin, in saal C, aan die polisie afgelê het, sal hom lank agter tralies laat sit. Intussen het Henk Pelser se alibi heeltemal uitmekaar geval."

"Sowaar? Ek verstaan die Van Wyk-kêrel het ook 'n volle bekentenis gemaak. Blykbaar 'n ander moord? 'n Meisie twee jaar gelede, daar op julle dorp?"

"Hy het. Maar sy ma ontken alle aandadigheid. Die vrou is sertifiseerbaar gek. Die twee van hulle gaan die howe nog lank besig hou."

"Hoe het julle haar gekry?" Hy beduie in die rigting van die pasiënt in die bed.

"Blote geluk. Ek het huisbesoek gedoen by 'n pasiënt van my wat in dieselfde straat woon as waar Gys van Wyk en sy ma haar aangehou het. Die vrou sê toe vir my sy het haar, mevrou Smit, sien ingaan by die huis, maar sy het nog nie weer uitgekom nie. Op die platteland hou bure mekaar mos dop. En toe raak ek bekommerd, want ek weet hierdie enetjie is geneig om moeilikheid te maak net waar sy gaan."

Dit is dus Tomas wat haar gered het?

Sy sidder as sy dink aan hoe sy moes gelyk het. Hoe sy steeds lyk, met geswelde oë en al die gekots.

"Die posmeester se ma het eers ontken dat mevrou Smit enigsins daar was. Maar toe sien ek haar handsak op die eetkamertafel staan—"

"My handsak!" Sy beur regop in haar bed. "Wat het van my handsak geword?"

Die twee mans draai verbaas na haar. Dokters beskou mos die

area om 'n pasiënt se bed as 'n privaat kantoor en vergeet van die pasiënt. "Jou handsak is veilig, Tessa. In die polisie se besit."

Veilig?

Op hierdie oomblik kan daai stomme Pieterse besig wees om sy tand te breek op 'n vierkaraatsteen versteek in een van die "suiglekkertjies" in die blikkie in haar handsak.

Haar bloeddruk moes die hoogte ingevlieg het, want dit veroorsaak 'n opgewonde gebiep van die apparaat langs haar bed. Nou eers merk sy die bloeddrukband en die elektrodes wat haar aan die masjien koppel. Sy begin alles stelselmatig lostrek.

"Mevrou Smit, kalmeer." Die jong doktertjie is dadelik by haar. "Lê terug en ontspan. Los die apparaat. Jy is onder observasie. Ek sal die suster vra om vir jou 'n inspuiting—"

"Tomas, kry my hier uit. Jy is my dokter, nie hierdie bogsnuiter nie."

Dan onthou sy Loretta, die rose, Farini en al die maniere waarop Tomas haar reeds verraai het. "Om die waarheid te sê, ek het nie 'n dokter nodig nie. Ek kan goed genoeg na myself kyk. Kry my net hier uit."

"Paniekaanval," sê Tomas koeltjies vir sy kollega. "Sy lei daaraan, jy weet. Kry dit gereeld. Raak nogal aggressief wanneer dit gebeur."

Vir eers is sy oorweldig. Skielik weer duiselig. Sy sal haar moet gedra. So gou as moontlik hier uitkom en haar handsak by die polisie gaan terugeis. As hier net ...

Vir die eerste keer mis sy iemand van haar eie.

Soos 'n engel uit die hemel, verskyn Sanet in die deur met 'n groot bos blomme, 'n stapeltjie koerante en een van Kekkel-en-Kraai se wegneemkartonhouers.

Maar mevrou Smit het net oë vir die pienk handsak wat oor haar arm hang.

"Ek het 'n paar stukkies klere ook gebring. Sarel van die sekuriteitsfirma het jou huis vir my oopgesluit. Pieterse het jou handsak gestuur, ingeval daar iets in is wat jy nodig het. En Loretta stuur kolwyntjies. Dis gesoute karamel. Sy sê sy dink dis jou gunsteling."

"Dit is." Warm trane van dankbaarheid brand skielik agter Tessa

Smit se oë. Sanet kom sit op die rand van haar bed. Die twee dokters het hulle uit die voete gemaak.

Twee dae later word sy uit die hospitaal ontslaan.

Sanet kom haal haar met haar rammelkas-motortjie. Op pad Aronspoort toe beantwoord sy die laaste van Tessa se vrae.

"Tannie Annatjie het die polisie vertel dat sy Henk Pelser daardie dag in oom Apie se huis sien ingaan het. En toe die polisie sy broer konfronteer, het hy erken dat Henk hom met 'n groot bedrag geld omgekoop het om dieselfde dag met sý hoed op 'n transaksie by 'n OTM in die stad te gaan doen met sý kaart. Een waar hulle geweet het kringtelevisie is. Die twee lyk nogal sterk na mekaar. Met al die getuienis teen hom, het Henk blykbaar een of ander pleitooreenkoms aangegaan. Hy beweer hy het opgetree in 'n oomblik van woede, 'n passiemoord dus. Maar met die alibi wat hy so doelbewus gekook het, lyk dit beslis na voorbedagte rade, as jy my vra. Hy het sekerlik geweet Suzette gaan daardie dag na oom Apie se huis toe, of het hy haar net agtervolg en gewag vir 'n kans om haar alleen te kry? Hy het 'n goeie prokureur, daardie Lambertyn-man wat al die groot kriminele sake in die Kaap doen."

Augustus Lambertyn, 'n ou vriend van Jerry.

Sy wil glimlag, maar haar gesig pyn. Die wêreld is klein. Maar vanuit Aronspoort se perspektief is die wye wêreld daar buite 'n tafereel wat net so wel op 'n ander planeet kon afgespeel het.

"Die posmeester het glo gedink tannie Annatjie het hom daar gesien die dag van die moord?" sê Tessa. Haar brein werk nog stadig en sy sukkel om al die gebeure, in wat vir haar voel soos twee leeftye, bymekaar te pas.

"Nee," sê Sanet. "Hy het hom misgis. Klaarblyklik het hy heelwat later eers opgedaag. Tannie Annatjie sê sy het vir Henk Pelser by oom Apie se huis sien instap, kort op Suzette se hakke."

By haar huis in Van Riebeeckstraat wag 'n verrassing haar in. WELKOM TUIS, MEVROU SMIT! wapper dit op 'n groot banier bo haar voordeur.

Almal is hier: mevrou Dominee, Loretta in 'n te stywe rokkie,

Hannelie van die spreekkamer, Bart in sy blou oorpak en Pieterse in uniform.

En Hester! Die ystervark kom neurie-neurie aangeskuifel, haar intelligente ogies blink. Daar is koffie en tee en koek – en sowaar 'n bottel vonkelwyn. Nie regte sjampanje nie, maar darem.

"Ma Anna sterk nog aan," verduidelik Elsa. "Sy is baie in haar skik met haarself en vertel vir almal hoe sy Henk laat vasbrand het. Maar ons moet vir jou sekerlik ook dankie sê. Jy het immers ook 'n moordenaar vasgekeer." Die mooi woorde kom effens swaar oor haar lippe, maar sy probeer.

"Nie die moordenaar wat ek wóú vastrek nie," bieg mevrou Smit. "Ek het die Arendse-meisie nie eens geken nie. Ek sou veel eerder Suzette se moordenaar wou gevang het. Dit was persoonlik."

"Moord is tog moord." Mevrou Dominee kyk haar skerp aan en skud haar kop afkeurend.

Van Tomas is daar geen teken nie.

Wil sy hom ooit sien? Sy is nog vies vir hom. Die tydjie in die hospitaal het haar kans gegee om na te dink. Sy hou te veel van daai dokter en dit sal nooit deug nie.

"Het jy gelees wat die Farini-vent geskryf het?" Bart hou 'n koerant na haar toe uit. "'n Lekker storie, hoor."

Onrus roer op die krop van Tessa se maag. "Het hy iets oor my geskryf?" Sy gryp die koerant.

"Nie juis nie. Alles oor Henk Pelser wat sy vrou vermoor het en tannie Annatjie wat die hero van die dag is. Ek dink daar staan darem iets oor Gys en sy mal ma iewers in die binneblaaie."

Sy sit die koerant langs Jerry se hondjie op die kis in die gang neer en blaai verby die voorblad waar 'n opskrif die inhegtenisname van Henk Pelser vir die moord op sy vrou verkondig. Dario Farini se naam staan trots bo-aan die verslag. Op bladsy vyf kry sy 'n kleiner berig, geskryf deur 'n joernalis sonder naam.

Nuwe leidrade in koue saak van vermoorde poskantoorwerker.

Sy vluglees die stukkie.

Niks oor haar nie. Nie eens 'n woord oor haar aandeel in die saak nie. Dat sy oor die kop geslaan is en amper krokodilkos geword het, is blykbaar nie nuuswaardig nie.

Sy tel tot tien. Tot veertien. Sy wil haar plek van rus en vrede teen die bergpieke van haar verbeelding gaan soek. Maar haar oë val op die vriendelike gesigte van die kekkels van Kekkel-en-Kraai, heerlik aan die koek eet en skinder.

Buite koer 'n paar duiwe. In die agtertuin grawe Hester. Miskien is dit beter om onder die radar te bly.

'n Denkbeeldige wegbreekplek het sy ook nie meer nodig nie.

Sy is op Aronspoort.

Nota

Aronspoort en sy mense is fiktief. 'n Paar van die straatname en die dorp se ligging het ek in Montagu gaan leen, met respek en liefde. Daar was wel 'n Erik Holm in Hitler se tyd wat vir Zeeser gewerk het, maar sy plaas in die Langeberge en die goud wat moontlik daar versteek is, is soos oom Apie se spook net deel van hierdie storie.

EW